TROPHY WIFE

Christine Naas

Bibliografische Information der Deutschen
Nationalbibliothek: Die Deutsche Nationalbibliothek
verzeichnet diese Publikation in der Deutschen
Nationalbibliografie; detaillierte bibliografische Daten
sind im Internet über http://dnb.dnb.de abrufbar.

Herstellung und Verlag:
BoD – Books on Demand, Norderstedt

ISBN: 9783756292257

PROLOG

Mein Name ist Annabelle, und ich bin die Art von Frau, die Sie hassen.

Sie kennen diese hübschen jungen Dinger, die katzengleich neben ihren mehr als doppelt so alten Männern herschleichen und durch ihre dichten Wimpern auf die Welt hinabsehen? Die sich mit der teuersten Kleidung, unverschämt protzigem Schmuck und Handtaschen, die so viel kosten wie ein Kleinwagen, schmücken lassen? Genau so eine bin ich.

Okay, man kann es sicher ein wenig anders sehen, zumindest in meinem Fall.

Mein Mann ist nicht alt genug, um mein Großvater zu sein, auch wenn er durchaus als mein Vater durchgehen würde, und besonders abstoßend ist er auch nicht. Dennoch sind wir nicht aus Liebe zusammen, haben nicht geheiratet, um auf immer und ewig untrennbar zusammen zu bleiben und viele Kinder zu bekommen. Ich bin seine Ehefrau, ja, doch ich bin auch seine Trophäe, sein hübscher kleiner Pokal, den er hin und wieder aus der Vitrine holt, um ihn zu polieren oder seinen Freunden vorzuführen.

Das klingt hart, doch letztlich beschreibt es die Natur der Sache.

Es gibt sogar einen Begriff dafür: Trophy Wife.

Wer denkt, dass es reicht, sich dazu einmal in der Woche stumm auf den Rücken zu legen, der hat den Reichtum nicht verstanden. Sie müssen wissen, dass Männer, die so viel Geld haben, sich eine Frau wie mich zu leisten, keinerlei Probleme damit haben, sich jede Woche, jeden Tag ein anderes junges Ding an den Arm

1

zu hängen. Frauen sind am Ende auch nur Raubkatzen auf der Suche nach der dicksten Beute, und jede, die das leugnet, ist eine schamlose Lügnerin. Viele sind sich dieser Anlage einfach nur nicht bewusst.

Nun ja, dies ist eine Diskussion, an der sich die Geister scheiden. Aber es erklärt, warum manche Frauen Liebschaften bleiben, während andere Ringe an den Finger gesteckt bekommen. Viele Mädchen wissen nicht, dass reiche Männer, die sich mit jungen Dingern schmücken, keinesfalls triebgesteuerte Trottel sind, die sich an der Nase herumführen lassen – zumindest die meisten, es gibt ja immer Ausnahmen. Reiche Männer, wenn ich sie einmal unter diesem Begriff zusammenfassen darf, sind in vielen Fällen äußerst intelligent und gerissen, vor allem, wenn sie sich ihren Reichtum selbst aufgebaut haben. Denn, und das liegt in der Natur der Sache, nur wer clever ist, macht auch das ganz große Geld.

Aber bevor ich mich jetzt in große Erklärungen verstricke, ist es vielleicht einfacher zu erzählen, wie ich lebe, und wer mein Mann überhaupt ist.

Sein Name ist Evan Preston. Er ist einer der reichsten Männer weltweit und hat aus dem Unternehmen seines Vaters ein internationales Imperium erschaffen.

Dabei ist er weder klein noch dick oder alt, sondern sieht verdammt gut aus. Die Wahrheit ist: Evan könnte wahrscheinlich jede Frau haben – und das nicht nur wegen seines Geldes.

Als wir uns zum ersten Mal begegneten, fielen mir an ihm als Erstes die stahlgrauen eiskalten Augen auf, die jeden erzittern lassen. Er ist etwa einen Kopf größer als ich und durchtrainiert, weil er eine strenge

Diät hält und wie ein Besessener trainiert. Dazu kommt seine leicht gebräunte Haut, die ihn immer ein bisschen wie einen Mann erscheinen lässt, der viel Zeit in der Sonne verbringt – ein Privileg für jemanden, der von früh bis spät arbeitet. Sein einziges Zugeständnis an sein Alter ist sein hellbraunes Haar, das von grauen Strähnen durchzogen ist. Er kaschiert es durch einen modernen Undercut, doch mir war es bei unserem ersten Treffen sofort aufgefallen.

Ich mochte sein Aussehen, die Art wie er sich kleidete und seine Ausstrahlung – Er war dominant, ein Killer, wenn es um das Geschäft ging, doch er liebte auch die schönen Dinge im Leben. Er hätte sich keine Frau nehmen müssen, hätte der ewige Junggeselle bleiben können, doch ich wusste, dass er tief in sich drin mehr in mir sah als eine Liebschaft. Es war keine Liebe, ganz sicher nicht, doch es war Verbundenheit. Wir funktionierten zusammen, hatten Spaß und ergänzten uns oft – Dinge, die viele aus Liebe verheiratete Menschen nicht unbedingt empfinden.

Sie hassen mich nach diesem Abschnitt? Ich kann es Ihnen nicht verdenken, vor einigen Jahren hätte ich ebenfalls über die gierige Elster geschimpft, die so unverschämt generalisierend über die Frauen dieser Welt urteilt. Warten Sie einfach ab, und wenn Sie mich dann immer noch hassen, verbrennen Sie das Buch, oder was auch immer Sie tun möchten. Ich werde Ihnen meine Welt zeigen und erzählen, wie sich für mich alles veränderte.

EINS

Ich blickte von meiner Ausgabe der *Vogue* auf, als Evan durch die schmale Kabinentür trat und seine Reisetasche aus Leder auf den Teppichboden warf. Mit einer schwungvollen Bewegung nahm er die verspiegelte Sonnenbrille von der Nase und warf sie auf seinen Sitz, der meinem gegenüberlag.

Sein markantes Kinn war übersäht mit grau melierten Bartstoppeln, die in den letzten Tagen gewachsen waren und seine stahlgrauen Augen verschmitzt funkeln ließen. Die Hochzeit war anstrengend gewesen, und dass er danach noch einen Tag gebraucht hatte, um die Angelegenheiten im Unternehmen zu klären, bevor wir in die Flitterwochen aufbrechen konnten, hatte uns beide zusätzlich angestrengt.

Ich musste lächeln, als er sich herabbeugte und eine seiner riesigen Hände in meinen Nacken legte. Evan zog sanft an meinen Haaren und legte meine Kehle frei, die er lustvoll küsste. Er liebte diese Stelle an meinem Hals.

Ich beugte mich wohlig in seinen Arm und maunzte, wohl wissend welche Wirkung das auf ihn hatte. Er löste sich und grinste sein jungenhaftes Lächeln, dann strich er mit der freien Hand über meine Haare und wickelte einige Strähnen um seine Finger.

„Wie geht es dir, Ehefrau?", fragte er mit übertriebener Betonung und ließ seine Finger die Innenseiten meiner Schenkel hinaufwandern, ohne mit der Wimper zu zucken.

Ich musste grinsen, während ich mich unwillkürlich tiefer in den Sitz drückte. „Sehr gut,

Ehemann", ahmte ich ihn nach und starrte zu seinen kräftigen Händen hinab, die soeben ihr Ziel erreicht hatten.

Evan konnte sich ein raues Lachen nicht verkneifen. „Wunderbar", knurrte er und bewegte seine Finger in warmen Kreisen, was mich zusammenzucken ließ. Die Wirkung dieses Mannes überraschte mich immer wieder. Wer glaubte, nur dann guten Sex haben zu können, wenn Liebe im Spiel war, der täuschte sich gründlich.

„Evan, ich glaube, wir sollten uns zumindest für den Start auf zwei getrennte Sitze beschränken", hauchte ich in sein Ohr und fuhr mit den Fingern durch sein dichtes Haar. Mein Mann fuhr in gespieltem Entsetzen zurück.

„Kaum einen Tag verheiratet und meine Angetraute weist mich zurück? Habe ich womöglich einen Fehler gemacht?", rief er aus und ich musste lachen, weil er dabei so schrecklich albern klang.

„Selbst gewähltes Schicksal", säuselte ich und gab ihm einen flüchtigen Kuss auf den Nacken. Er grinste, als seine Hand in meinem Schoß fest zupackte und ich mich augenblicklich dagegenstemmte.

„Ich werde dich gleich so hart vögeln, dass keiner von uns beiden für die nächsten zwei Wochen sitzen kann", knurrte er, und ich stöhnte auf, als er den Daumen bewegte. „Ich hatte ohnehin nicht vor, viel zu sitzen", presste ich atemlos hervor, was ihn zustimmend brummen ließ.

„Braves Mädchen", gab er zurück und ließ augenblicklich von mir ab.

Ich keuchte, während Evan sich völlig entspannt auf seinem Sitz niederließ.

Nur langsam schaffte ich es, meinen Gurt zu schließen, während er bereits bequem in seinem dick gepolsterten Sessel ruhte und auf seinem Handy herumwischte.

In meinem Rücken betrat die Stewardess unsere Kabine, wobei sie mit schmalen Fingern den Samtvorhang beiseiteschob. Ich erkannte sie nicht, obwohl ich eigentlich alle Angestellten meines Mannes kannte – die meisten davon sogar namentlich. Ihr dunkles Haar war ein glänzender Wasserfall, der sich über ihre schmalen Rücken bis hin zu den üppigen Hüften ergoss, über die sich der dunkelblaue Uniformrock spannte, der ihr zwei Nummern zu klein zu sein schien. Auch die weiße Bluse schaffte es nicht ganz, ihre Kurven zu bändigen, Doppel D und eine Größe 36 vertrugen sich äußerst schlecht.

Ich sah ihr ebenmäßiges Gesicht, die vollen Lippen, dann blickte ich zu Evan hinüber, der sie ohne Scham musterte. Er lächelte nicht, das tat er selten, wenn er Frauen ansah, aber ich sah dieses Funkeln in seinen Augen und wusste Bescheid. Evan liebte Dreier. Er war ganz versessen darauf. Wir hatten Dutzende gehabt, meist mit anonymen Mädchen, die sich mehr erhofft hatten, und ich wusste, dass ich ihn damit glücklich machen konnte.

Als die Stewardess, allem Anschein nach eine Mexikanerin, sich versichert hatte, dass wir angeschnallt waren, verließ sie uns und Evan blickte vielsagend zu mir hinüber.

Ich hatte keine Lust, überhaupt nicht, und schon gar nicht wollte ich eine Angestellte in unser Sexleben miteinbeziehen, aber sein Blick war so glühend, dass ich eins wusste: Er wollte sie haben, ob mit oder ohne mich. Also nickte ich und lächelte, alles andere verbarg ich.

Es war schließlich nicht so, dass ich keine Dreier mochte.

Also warteten wir den Start ab, dann löste ich den Gurt und stand auf, den Blick auf Evan gerichtet. Er vibrierte förmlich, als auch er seinen Gurt löste. Langsam ließ ich mich rittlings auf seinem Schoß nieder und küsste ihn leidenschaftlich, wobei ich die Hüften bewegte, seinem Körper zeigte, was ihn erwartete. Evan zögerte nicht, schob seine Hände unter mein Seidenkleid und brummte zufrieden, als er erneut feststellte, dass ich kein Höschen trug. Seine Finger massierten meinen Hintern, pressten meinen empfindlichen Punkt gegen seine steinharte Erektion. Ich spürte mein Verlangen in einer heißen Welle aufsteigen, spürte, wie mein Körper sich an seine Berührungen erinnerte, seinen harten Schwanz.

Evan war nun vollkommen erregt, hob mir seine Hüften entgegen, sodass uns nur noch der dünne Stoff seiner Leinenhose trennte. Meine Finger strichen über das raue Material, spürten ihn ganz, und ich zog den Bund in einer raschen Bewegung herunter. Auch er trug keine Unterwäsche.

Rasch ging ich auf die Knie, nahm seinen Schwanz in den Mund und bewegte mich in einem harten, fordernden Rhythmus. Evan stöhnte, grub die Finger in meine Haare. Ich war mir schon sicher, dass er die Stewardess bereits vergessen hatte, als ich hinter mir plötzlich Schritte hörte. Da war sie.

Ich hielt unwillkürlich inne, doch irgendwie begann mich die Vorstellung ihrer warmen Hände auf meinem Körper doch wieder zu reizen. Ich sah auf und sah, dass Evan seine Hand in ihre Bluse geschoben hatte. Die Frau schmiegte sich wohlig dagegen, ihre Beine waren gespreizt.

Das gefiel mir nicht. Ich war die Hauptdarstellerin, nicht sie.

Lasziv erhob ich mich, packte ihren Hinterkopf und drückte meine Lippen auf ihre, während meine Hand in Evans Schritt ruhte. Er stöhnte dunkel, als meine Zunge in den Mund der Stewardess glitt, und ich drückte mich an den warmen Körper der Frau. Sie schmeckte nach Minze und Kaffee, gleichzeitig frisch und verrucht, und zögerte nicht lange, ihre Hände an meine Brüste zu legen. Sie war fordernd, ohne Zweifel erfahren mit Frauen, was mich dazu brachte, ebenfalls einen Gang hochzuschalten.

Meine Finger glitten zum Saum meines Kleides, und ich zog es mir ohne Hast über den Kopf. Ich war darunter vollkommen nackt. Evan stand auf, war plötzlich ganz dicht hinter mir, und schob mir seine Hand zwischen die Beine. Ich war bereits so feucht, dass er ohne Probleme zwei Finger in mich hineinschieben konnte. Ich stöhnte bei der wohligen Erfüllung und küsste wieder die Stewardess, die nun ebenfalls eine Hand zwischen meine Beine schob und über meinen Kitzler rieb. Sie war gut, stellte ich fest. Sie tat es mit Genuss und nicht, um einem Mann zu gefallen.

Meine Finger fanden die Knöpfe ihrer Bluse, öffneten sie und rissen das Kleidungsstück zu Boden. Sie trug einen weißen BH, nichts Besonderes; ich wusste, dass Evan so etwas nicht mochte. Rasch hakte ich ihn auf und warf ihn fort. Evan presste sich enger an mich, sein Schwanz glitt an meiner Öffnung vorbei, immer wieder, und fuhr über meinen Kitzler, der bereits heiß und pulsierend meine Sinne vernebelte. Die Stewardess zog den Rock aus, auch sie trug kein Höschen.

„Kommt", raunte Evan und löste sich von mir. Er ging in das Schlafzimmer, seine Erektion war riesig.

Als er sich auf das Bett legte, musterte er uns beide, dann zog er die Stewardess an sich heran, sodass sie über seinem Gesicht kniete und er sie lecken konnte. Aber das war mir egal, ich wollte nur seinen Schwanz. Ich kletterte ebenfalls auf die Matratze, leckte sanft über seine Eichel und ließ mich dann auf seiner Hüfte nieder, nahm ihn tief in mich auf, ließ ihn mich ganz ausfüllen. Ich stöhnte, als ich mich nur minimal bewegte und mein Kitzler über seinen Bauch rieb. So eine wohlige Folter, dachte ich, während ich der Stewardess kräftig auf den Hintern schlug. Sie schrie erschrocken auf, also schlug ich noch einmal zu.

Evan stöhnte angesichts meiner energischen Schläge, und schob die Stewardess von seinem Gesicht. Ich bewegte die Hüften noch energischer und er warf den Kopf zurück.

Ich würde schon dafür sorgen, dass weder er noch die Latina vergaßen, dass ich die Nummer eins an seiner Seite war.

Nach der Landung auf der Hauptinsel und dem Transfer in das private Resort kam ich endlich wieder zur Ruhe. Ich streckte mich müde auf der Sonnenliege auf der Terrasse aus, die auf den Ozean hinausging. Es war herrlich still, nur der seichte Wind kräuselte hin und wieder die strahlend blaue Wasseroberfläche. Ich hörte Evan hinter mir auf die Terrasse treten, blickte aber nicht auf, als er sich auf der zweiten Liege niederließ und sich seufzend streckte.

„Verdammt langer Flug."

„Verdammt anstrengender Flug", bemerkte ich trocken und er grinste.

„Welche Ehefrau würde so etwas tun, außer dir?" Er rollte sich von seiner auf meine Liege und legte die Arme um mich. Eine fast zärtliche Geste für meinen so dominanten Ehemann. „Ich glaube, es war eine sehr gute Entscheidung. Diese Heirat meine ich", raunte er in mein Ohr und biss kurz in mein Ohrläppchen, was mich erschauern ließ.

Ich musste meinen Ärger darüber, dass ich meine Rolle mal wieder hatte behaupten müssen, hinunterschlucken und lächelte nur. Die Stewardess würde ich bis zum Rückflug nicht sehen müssen, vielleicht auch nie wieder, denn ich konnte mir kaum vorstellen, dass Evan noch einmal etwas mit ihr anfangen wollte.

„Die nächsten zwei Wochen gehören nur uns, Baby, niemandem sonst. Das verspreche ich dir", raunte er und küsste mich auf die Wange.

Er war kein schlechter Mann, das sagte ich ja bereits. Er konnte zärtlich sein, und wir empfanden Zuneigung füreinander. Er hatte mich niemals zu etwas gezwungen, auch nicht zu diesem Dreier. Und Spaß gemacht hatte es ja, das konnte ich nicht von der Hand weisen.

„Wann gibt es Dinner, weißt du das?", fragte ich und schob meinen von der Sonne ganz erhitzten Körper näher an ihn heran. Er seufzte wohlig und schloss tatsächlich die Augen. Wann hatte ich ihn das letzte Mal so entspannt gesehen?

„In zwei Stunden", brummte er, ohne die Augen zu öffnen und gähnte. Ein müder Evan? Das war wirklich etwas Neues.

„Wollen wir vorher noch ein wenig schwimmen gehen?", fragte ich und kuschelte mich enger in seine Arme. Ich genoss diese wenigen Augenblicke zwischen uns, brauchte sie, wie die Luft zum Atmen.

„Mmh ich glaube, ich möchte hier jetzt erst einmal mit dir liegen. Einfach mal nichts tun, richtig ausspannen. Heute Abend nach dem Dinner ist eine kleine intime Strandparty, da sollten wir hin."

Ich schmollte ein wenig. So viel zum Thema ich würde mit ihm allein sein. Aber immerhin würde es eine Party geben. Ein bisschen Spaß konnte nicht schaden, und wenn ich wollte, würde ich keine Probleme haben, ihn dazu zu bewegen, zum Haus zurückzukehren.

„Wird sicher lustig", gab ich zu und zog die Schultern hoch. Er brummte nur zustimmend.

Er schlief nach wenigen Sekunden ein, doch ich wurde irgendwie unruhig. Sicher, der Flug war unheimlich anstrengend gewesen, aber irgendwie war mein Geist nicht einmal annähernd so erschöpft, wie mein Körper es war. Mir fehlte es an Eindrücken, mir war langweilig.

Ich schlug die Beine über die Kante der Liege und stand auf, wobei ich darauf achtete, Evan nicht zu wecken, der selig schlummerte. Ich mochte es, wenn er so vollkommen ruhig und entspannt war. Er war dann so völlig anders als der strenge, unnachgiebige Geschäftsmann, der er normalerweise war.

Ich tappte leise durch die Terrassentür und schlüpfte im Wohnraum in ein bauschiges Strandkleid, bevor ich noch kurz einen Zettel für Evan hinterließ, damit er wusste, wo ich war. Dann verließ ich unser Haus und ging über den Steg auf die malerische Insel zu, auf der die Palmen sich im seichten Wind wiegten. Ein Paradies vor der Haustür, das war es wahrhaftig.

Ich seufzte und fuhr mir durch die langen Haare. Der salzige Geruch des Meers kroch in meine Nase und kitzelte angenehm meine Sinne. Ich war noch nie an einem solch interessanten und wunderschönen Ort gewesen, nicht einmal in meiner Zeit mit Evan. Es war so einfach, so ursprünglich. Selbst der Luxus unseres Hauses wirkte unbeschwert und leicht, hatte nicht diesen angestrengten Prunk, den die meisten Luxushotels zur Schau stellten. Diese Leichtigkeit war so beruhigend und so wunderschön, dass ich mir wirklich vorstellen konnte, ewig dort zu bleiben. Sicher, London hatte auch seinen Reiz, man konnte ständig etwas unternehmen und viel Spaß haben, aber diese Ruhe, die gab es in keiner Großstadt.

Ich spürte die groben Holzplanken unter den nackten Füßen und sog die klare Luft in meine Lunge. Es war, als spüle sie all den Dreck, all das Schlechte aus der Stadt aus mir heraus. Dieser Ort war wie der einsamste Ort der Welt, auch wenn noch weitere Gäste auf der Insel waren. Ein Umstand, auf den ich hätte verzichten können, aber es war für Evan nahezu unvorstellbar, sich zwei Wochen lang nicht in der Gesellschaft anderer Menschen zu bewegen. Er war ja auch nichts anderes gewohnt, schließlich war sein Vater schon Geschäftsmann gewesen, der ständig in den Gesellschaften der Welt unterwegs gewesen war.

Ich wusste nicht, ob Evan seitdem je einen Tag ohne die Gesellschaft eines anderen Menschen verbracht hatte. Selbst mit mir wirkte er immer ruhelos, wollte nicht einfach den Tag im Bett verbringen, sondern raus, irgendwohin, wo Leute waren. Aber so war er nun einmal, und es störte mich auch nicht besonders. Ein so aufregendes Leben hätte ich mir bis vor nicht allzu langer Zeit nicht einmal erträumen können.

Ich strich über meinen flachen Bauch und blickte gedankenverloren in die Ferne. Nicht zum ersten Mal fragte ich mich, was diese Heirat für meinen Kinderwunsch bedeutete. Ich nahm jetzt schon seit vielen Jahren die Pille, für mich war es selbstverständlich ohne zusätzlichen Schutz mit Evan zu schlafen. Doch wie würde es sich anfühlen, in dem Wissen mit ihm zu schlafen, dass ich sie abgesetzt hatte? In dem Wissen, dass ich schwanger werden könnte? Ich war noch lange nicht bereit dafür, aber irgendwann würde ich es vielleicht sein. Wäre Evan dann überhaupt dazu bereit? Und wollte ich ein Kind mit einem Mann bekommen, den ich nicht aus Liebe, sondern gewissermaßen aus Selbstsucht geheiratet hatte?

Wenn ich an meine Eltern dachte, dann wurde mir oft klar, dass die beiden sich genauso wenig geliebt hatten, wie Evan und ich es taten. Allerdings glaubte ich nicht einmal, dass sie noch so etwas wie Zuneigung füreinander empfanden. Meine Mutter hatte einmal gesagt, dass sie und mein Vater sich aneinander gewöhnt hatten. Das war kurz nach meiner Verlobung mit Evan gewesen, und es hatte meinen Entschluss nur noch weiter bekräftigt. Wie konnte man mich verurteilen, wenn es doch anscheinend gängig war, dass Menschen beieinanderblieben, obwohl sie sich nicht liebten? Selbst meine Freundinnen aus alten Tagen sagten Dinge wie „Klar stören mich sein Verhalten und seine Marotten, aber nach drei Jahren haben wir uns nun einmal aneinander gewöhnt."

Ich hätte kotzen können bei so viel Selbstbetrug. Ich war wenigstens ehrlich zu mir selbst gewesen, hatte mir nichts vorgemacht. Zwischen Evan und mir war alles klar, es würde niemals ein Drama geben, während meine Freundinnen irgendwann tränenüberströmt das vorhersehbare Ende ihrer Ehen betrauern würden. So einfach war das. Klar wurde ich für meine Entscheidung auch angefeindet, aber am Ende war ich einfach nur pragmatisch. Mir war nach meiner mehr als durchschnittlichen Beziehung mit meinem Jugendfreund Tim und dem, was ich vom Liebesleben meiner Freundinnen mitbekam, einfach bewusst geworden, dass alle Beziehungen früher oder später sowieso dasselbe Schicksal ereilte. Und diese Paare die behaupteten überglücklich zu sein? Bullshit.

Entweder hatte einer der beiden eine Affäre, oder hinter verschlossenen Türen fand all das statt, worüber sie bei ihren Freunden die Nase rümpften.

Ich war ehrlich, und dabei bleibe ich.

In Gedanken versunken blickte ich zum Horizont, wo die Sonne langsam zu einem roten Inferno verglühte. Bald würden wir zum Dinner gehen, lachen, trinken und einfach zusammen sein. Und wir würden Spaß haben. Das mochte ich auch an Evan. Ein Mann, der mich zum Lachen brachte.

Ich wandte mich zu unserem Haus und sah ihn an dem Glasfenster neben der Eingangstür stehen. Er musterte mich – und er lächelte. Das war fast schon süß. So süß, wie Evan eben sein konnte.

Ich drehte mich wieder um, wobei ich meinen Rock um die Unterschenkel raffte, und machte mich auf den Rückweg. Besonders weit war ich nicht gekommen, aber dieser Blick von Evan zog mich an, wie ein unsichtbares Band.

Er hatte bereits die Tür geöffnet, und zog mich in seine Arme, sobald ich an der Schwelle angekommen war. Seine nackte Haut war warm von der Sonne, und er vergrub seinen Kopf an meinem Schlüsselbein. Sein drahtiges Haar kitzelte an meiner Haut, und ich musste kichern, was er als Aufforderung verstand, mich ins Haus zu zerren und die Tür zu schließen.

Er presste mich mit dem Rücken an das kühle Holz und begann damit, meinen Hals zu küssen, während er meine Handgelenke packte und über meinen Kopf hob. Seine Lippen fanden meine, und er grub seine Zähen in meine Unterlippe, was mich erschrocken zusammenzucken ließ. Evan jedoch ließ mir keine Atempause, drängte mich noch enger an die Tür, sodass ich seine Erregung nun deutlich spürte.

Ich liebte es, wenn er so die Kontrolle übernahm.

Seine Hände fuhren an meinen Schenkeln hoch und zogen ohne Zögern meine Bikinihose zu Boden, wo er sie achtlos liegen ließ. Evan war nicht die Art von Mann, die sich damit aufhielt, unnötige Kleidungsstücke zu entfernen. Er küsste mich hart und fordernd, ließ mich seine Erregung spüren, sie schmecken, und ich konnte nicht anders, als zu stöhnen.

Ein Lächeln huschte über seine vollen Lippen, dann biss er mit einem Ruck in meine Lippe, sodass ich aufschrie. Er konnte wirklich hart zubeißen.

Evan hob eines meiner Beine an und schlang es sich in einer fließenden Bewegung um die Hüfte, dann hob er mich mühelos hoch. Mein Kleid bauschte sich zwischen uns, doch das kümmerte ihn nicht. Einen Arm schob er unter meinen Hintern, mit dem anderen riss er sich die Shorts von den Hüften sodass er vollkommen nackt war. Ich schnappte nach Luft, konnte nicht fassen, mit wie viel Kraft mich Evan plötzlich wieder an die Wand presste, den Kuss vertiefte, während er mit einem raschen Stoß hart in mich eindrang. Ich schrie auf und warf den Kopf zurück, wobei ich an das harte Holz der Tür prallte, doch es kümmerte mich nicht. Ich klammerte mich an ihn, bewegte meine Hüfte, doch er stieß einfach weiter zu, nahm mich ohne Rücksicht, während seine Lippen meinen Hals hinabfuhren, die empfindliche Haut liebkosten. Seine Bartstoppeln kratzten, doch all das nahm ich nur am Rande wahr. Ich war vollkommen ausgefüllt von ihm, keuchte, weil ich von so viel Erregung gepackt wurde, dass ich das Gefühl hatte, es nicht mehr ertragen zu können.

Ich schrie seinen Namen, als ich zum ersten Mal kam, und er wirbelte herum, mich noch immer in seinen Armen, während ich mich zitternd von dieser unglaublichen Lust erholte, ihn ganz tief spürte.

Evan warf mich auf das harte Sofa und folgte mir sofort, drang wieder in mich ein, sodass ich aufschrie. Der Widerstand des Sofas, gerade weich genug, um nicht unbequem zu sein, bot den perfekten Gegenpart für seine harten Stöße. Ich spürte es wieder, diese Wellen, die zunächst sanft, dann immer heftiger über mich hinwegspülten, öffnete den Mund auf dem Höhepunkt, und Evan erstickte meinen Schrei mit einem Kuss. Dann stöhnte er, stemmte sich ein letztes Mal mit aller Kraft gegen meinen Körper, sodass ich das Gefühl hatte, ihm keinen Millimeter mehr Raum geben zu können, dann kam auch er.

Wir keuchten schwer in der schwülen Mittagsluft, und Evan hielt mich noch ein wenig in seinen Armen, bevor er sich von meinem glühenden Körper schob und neben mich legte. Ein feiner Schweißfilm lag auf meiner Haut und kribbelte in der sanften Brise, die durch die geöffneten Türen und Fenster drang. Evan seufzte wohlig und küsste flüchtig meinen Hals.

„Offiziell verheiratet", murmelte er ungewohnt intim und lächelte. Ich lächelte zurück und strich ihm einige Strähnen aus dem Gesicht. Mein Körper ruhte warm an seinem, und ich sog seinen natürlichen Geruch ein. Ich war froh, dass er nicht nach der fremden Frau roch. Offenbar hatte er geduscht.

„Ich habe Hunger!", knurrte er und biss plötzlich fest in mein Ohrläppchen, sodass ich quietschend aufschrie.

„Evan!"

Er lachte rau und stemmte sich von den Polstern hoch.

„Wir könnten etwas auf unser Zimmer bestellen", schlug ich, nicht ohne Hintergedanken, vor. Mein Mann grinste nur.

„Schätzchen, du wirst in diesem Appartement noch oft genug gevögelt werden. Aber heute Abend treffe ich einen Freund. Und ich will, dass du ihn kennenlernst!"

Ich verzog unglücklich das Gesicht. Schon wieder würde ich Evan teilen müssen. Aber es war in Ordnung. Er war nun einmal nicht der Typ, der länger als unbedingt nötig allein zu Hause blieb.

„Wer ist denn dieser Freund?", fragte ich wenig interessiert, während ich von der Couch aufstand, und meine erschöpften Glieder ausstreckte. Evan steckte den Kopf durch die Glastür zur Terrasse und lächelte mir zu.

„Ein Autor, der in meinem Verlag publiziert wird. Aber ich kenne ihn schon ewig. Seit Harvard eigentlich." Er zuckte mit den Schultern und verschwand wieder unter dem Baldachin, der über unserer Sonnenterrasse im Wind schaukelte.

Ich sammelte meine achtlos zurückgelassene Bikinihose auf und schlüpfte wieder hinein, dann folgte ich Evan in die heiße Mittagssonne. Er hatte sich bereits auf das Netz gelegt, das knapp einen Meter über der Wasseroberfläche aufgespannt war, und den perfekten Ort für das Sonnenbaden darstellte. Er gähnte, behielt die Augen aber geschlossen, als ich mich neben ihn legte und an ihn kuschelte. Fast beiläufig schlang er einen Arm um mich, wobei seine Hand auf meiner Brust zum Liegen kam.

„So schlecht ist ein wenig Urlaub nicht", gab er unvermittelt zu und küsste meine Schläfe. Ich nickte nur. Ich wusste, wie schwer es ihm fiel zu ruhen, tatsächlich einmal nicht zu arbeiten, aber diese Auszeit würde uns beiden guttun. Auch, wenn ich eigentlich kein wirklich anstrengendes Leben hatte. In Wahrheit langweilte mich diese Tatenlosigkeit mittlerweile schon. Immer mehr beschlich mich das Gefühl, dass es mir niemals reichen würde, nur Ehefrau zu sein. Dabei ging es nicht um Kinder oder darum, dass ich irgendwelche Wohltätigkeitsveranstaltungen geben wollte, nein, es ging darum, etwas für mich zu tun. Aber ich war jung, da war es doch normal, dass man derart rastlos war, nicht wahr?

Schon lange spielte ich mit dem Gedanken, etwas für mich zu tun. Aber ich war immer noch eine

Trophäenfrau, und verdammt, ich musste meinen Platz im Leben doch mittlerweile kennen!

Ich blickte zu Evan hinüber, doch der hatte die Augen noch immer geschlossen und reckte sich der erbarmungslosen Sonne entgegen. Mein Blick glitt über seinen straffen Körper, die drahtigen Muskeln, die sich unter der bronzefarbenen Haut kaum merklich bewegten. Er hatte kurzes, gepflegtes Haar an seinem Körper, war immer perfekt gestylt. Selbst in der Badehose, die er nun trug, hätte er ohne Weiteres in einem Hochglanzmagazin abgebildet sein können. Nicht zum ersten Mal fragte ich mich, wie es kam, dass dieser Mann kein Interesse an normalen Beziehungen hatte, wie es dazu kam, dass er so darauf bedacht war, keine Liebe zu empfinden.

Ich hatte in unserer Beziehung immer mal wieder das Gefühl gehabt, dass ich ihn vielleicht wirklich lieben könnte, wenn ich es nur zuließe, und ich war mir sicher, dass auch er mir gegenüber nicht vollkommen gleichgültig war. Ich war ihm wichtig, das spürte ich, aber niemals würde er von Liebe sprechen. Es war ein rotes Tuch für ihn. Manchmal wollte ich ihn einfach fragen, warum er so war, ihn darauf ansprechen und zur Ehrlichkeit zwingen, aber Evan hatte mir klargemacht, dass er darüber nicht sprechen wollte und dass ich dieses Thema nicht ansprechen sollte. Er war ein seltsamer Mann, so stark, so geheimnisvoll, aber irgendetwas brodelte in ihm, das spürte ich. Vielleicht war dies der Grund, warum er so anziehend auf mich wirkte.

Wir schliefen so lange in der Sonne, dass wir uns am Ende beeilen mussten, um pünktlich zum Dinner auf der Insel zu sein, wo wir Evans Freund Scott treffen würden, einen Mann, von dem ich bisher nie gehört hatte. Ich war rasch in ein enganliegendes Kleid geschlüpft, das meine Kurven perfekt in Szene setzte, aber doch angemessen für ein stilvolles Dinner war. Evan schien es zu mögen, immer wieder strich er beiläufig mit dem Daumen über meinen Hintern, was mir Schauer über den Rücken jagte. Ich hatte auf seine Anweisung hin keinen Slip angezogen und wusste, wie reizvoll er das fand. Fast schon spürte ich seine drängenden Hände auf mir, die sich später, nachdem wir uns den ganzen Abend gereizt haben würden, wie von Sinnen über meinen Körper bewegen würden. Meine Haut kribbelte bei dieser Vorstellung, und ich rieb mir die nackten Arme, als ich die Gänsehaut darauf spürte.

Evan, der vorgegangen war, wandte sich um und sah mich nachdenklich an. „Ist dir etwa kalt?", fragte er und musterte meinen Körper in dem engen Kleid. Ich schüttelte lächelnd den Kopf.

„Nein."

Er zuckte die Schultern, dann bot er mir seinen Arm an, und ich hakte mich unter. Das Dinner fand am Strand statt, weshalb wir beide keine Schuhe trugen und barfuß durch den feinen Sand liefen. Das Gefühl der glatten Sandkörner auf meiner Haut war wunderbar.

Vor uns baute sich die lange Tafel auf, an der an diesem Abend gespeist wurde. Ein Strandbarbecue wie aus dem Bilderbuch, nur mit Champagner und Austern. Mein Blick fiel auf die anderen Frauen, die sich mit ihren Männern langsam am Strand einfanden. Eigentlich waren nur Pärchen in den Appartements aus dem Wasser untergebracht, was mich zweifeln ließ, ob dieser Freund von Evan wirklich allein auftauchen würde.

Eine junge Frau ging an uns vorbei und wiegte dabei so offensichtlich die schmalen Hüften, dass ich schmerzhaft die Zähne aufeinanderbiss. Ich warf einen unauffälligen Blick zu Evan, doch statt ihr auf den Hintern zu starren, sah er mich an. Ein warmes Gefühl durchströmte mich, und ich drückte mich unwillkürlich näher an ihn. Vielleicht würden diese zwei Wochen wirklich nur uns gehören.

„Ich frage mich, wo Scott ist", sagte Evan und blickte sich am Strand um. Hohe Fackeln beleuchteten den riesigen Grill am Strand, und die lange Tafel, auf der hohe silberne Leuchter Platz gefunden hatten. Einige Gäste saßen bereits auf ihren Plätzen und studierten die Weinauswahl oder schlürften Champagner. Evan jedoch schien warten zu wollen.

Fasziniert blickte ich mich um. Es war so einfach, aber wunderschön. Ich hätte niemals gedacht, dass in einem solchen Luxusresort tatsächlich ein Barbecue veranstaltet wurde. Ich tippte Evan an, und flüsterte: „Schau mal, die Frau dort sieht aus wie Charlotte Bedford!"

Evan lachte auf und zog mich eng an sich. „Mein Schatz, das ist Charlotte Bedford!"

Ich spürte Röte in meine Wangen steigen, als mir klar wurde, dass ich die bekannte Schauspielerin tatsächlich nicht erkannt hatte. Ich bewegte mich schon länger in dieser Welt, aber offenbar noch nicht lange genug. „Oh, schau! Da ist Scott!", sagte Evan plötzlich und zog mich mit sich, während ich noch immer verdutzt in Richtung der wunderschönen Brünetten blickte, die in diesem Jahr einen Oscar gewonnen hatte.

Erst als Evan seinem Freund bereits die Hand gab, wandte auch ich mich diesem zu – und kippte fast hintenüber. Scott O'Connor. *Der* Scott O'Connor!

Ich hätte Evan am liebsten geohrfeigt. Er wusste verdammt gut, dass O'Connor mein absoluter Lieblings autor war, dass ich seine Werke verdammt noch mal vergötterte. Ich konnte nichts dagegen tun, mir klappte einfach die Kinnlade herunter, und ich starrte diesen vertrauten Fremden ungeniert an.

„... Und das ist meine Ehefrau Annabelle."

Ich atmete in abgehackten Atemzügen, als Scott O'Connor die Hand in meine Richtung ausstreckte und mich freundlich anlächelte.

„Ich ... äh ... Hallo!", presste ich hervor und lief so rot an, dass ich aussehen musste, wie eine Rettungsboje. Evan grinste, und auch Scott wirkte amüsiert.

„Ich sagte doch, sie ist ein Fan", stellte mein Mann an Scott gewandt fest, und beide lachten. Ich spürte noch mehr Hitze in mein Gesicht steigen. Sicher kam mir Dampf aus den Ohren, so peinlich war diese gesamte Situation.

„Sie brauchen nicht nervös zu sein. Ich beiße nicht", sagte O'Connor und lachte wieder. Ich wollte im Boden versinken, einfach verschwinden und niemals wieder in eine solche Situation kommen. Himmel, da traf ich mein Idol und verhielt mich wie ein hysterischer Teenager. Leise atmete ich tief durch, dann setzte ich ein möglichst neutrales Lächeln auf.

„Freut mich sehr!", sagte ich, wobei ich hoffte, dass meine Stimme nicht allzu sehr schwankte. Dieser Mann hatte Bücher geschrieben, die ich so oft gelesen hatte, bis die Seiten aus dem Einband gefallen waren.

Himmel, wie kam Evan dazu, mir diesen Mann vorzustellen?

„Setzen wir uns doch, ich brauche Wein und Fleisch. Der Flug war verdammt lang!", schlug Evan vor und führte uns zu unseren Plätzen an der langen Tafel. Er platzierte mich neben einer Blondine, die verdächtige Ähnlichkeit mit einem Victoria's-Secret-Model hatte, das ich vor einigen Wochen bei der Show des Labels gesehen hatte. Ich ignorierte sie, Evan sollte bloß nicht auf dumme Ideen kommen, denn mein Bedarf an einer zweiten Frau in unserem Bett war vorerst gedeckt. Ich blickte verstohlen zu Scott O'Connor, der, ganz Mann von Welt, mit kritischer Miene an einem Glas Rotwein nippte und dann der Kellnerin zunickte, damit sie eingoss. Angesichts seiner Präsenz war ich eingeschüchtert. Ein Mann wie er, mit so viel Lebenserfahrung, so viel Wissen, obwohl er gerade dreißig war, und daneben ich – die Trophäe, die noch nie einen anspruchsvollen Job hatte machen müssen. Ich hatte einen bitteren Geschmack im Mund.

„Annabelle, welches Buch gefällt Ihnen denn am besten? Und welches mögen Sie weniger?"

Ich brauchte einen Moment, um zu erkennen, dass der Autor tatsächlich mich angesprochen hatte. Ich zuckte unsicher die Schultern. Durfte man vor einem Autor dessen Werke kritisieren?

Kurz zögerte ich noch, dann sprudelte es doch aus mir heraus: „Ich finde, *Sturmgeflüster* ist Ihr stärkstes Werk. Ich liebe die geschliffenen Dialoge und die vielschichtigen Personen. Es ist so unaufdringlich und erfrischend, wirkt nicht so gekünstelt. Dagegen ist *Trauer der Welt* etwas zäh und wirkt mitunter angestrengt. Ich glaube, dieses Buch spiegelt nicht Ihr Können wider."

Scott starrte mich entgeistert an, Evan eher neugierig, doch beiden schienen meine Worte kurz die Sprache verschlagen zu haben.

„Die Kritiker waren begeistert von *Trauer der Welt*!", erwiderte Scott O'Connor und klang dabei wie ein Kind, dessen Spielzeug man soeben gestohlen hatte.

Ich zuckte unsicher die Schultern. „Ich glaube einfach, dass Sie schon Besseres geschrieben haben."

Im Augenwinkel sah ich Evan, der belustigt an seinem Glas nippte. Scott hingegen musterte mich mit gerunzelter Stirn. Ich spürte, dass ich vielleicht zu weit gegangen war, und beeilte mich zu sagen: „Aber das ist natürlich nur meine Meinung! Und ansonsten bin ich wirklich ein großer Fan. Ich bin seit Monaten auf *Stumme Wut* gespannt. Morgen erscheint es, richtig?" Ich befürchtete, dass es allzu kriecherisch klang, doch Scott lächelte zufrieden, wobei er eine gerade Reihe weißer Zähne entblößte. „Richtig. Es ist mein bester Roman bisher." Die Spannung war verflogen.

Ich musterte sein dichtes dunkelbraunes Haar, das ein wenig zerzaust war und durch einen markanten Dreitagebart abgerundet wurde. Er hatte grüne Augen, die einen so intensiv mustern konnten, dass es fast unangenehm wurde. Fasziniert nahm ich die Symmetrie seiner Gesichtszüge auf. Er war die Art von Mann, die beinahe jede Frau haben konnte, nur leider wurde ich das Gefühl nicht los, dass ihm dies sehr wohl bewusst war. Er wirkte nicht direkt arrogant, aber doch angestrengt kultiviert, und wenn er das Glas langsam zum Mund führte, wirkte er mitunter ziemlich gekünstelt. Ich riss mich los und nahm meinerseits einen Schluck Wein. Es war ein guter, sehr teurer Wein, das schmeckte ich, auch wenn sich meine Fähigkeiten als Weinkennerin in Grenzen hielten. Rasch nahm ich einen weiteren Schluck, wobei ich das Glas bereits zur Hälfte leerte. Dieser Wein war verdammt lecker, und nach diesem holprigen Start in den Abend musste ich mich einfach irgendwie beruhigen. Evan neben mir hingegen war vollkommen ruhig. Er plauderte mit seinem Freund, und sie lachten immer wieder auf, allerdings war ich anscheinend abgeschrieben. Auch das gehörte dazu, das wusste ich. Ich war eben eine Trophäe, egal wie anders unsere Beziehung zueinander doch war. Also lauschte ich ihrem Gespräch – und trank. Je länger ich ihnen zuhörte, desto mehr veränderte sich mein Eindruck von Scott O'Connor, diesem genialen Autor, dessen Werke ich vergötterte; denn er sprach – nun ja – wie ein riesen Arschloch. Das hatte ich nicht erwartet. Er beweihräucherte sich selbst derart unverhohlen, dass ich mich am liebsten übergeben hätte. Kein Wunder, dass ich mich nach kaum zehn Minuten in seiner Gegenwart mehr mit meinen Austern beschäftigte als mit dem Gespräch der beiden Männer. Aber natürlich, so war das immer, wenn man einmal nicht zuhörte, sprach Scott mich an. Und was tat ich? Ich stocherte gedankenverloren in meinen Austern herum und hatte dem Kopf in eine Hand gestützt. Ich hing dort einfach nur, als würde ich gerade einen matschigen Burger von McDonald's verspeisen, statt die wahrscheinlich besten Austern, die es zu kaufen gab.

„Ähm, wie bitte?"

Evan lachte herzlich, als ich verdattert zu den beiden Männern blickte, und gab mir einen Kuss auf die Wange. „Hattest du Langeweile?", fragte er, und ich verzog den Mund. Ich mochte es nicht, wenn er mit mir sprach wie mit einem Kleinkind. Ich lächelte nachsichtig und schüttelte rasch den Kopf.

„Nein, aber eure Gespräche gehen mich doch nichts an!", bemerkte ich diplomatisch und schob noch ein Lächeln hinterher, das meine Worte unterstrich. Evan nickte und legte seinen kräftigen Arm über die Rückenlehne meines Stuhls.

„Scott hat gefragt, was du so tust", wiederholte er.

Ich blickte zu dem Autor, der sich soeben elegant das helle Fleisch einer Auster in den Mund schob, und zuckte die Schultern.

„Außer dir die Nägel zu lackieren meine ich!", schob er hinterher und grinste, woraufhin mein Ehemann schallend lachte. Wut kochte in mir auf. Was bildete dieser Typ sich denn bitte ein?

„Ich mache sehr viel mehr, als mir täglich die Nägel zu lackieren", zischte ich mit einem falschen Lächeln auf den Lippen, und er zuckte desinteressiert die Schultern. Offenbar war das Thema für ihn erledigt. Ich ballte meine Hände unter dem Tisch zu Fäusten, wobei sich meine Nägel schmerzhaft in die empfindliche Haut meiner Handflächen gruben. Verdammt, so selbstbewusst ich eigentlich in Bezug auf meine Rolle als Trophy Wife war, so unsicher war ich, wenn es um mich selbst ging. Ich konnte mich doch nicht ernsthaft von so einem arroganten Idioten vorführen lassen.

Mein Blick glitt verstohlen zu Evan, doch der hatte sich nun ebenfalls seinem Abendessen zugewandt und schien meine Wut gar nicht bemerkt zu haben. Es tat weh, aber ich schluckte den heißen Knoten herunter und nahm langsam einen Schluck Wein, um mein

Gemüt wieder abzukühlen. Ich konnte sehr impulsiv sein, das wusste ich, und vielleicht hatte ich tatsächlich etwas überreagiert, was das Thema anging. Dieser Abend war viel zu schade, um ihn mit Schmollen zu verbringen, beschloss ich, und wandte mich zum vielleicht ersten Mal interessiert dem Gespräch zu, das sich nun wieder zwischen den beiden Männern entwickelte. Vielleicht gehörte Evan mir auch an diesem Abend nicht ganz, aber zumindest hatte ich seinen Arm um meine Schulter, seine Wärme an mir. Ich war nie der Typ gewesen, der ständig Händchen halten, oder sich küssen musste – zumindest nicht nach meiner missglückten ersten Beziehung –, aber ein bisschen Nähe schadete ja nicht. Zumal mir die interessierten Blicke einiger anderer Damen am Tisch sicher nicht entgangen waren. Das war mein Los. Jeder sah auf den ersten Blick, was für eine Beziehung mich und meinen Ehemann verband, und das schürte die Hoffnungen meiner Konkurrentinnen. Allerdings musste ich Evan zugutehalten, dass ich stets seine Nummer eins war. Selbst bei den Dreiern, die wir hatten, gab er mir nie das Gefühl, die zweite Geige zu spielen.

Ich schmiegte mich näher an ihn und lauschte seiner rauen Stimme, während er von einem Geschäftsessen in L.A. erzählte, zu dem Scott wohl eigentlich auch hätte kommen sollen.

„Ich hasse diese Events!", brummte Scott, als Evan ihn damit aufzog, dass er wie ein Einsiedler lebe.

„Aber ohne sie baut man doch kein Netzwerk auf", wandte mein Ehemann ein und zwinkerte mir unbewusst zu.

„Mein Netzwerk baue ich durch Treffen wie dieses hier auf, nicht durch Schlips-und-Kragen-Dinger.“

Das war tatsächlich das Vernünftigste, was dieser Mann den ganzen Abend über gesagt hatte. Beeindruckend, aber ich mochte ihn trotzdem nicht.

„Ein bisschen Schlips und Kragen würde dir guttun, mein Freund“, neckte Evan, und Scott grinste nur.

„Die vom Verlag wollen doch sowieso nur, dass ich mich monatelang in meinem Büro verkrieche und den nächsten Bestseller hervorzaubere.“

Ich unterdrückte den Drang, meine Augen zu verdrehen. So viel Arroganz war doch nicht zu fassen.

„Was sagst du dazu, Belle?“, bezog Evan mich ein, doch Scott schien sich nur widerwillig mir zuzuwenden, was wieder die Wut in mir auflodern ließ.

„Ich glaube, ein paar Monate Arbeit sind nicht gleich eine Garantie für einen Bestseller“, säuselte ich und schob dann noch das obligatorische „Aber ich habe ja keine Ahnung“ hinterher. Mein Lächeln war dabei so falsch, dass mir die Wangen wehtaten.

Evan schenkte mir einen Blick, der mich förmlich anschrie, nicht so zickig zu sein, doch ich blieb hart. Wer mich nach meiner Meinung fragte, der bekam sie auch, Punkt.

„Frech!“, grinst Scott, schien meine Bemerkung aber nicht besonders ernst zu nehmen.

„Ich habe die besten Ideen, wenn ich auf Reisen bin. Nicht in irgendwelchen Büros.“

„Nun, Ideen sind ja gut. Aber du hast auch andere Verpflichtungen!“, gab Evan zu bedenken und nippte an seinem Wein. Ich tat es ihm gleich, um nichts zu der Unterhaltung beitragen zu müssen. Dieses Treffen strengte mich unheimlich an, es war fast unmöglich, dem arroganten Autor nicht auf der Stelle die Meinung zu sagen. Er hatte mein Bild von ihm innerhalb weniger Sätze zerstört. Ich hatte ihn für einen genialen Künstler mit Visionen gehalten, einen interessanten Mann, mit dem man sich stundenlang unterhalten konnte. Und dann stellte sich heraus, dass man sich wahrscheinlich wirklich stundenlang mit ihm unterhalten konnten – allerdings würde es dabei ausschließlich um ein Thema gehen: ihn selbst.

Ich hasste diese Narzissten, die sich für etwas Besseres hielten. Natürlich war auch Evan sich seiner Wirkung und seiner Erfolge bewusst, aber er ging damit nicht hausieren. Andere sprachen über ihr Geld, er hatte es einfach.

Wenn ich nur daran dachte, wie viele Nächte ich mir um die Ohren geschlagen hatte, um die Bücher von Scott O'Connor zu verschlingen, wollte ich am liebsten in Tränen ausbrechen. Nie wieder, wirklich nie wieder, würde ich eines seiner Bücher lesen können, ohne daran zu denken, was für ein Idiot dieser Mann eigentlich war. Es war frustrierend.

Ich blickte zum Weinglas hinüber, entschied aber, dass es keine gute Idee war, noch viel mehr zu trinken, wenn ich mein Temperament im Zaum halten wollte. Rasch nahm ich einen Schluck Wasser und blickte mich um, während ich nur noch mit einem Ohr der Unterhaltung neben mir lauschte.

Ein Kellner stellte uns einen Teller mit köstlich duftenden Meeresfrüchten vor die Nase, und ich leckte mir gierig die Lippen. Trotz der Diät, die ich eigentlich einzuhalten versuchte, wurde ich immer wieder schwach. Zugute kam mir natürlich, dass Evan überhaupt kein Fast Food aß und nur so wenig Kohlenhydrate zu sich nahm, dass mir fast selbst nichts anderes übrigblieb, als mich ohne Brot und andere leckere Dinge über Wasser zu halten. Gut für meine Figur, schlecht für meine Liebe zum Essen.

Gierig schnitt ich ein Stück kross gebratenen Lachs ab und schob es mir in den Mund, wo es beinahe schmolz, so zart war es.

Evan stocherte ein wenig in seinem Essen herum, dann begann er, den halben Hummer auf seinem Teller zu zerlegen. Scott hingegen aß so ungeniert, dass ich mir sicher war, dass er nicht einmal an eine Diät dachte.

„Es ist eine Schande, dass wir dich nicht zu einer Premierenlesung morgen überreden konnten“, sagte Evan, um das Gespräch wieder anzukurbeln. „Deine Leser würden sich sicher freuen, wenn du dich mehr in der Öffentlichkeit zeigen würdest.“

„Wieso sollte ich das tun, wenn die Leute vor den Buchhandlungen campen, um die ersten zu sein, die es zu lesen bekommen. Ich habe sehr treue Fans.“

Ich lächelte falsch in seine Richtung. Wenn ich weiterhin nur mit ihm stritt, würde dies kein besonders schöner erster Abend für meine Flitterwochen werden, also schluckte ich meinen Zorn hinunter. Evan würde mich für diesen Abend schon irgendwie entschädigen. Vielleicht mit einem Tag, an dem wir nur zu zweit waren? Oder mit einem Ausflug? Zumindest schien er zu bemerken, dass mir das Dinner nicht besonders gefiel.

„Es war schade, dass du nicht zur Hochzeit kommen konntest", sagte Evan, und Scott hielt zwischen zwei Bissen kurz inne.

„Ich hatte einige Termine. Tut mir ehrlich leid." Seine Stimme klang monoton und unaufrichtig.

„Du magst nur keine Hochzeiten, stimmt's?", warf ich ein und bereute meinen sarkastischen Kommentar beinahe sofort. Aber was sollte ich auch sagen? Ich hatte nicht einmal gewusst, dass er eingeladen gewesen war.

„Doch schon, aber ..." Er verstummte und starrte auf seinen Teller. Es war mehr als offensichtlich, dass er sich so davor bewahrte, etwas Unpassendes zu sagen. Aber das war nicht nötig, ich verstand auch so und spürte einen schmerzhaften Stich in meinem Herzen. So egal mir die Meinung anderer Leute war, so etwas tat trotzdem weh.

Scott schien das zu bemerken und setzte nach: „Und jetzt, wo ihr verheiratet seid, wie sieht es da mit Kindern aus?"

Ich blinzelte, doch Evan kam mir augenblicklich zuvor.

„Schauen wir mal!", sagte er mit einem diplomatischen Lächeln und legte mir den Arm um die Schultern. Ich starrte auf meinen Teller. Der Hunger war mir vergangen. Ob nun Trophäenfrau oder nicht, Gefühle hatte ich schließlich trotzdem.

„Wie schön!", sagte Scott, und es war seiner Stimme anzuhören, wie wenig schön er dies tatsächlich fand. Ich hatte mich so toll gefühlt, so überlegen, aber es stellte sich heraus, dass er genauso sein Urteil über mich gefällt hatte, wie ich über ihn.

Schweigend aß ich weiter, ich hatte keine Lust auf besorgte Nachfragen, warum ich nicht aß, und zudem war es mir zuwider, einen fast vollen Teller einfach entsorgen zu lassen.

Auch die beiden Männer schwiegen nun. Evan, weil er mit Essen beschäftigt war, Scott wohl eher aus Unbehagen oder Verbissenheit – was wusste ich schon?

Für den Rest des Abends hielt ich mich zurück, nickte, lächelte, lachte und küsste Evan, wann immer es angebracht war. Als der Abend weiter fortschritt und die wohlhabenden Gäste immer ausgelassener wurden, verabschiedeten wir uns und ließen Scott, der noch bleiben wollte, zurück.

An diesem Abend schliefen Evan und ich nicht miteinander, er nahm mich nur in den Arm und schlief dann ein. Es war seltsam, als sei er wütend auf mich.

Auch am nächsten Morgen ließ mich der Gedanke an Evans Schweigsamkeit nicht los, und ich entschied, ihn beim Frühstück darauf anzusprechen. Wir saßen auf der kleinen Holzterrasse unseres Bungalows, an die ein Privatpool grenzte – was ich angesichts der Tatsache, dass wir uns unmittelbar über dem Meer befanden, etwas seltsam fand – und aßen frische Früchte und Joghurt, während eine seichte Brise das Wasser kräuselte. Ich trug einen weißen Bademantel aus Seide und war ganz die frisch vermählte Braut mit der Orchidee im Haar, die das Zimmermädchen im Bad hinterlassen hatte.

Evan war noch immer verschlossen und löffelte schweigend seinen Joghurt aus der Schale, während einer seiner Füße unablässig auf die dunklen Holzplanken trommelte.

„Was ist los mit dir, Evan?", begann ich, und er blickte fragend von seiner Schale auf.

„Was meinst du?"

„Du bist so ... verschlossen, seit wir gestern bei dem Barbecue waren." Ich biss von meiner Gabel ein Stück Banane ab.

„Es ist alles in Ordnung. Ich ..." Er dachte kurz nach, dann fuhr er fort: „Ich fand nur dein Verhalten gegenüber Scott ziemlich unpassend. Ich kenne dich nicht so zickig."

Ich spannte den Kiefer an, schluckte aber eine scharfe Bemerkung herunter. „Wirklich?", fragte ich unschuldig und blickte fragend zu meinem Ehemann herüber, der die Schultern zuckte. Mein Gesicht spiegelte sich in seiner sportlichen Designer-Sonnenbrille.

„Du bist ihm dumm gekommen!"

Nun entgleisten mir meine Gesichtszüge doch. „Ich glaube, das beruhte auf Gegenseitigkeit", gab ich ruhig zurück und verschränkte die Arme. Es war unmöglich, dass Evan es nicht auch bemerkt hatte.

„Er ist Autor, Belle. Er ist einfach ein verrückter Vogel, der manchmal wirres Zeug redet. Aber er ist mein bester Autor und sehr wichtig für meinen Verlag!"

„Ich dachte, dein Verlag sei nur ein Nebengeschäft und werfe ohnehin nicht genügend Gewinn ab?", fragte ich unschuldig und lächelte, als er plötzlich grinsen musste.

„Du passt auf, das muss ich dir lassen!"

Ich zuckte leichtfertig die Schultern. Natürlich tat ich das.

„Hör zu. Ich will den Verlag halten, und ich will auch, dass er Erfolg hat, damit ich ihn nicht abstoßen muss. Allein schon wegen meines Vaters", sagte er, und ich nickte langsam. Evan sprach fast nie über seine Familie, schon gar nicht über den Vater, der mit dem Verlag den Grundstein für Evans Vermögen gelegt hatte. Mittlerweile war dieser jedoch nur noch ein kleiner Teil des Imperiums meines Mannes.

„Er ist wirklich sehr wichtig für den Verlag und außerdem ein Freund", sagte Evan, und ich blickte ihn ungläubig an. Freund? Er hatte ihn noch nie erwähnt, seit ich Evan kannte, nicht einmal, als ich sagte, dass Scott O'Connor mein Lieblingsautor sei.

„Warum hast du mir nie von ihm erzählt?"

„Wir hatten uns lange nicht gesehen nach unserer Zeit in Harvard, erst seit er für mich arbeitet, ist er wieder ein richtiger Freund geworden."

„Ein Geschäftsfreund?"

Evan lächelte nachsichtig. „Nein. Ein Freund, den ich wirklich mag."

Ich musste ebenfalls lächeln und beschloss, nicht weiter nachzuhaken. Wahrscheinlich würde ich diesen Mann nicht mehr allzu oft sehen, und für ein paarmal im Jahr reichten meine Schauspielkünste aus.

„Ich werde netter sein", murmelte ich und stand auf, wobei mein Bademantel aufklaffte. Evan zog eine Augenbraue hoch, als er sah, dass ich darunter nackt war.

„Das gefällt mir zum Frühstück!" Grinsend rückte er mit seinem Stuhl nach hinten, damit ich mich rittlings auf seinen Schoß setzen konnte. Er war schon hart, das spürte ich sofort und musste ebenfalls grinsen. Dieser Mann war ein absolutes Phänomen.

Evan zog mich an sich heran und küsste mich, seine Zunge erkundete fordernd meinen Mund, während seine Hände zu meinem Hintern wanderten und fest zudrückten. Erschrocken schrie ich auf, und er biss mir frech in die Unterlippe.

„Pst!", raunte er in mein Ohr und legte eine Hand in meinen Nacken, um ihn zu liebkosen, durch meine Haare zu fahren und meinen Kopf näher an sich zu ziehen.

Meine Hände wanderten zum Saum seines weißen Shirts, und ich fuhr daran entlang über die nackte Haut seines angespannten Bauches. Ich packte gerade den Stoff, um ihn auszuziehen, als ich plötzlich durch den Dunst meiner Erregung ein schrilles Klingeln hörte. Auch Evan hielt inne.

„Oh, verdammt!", knurrte er und ließ von mir ab.

Mürrisch schob ich mich von seinem Schoß und sah zu, wie er eilig in den Wohnraum lief, um den Anruf entgegenzunehmen. Ich hörte nicht, was er sagte, aber die Art und Weise zeigte mir, dass es geschäftlich war – und offenbar sehr ernst.

Ich seufzte und kehrte zu meinem Stuhl zurück. Hunger hatte ich keinen mehr, zumindest nicht auf Naturjoghurt mit Früchten, und so starrte ich nur abwesend aufs Meer hinaus, während Evan hinter mir wieder auf die Terrasse trat.

„Das ist wirklich ein Problem. Ja. Verstehe. Kann sich Lisbeth darum kümmern?"

Ich verzog den Mund, als ich den Namen der schwedischen Schönheit hörte, die als Evans Sekretärin arbeitete. Es war ein offenes Geheimnis, dass die Frau, die nebenbei modelte, nur zu gerne an meiner Stelle wäre.

Evan stand nun neben mir, und ich legte die Hand sanft auf seine langsam abklingende Erektion, doch er schüttelte den Kopf und wandte sich wieder ab. Ich seufzte frustriert und lehnte mich in meinem Stuhl zurück. Das sah meinem Mann gar nicht ähnlich. Sicher war etwas Schlimmes passiert.

„In Ordnung. Ich kümmere mich darum." Das Handy schepperte hinter mir auf den Tisch, und ich hörte, wie Evan sich auf den Stuhl fallenließ. „Planänderung, Belle. Wir können heute nicht an den Strand. Ich muss arbeiten", sagte er, und ich drehte mich zu ihm um. Natürlich verbarg ich meine Enttäuschung und nickte stattdessen nur. „Aber da ist noch etwas. Ich hatte für heute ein Treffen mit Scott ausgemacht, weil er nur noch bis morgen auf der Insel ist. Bitte nimm du es für mich wahr und unterhalte dich ein wenig mit ihm, okay? Er ist doch dein Lieblingsautor, da findet ihr sicher ein Gesprächsthema."

Ungläubig starrte ich Evan an, suchte in seinem Gesicht nach einem Anzeichen dafür, dass er scherzte, doch er wirkte sehr ernst. Langsam nickte ich, während mein Kiefer sich merklich versteifte.

„Ich sehe, dass du keine Lust darauf hast, aber es muss sein. Die Beziehung zu ihm ist wichtig, und sein neues Buch kommt heute heraus."

„Und da ist er hier? Muss er nicht in New York oder so sein, um allen Leuten zu zeigen, wie großartig sein neuestes Werk ist?", entfuhr es mir, und ich bereute es sofort, als ich seinen strengen Blick sah.

„Reiß dich zusammen, okay? Das hier ist Business, davon verstehst du nichts."

Das versetzte meinem Herz einen Stich, und ich schwieg. So war Evan. Nicht gemein, aber ein Geschäftsmann. Ich würde ihm niemals wichtiger sein als sein Imperium – und das war in Ordnung. Würde ich die Last tragen, so viel Geld und so viele Unternehmen meiner Familie koordinieren zu müssen, an denen alles hing, was mir lieb und teuer war, so wäre ich nicht anders.

Evan gab es nicht zu, aber ich wusste, was für ein Druck auf ihm lastete. Auch wenn er mir nur wenig über seine Familie erzählt hatte, konnte ich ahnen, was für Ansprüche man an ihn stellte, und wie diese Leute mit jedem noch so kleinen Fehler ins Gericht gingen. Liebe spielte in dieser Familie keine Rolle. Deshalb verzieh ich meinem Ehemann, der die ersten Tage unserer Flitterwochen mit Arbeit gefüllt hatte. Auch wenn mich seine Worte verletzten.

„In Ordnung", sagte ich.

„Halt ihn bei Laune! Wir sehen uns heute Abend."

Evan wandte sich um und nahm im Gehen seinen Laptop, dann hörte ich, wie die Tür unseres Bungalows zuschlug. Kein Kuss, keine netten Worte.

Das war normal. Wer sich romantische Vorstellungen über das Leben als Trophy Wife macht, der täuscht sich. Würde eine solche Beziehung genauso funktionieren wie eine normale, wäre doch im Grunde dieses ganze System sinnlos.

Männer wie Evan suchen sich Frauen wie mich, um sich nicht mit Eifersucht und Streit abgeben zu müssen, um keine Unannehmlichkeiten zu erleben. Sie wollen nicht hören, dass man Kopfschmerzen oder einfach einen schlechten Tag hat. In den meisten Fällen handelt es sich um Kontrollfreaks, denen es zwar egal ist, wann ihre Frau zum Friseur geht, die aber trotzdem über alles bestimmen wollen. Eine Trophäenfrau entscheidet sich dafür, und sie geht wissentlich eine solche Beziehung ein – meist aus Gier, selten aus Neugier, wie in meinem Fall.

Ich vergleiche diese Vereinbarung meist mit dem altehrwürdigen Adel, eine Gesellschaft, in der die Frau einen Mann mit Titel heiratete, um dann das menschliche Pendant einer Designerhandtasche zu werden.
Immer Lächeln, auf Bällen tanzen, Wohltätigkeitsveran staltungen geben. Noch dazu muss eine adelige Ehefrau immer tadellos aussehen, die perfekten Manieren haben und die passenden Hobbies vorweisen. Auf den ersten Blick unterscheiden sich diese beiden Modelle in meinen Augen kaum – mit dem Unterschied, dass das seit Jahrhunderten im Adel praktizierte Konzept gesellschaftlich anerkannt ist. Ich sah mich nie gern in dieser Rolle, weil ich Evan wirklich mochte, doch ich rief sie mir immer wieder in Erinnerung, und das aus genau einem Grund: Ich musste meinen Platz kennen. Ich durfte nicht anfangen zu denken, dass Evan mich tatsächlich liebte, oder dass wir einmal Kinder haben würden.

Ich will es noch einmal sagen: Ich hatte Glück mit ihm, riesiges Glück sogar, aber genau das war gefährlich, denn er war auch die Art Mann, in die man sich vielleicht einfach verlieben musste. Nicht so ich. Ich kannte meinen Platz. Ich kannte ihn verdammt gut.

Als ich Evans Nachricht bekam, in der stand, was genau ich mit Scott besprechen sollte, war ich bereits für den Strand angezogen und wenig überrascht, dass er mich zur Eile drängte. Mit einer großen Strandtasche über der

Schulter ging ich den Steg entlang zum Hauptgebäude des Resorts, das etwas weiter im Inneren der Insel lag. Natürlich hätte ich mich auch mit einem der Golfcarts abholen lassen können, aber ich genoss es, zu Fuß unterwegs zu sein, über raue Planken zu laufen und das Meer unter mir zu riechen. Ich ließ mir Zeit, denn es war nicht mein Termin, den ich wahrnahm.

Als ich die großzügige Lobby betrat, schob ich mir die Sonnenbrille auf den Kopf und blickte mich suchend um. Scott saß in einem dunklen Korbsessel und hatte seinen Laptop auf den Knien. Er bemerkte nicht einmal, als ich neben ihn trat.

„Hey!", sagte ich, und er blickte endlich auf. Kein Lächeln, natürlich nicht.

„Wo ist Evan?", fragte er, und ich unterdrückte den Drang, die Augen zu verdrehen. Nicht einmal eine Begrüßung bekam dieser Mann heraus.

„Er konnte nicht kommen. Geschäftliches", sagte ich matt und blickte mich desinteressiert in der beinahe leeren Lobby um.

„Aber ..."

„Er hat mich geschickt", unterbrach ich ihn und lächelte mein schlagendes Lächeln. Scott jedoch quittierte meine Versuche nur mit einem Grunzen. Konnte ein Mensch noch herablassender sein? „Ich wollte an den Strand. Vielleicht möchtest du ja mitkommen?", bot ich an, und er zuckte langsam die Schultern. Ihm war anzusehen, dass sich alles in ihm dagegen sträubte.

„Ich weiß, die Situation ist nicht optimal, aber es war wohl sehr wichtig", argumentierte ich diplomatisch, doch er rümpfte nur die Nase, ohne mir zu antworten.

Seufzend fuhr ich mir durch die Haare und schüttelte den Kopf. „Okay, okay! Aber Evan meinte, wir sollten etwas zusammen unternehmen. Er hat mich über die Dinge in Kenntnis gesetzt, die ihr besprechen wolltet."

Er blickte zu mir auf, dann klappte er den Laptop zu und schob ihn in eine helle Leinentasche. Er trug ein weißes T-Shirt zu kurzen Hosen und Flipflops, ein Look, mit dem er trotzdem in jeden Hollywoodfilm gepasst hätte.

Obwohl ich nicht behaupten konnte, dass er nicht gut aussah – er sah eigentlich sogar verdammt gut aus – war sein Verhalten so abstoßend, dass ich gar nicht erst dazu kam, mich über den arroganten Gesichtsausdruck zu ärgern, den er zur Schau trug. Am liebsten hätte ich ihm eines der wuchtigen Holzpaddel, die zur Dekoration an den Wänden hingen, ins Gesicht geschlagen, nur damit dieser Ausdruck verschwand.

„Ich weiß wirklich nicht, was ich noch sagen soll", gab ich zu, und er lächelte spöttisch.

„Hast du nur so viel auswendig gelernt?"

Meine Augenbrauen schossen nach oben. „Wie bitte?", zischte ich.

„Ich meine doch nur, dass du eher weniger Ahnung von den Geschäften hast, die dein *Mann* und ich betreiben." Er spie das Wort so voller Abscheu aus, dass mir klar war, was ihn störte.

„Ich bin nicht zu blöd, um die Zusammenhänge zu verstehen, falls du das meinst!" Meine Stimme war vollkommen ruhig, fast schon gelassen, doch meine Blicke sprachen eine ganz andere Sprache. Ich hatte eine hohe Schmerzgrenze, aber ich würde mich ganz sicher nicht beleidigen lassen.

„Das habe ich gar nicht behauptet."

Ich schnaubte. „Natürlich. Sei einfach ehrlich! Ich vertrage es schon", sagte ich und verschränkte trotzig die Arme vor der Brust. Mir war es egal, was die Leute in dem teuren Resort von mir dachten. Konnte es auch.

„Ich habe keine Lust auf eine solche Diskussion, ehrlich nicht!", sagte er und stand auf, doch ich trat ihm in den Weg.

„Du musst mich ja gar nicht ernst nehmen, um geschäftliche Dinge mit mir zu besprechen. Im Gegenteil! Ich lese dir vor, was Evan mir geschrieben hat, und dann können wir beide unseren Tag genießen."

Scott O'Connor runzelte die Stirn, nickte dann aber langsam. „Na schön, meinetwegen."

Nerviger Idiot, dachte ich, lächelte aber. Sollte er doch von mir denken, was er wollte. Ich musste ihn wahrscheinlich nicht mehr allzu oft ertragen.

„Gehen wir an die Bar?", schlug ich vor.

Schulterzucken.

Ich atmete tief durch, beruhigte mich für einen Augenblick, dann stapfte ich voraus in Richtung Strandbar. Ich spürte seinen Widerwillen förmlich auf meiner Haut und rieb mir die Arme, als sich eine Gänsehaut darauf ausbreitete.

An der Bar setzten wir uns auf zwei Korbsessel, die im warmen Sand standen, und streckten die Beine in die Sonne. Das luftige Strandkleid, das ich getragen hatte, lag schon über der Lehne des Stuhls, und ich spürte die ersten Sonnenstrahlen, die meine Haut wärmten.

Ich spürte, dass Scott mich musterte, was mich noch wütender machte – wahrscheinlich hatte er auch an meinem Körper etwas auszusetzen.

Ich räusperte mich, doch er zuckte nicht zusammen oder wich zurück, drehte einfach nur langsam den Kopf und hielt sein Gesicht mit geschlossenen Augen in die Sonne.

Während ich ihm vorlas, was Evan mir geschrieben hatte, lauschte er mir zum ersten Mal, seit wir uns am Abend zuvor kennengelernt hatten, aufmerksam und nickte hin und wieder, als Zeichen, dass er mir noch folgte. Es waren viele Dinge dabei, die ich kaum oder gar nicht verstand, allein schon deshalb, weil ich zu wenig vom Verlagsgeschäft verstand, aber es gab auch einiges, das ich einzuordnen wusste. Im Wesentlichen ging es um sein neues Buch, dessen Filmrechte bereits an eine namhafte Produktionsfirma verkauft worden waren.

Als ich die Nachricht zu Ende vorgelesen hatte, blickte ich von meinem Smartphone auf und starrte Scott plötzlich direkt in die Augen.

„Das war es?", fragte er, und ich nickte angespannt, bevor ich rasch wegsah. Er hatte diese Art von durchdringendem Blick die einen ganz durcheinanderbrachte, wenn man ihm ausgesetzt war.

„Ich schätze schon."

„So ein Bullshit!", schnauzte er und sprang auf.

„Was soll das jetzt?"

„Ich werde diese Dinge nicht mit dir besprechen, sorry. Ist nichts Persönliches!"

Doch genau das war es, und das wusste ich sehr genau. „Ich bin keine Idiotin, weißt du?", sagte ich ruhig und blickte zu ihm auf. Scott hielt inne. „Es ist nicht fair,

dass du mich behandelst, als sei ich ein Stück Dreck!"
Ich sagte das nicht verletzt oder schnippisch, sondern
vollkommen ruhig. Mit Männern wie ihm kam ich schon
lange Zeit gut zurecht.

„Es ist einfach nicht meine Art, solche Dinge mit
der Ehefrau von Evan zu besprechen", sagte er und
schien sich nicht im Geringsten für sein Verhalten zu
schämen.

Nun gut, dachte ich und lächelte ein strahlendes
Lächeln. „Aktuell bleibt dir nichts anderes übrig."

Er schüttelte langsam den Kopf, setzt sich aber
wieder. Ein wenig grummelte er noch, doch
anscheinend war er jetzt bereit, mir zuzuhören.

Was sich wie ein Triumph hätte anfühlen sollen,
war für mich allerdings eher ein Grund, nervös zu sein.
Die Wahrheit war: Bis zu diesem Zeitpunkt hatte ich
niemals ein Meeting durchgeführt, nie einen Job
gehabt, bei dem Dinge besprochen werden mussten. Als
Kellnerin besprach man schließlich nicht, man bekam
Anweisungen.

„Also …", begann ich zögernd und blickte wieder
auf meine Anweisungen, während Scott beim Kellner
einen Martini bestellte.

Meine Augenbrauen entgleisten mir kurz, und
ich musste mir ein Grinsen verkneifen, als er doch
tatsächlich nach einem geschüttelten Martini verlangte.
Mister James Bond persönlich, meine Damen und
Herren!

Er lehnte sich nach vorne und musterte mich.
Das tat er während des gesamten Gesprächs, und seine
Blicke brannten wie Feuer auf meiner Haut. Es war
nicht die Art von Feuer, die ich spürte, wenn Evan mich
ansah, jene, die mich an verschwitzte Laken und warme

Körper denken ließ, sondern eine, die mich erschaudern ließ. Unter seinen Blicken hatte ich das Gefühl, nicht gut genug zu sein, nicht kompetent genug. Und jedes Mal, wenn er schief lächelte, glaubte ich einen Fehler gemacht zu haben, über den er später herzhaft lachen würde.

Bei meiner Stimmung war es ein Glück für ihn, dass die Besprechung nicht viel Zeit in Anspruch nahm, sodass wir nach kaum zwanzig Minuten die wichtigsten Themen abgearbeitet hatten. Ich hatte keine Ahnung, wie ernst Scott unsere Absprachen wirklich nehmen würde, aber er machte den Eindruck, als sei er zufrieden.

Als ich das Smartphone weglegte, ruhte sein Blick noch immer auf mir, und ich unterdrückte den Impuls, ihm eine Ohrfeige zu geben. Welche Frau hasste es nicht, wenn sie ohne Unterlass angestarrt wurde?

„Was soll das?", fragte ich, und er runzelte die Stirn.

„Was meinst du?"

„Du starrst mich die ganze Zeit an!"

„Macht es dich etwa nervös?" Er griente, und ich verdrehte die Augen.

„Es gehört sich nicht!", sagte ich ohne große Lust, das Gespräch fortzuführen, doch er sprang sofort darauf an.

„Sagt wer?"

Ich zuckte die Schultern. Dieser Mann war anstrengend. „Jeder? Was weiß ich."

„Richtig", sagte Scott nüchtern und lächelte ein fieses Lächeln. Einen Moment lang musterte ich ihn nur, suchte nach einem Hinweis dafür, dass er scherzte, aber er blieb stumm.

44

„Wie nett!", heuchelte ich, dann stand ich von meinem Korbsessel auf. Ich musste mich nicht beleidigen lassen. Nicht hier, nicht an diesem Tag.

Halbherzig verabschiedete ich mich und ließ den Mann zurück, dessen Werke ich so sehr verehrte und den ich zugleich so sehr verabscheute. Ich spürte, dass Tränen in mir aufzusteigen drohten, doch ich schluckte sie tapfer herunter, denn diese Genugtuung würde ich ihm nicht geben. Nicht ihm und auch niemandem sonst.

Meine Hand fuhr zu der schlichten Goldkette um meinen Hals, und ich tastete über den feinen Anhänger, den mir mein Vater einmal geschenkt hatte. Evan hatte schon oft gesagt, ich solle das Schmuckstück durch etwas Besseres und Edleres ersetzen, doch die schlichte Kette war die Verbindung nach Hause, die ich einfach brauchte.

Ich verbrachte den Tag an dem Pool, der zu unserem Bungalow gehörte, und blätterte in einigen Zeitschriften, bevor ich schließlich den Laptop hervorholte und ein paar Seiten schrieb. Ich hatte kein richtiges Buch, an dem ich arbeitete, eher ein lockeres Projekt, das ich seit einigen Wochen verfolgte, und mit dem ich mir meine Zeit vertrieb. Dass es dabei immer mehr Form angenommen hatte, fiel mir erst an diesem Nachmittag auf. Erstaunlicherweise war es genau das, was mich motivierte, mehr zu schreiben, und ein umfangreiches Notizbuch anzulegen, in dem ich meine Aufzeichnungen vermerkte.

In Arbeit vertieft verbrachte ich einige Stunden am Pool, sodass ich ein wenig erschrak, als ich irgendwann feststellte, dass die Sonne bereits unterging. Ich sah auf die Uhr: fast acht Uhr. Und Evan hatte sich bisher nicht gemeldet. Also nahm ich mein Handy zur Hand und rief seinen Kontakt auf. Ich rechnete damit, dass ich nur die Mailbox erreichen würde, doch zu meiner Überraschung meldete er sich nach dem zweiten Klingeln.

„Hey!" Er klang gehetzt.

„Hey! Was ist los, wo bist du?", sagte ich und ließ den Blick über den weitläufigen Ozean streifen, über dem soeben die Sonne unterging.

Evan zögerte kurz, dann antwortete er: „Es tut mir leid, aber wir müssen abreisen."

„Was?", keuchte ich und spürte, wie sich mein Bauch zusammenkrampfte. Das konnte nicht sein.

„Tut mir leid, aber ich muss ein wichtiges Geschäft abwickeln, und das kann nicht warten!"

Ich konnte nichts sagen, ich wollte auch nicht. Ich spürte wieder diese fiesen Tränen, die plötzlich kamen, und schluckte erfolglos gegen den Kloß in meinem Hals an. Hochzeitsreise. Flitterwochen. Nein, zwei Tage. Mehr war es nicht gewesen.

„Natürlich", krächzte ich, und Evan seufzte am anderen Ende. „Ich schicke den Butler, er holt unsere Sachen ab. Der Flieger steht bereit." Ich sagte nichts, weil ich nicht wollte, dass er hörte, wie ich weinte. „Ich treffe dich dann im Flieger!" Es klickte. Evan hatte aufgelegt.

Ich starrte auf das Handy in meiner Hand. Der Sonnenuntergang war mir plötzlich egal. Keine Zweisamkeit, keine Zeit mit meinem Mann. Ich wusste, dass es mich nicht hätte treffen sollen – dürfen. Und doch spürte ich die bittere Enttäuschung. Ich hatte mich auf diesen Trip gefreut. Vielleicht mehr, als ich es hatte zugeben wollen.

Betont fröhlich betrat ich wenig später den Jet. Ich würde Evan nicht zeigen, wie sehr es mich traf, dass er die Flitterwochen einfach abgebrochen hatte. Und auch mich selbst musste ich daran erinnern, was mein Platz war. Evan begrüßte mich nur mit einer kurzen Umarmung, bevor er sich wieder seiner Arbeit widmete. Er sah gestresst und konzentriert aus, so als habe er mit schwierigen Problemen zu kämpfen.

Gespielt locker ließ ich mich auf einem der Sessel nieder und musterte ihn. So war es immer, wenn in seinem Unternehmen etwas geschah. Egal, wie sehr er das Leben genoss, es gab genau eine Priorität in seinem Leben. Und wenn dort nicht alles so lief wie geplant, gefiel ihm das nicht. Ich blickte auf, als die Stewardess an meinen Sitz trat. Sie trug wieder dieselbe Uniform und errötete, als sie zu mir herabblickte. Ich hingegen blieb cool. Solche Begegnungen hatte ich schon zu oft gehabt, um mich noch zu schämen.

Sie stellte mir ein Glas Champagner hin, dann verschwand sie wieder.

Ich frage mich, ob Sie mich bereits jetzt so sehr hassen, dass Sie dieses Buch beiseitelegen und ihren Freundinnen erzählen wollen, wie furchtbar unsympathisch und unerträglich ich doch war.

Das wäre in Ordnung, wirklich. Aber ich verspreche, dass noch mehr kommen wird als die Probleme einer Frau, die in einem goldenen Käfig lebt. Immerhin habe ich mich für den Reichtum und gegen die Liebe entschieden, weil sie ein mieser Trick ist, der

Menschen ins Unglück stürzt. Ich habe weder in meiner Familie noch in meinem Umfeld je ein Paar kennengelernt, das wirklich funktioniert. Und Evan und ich? Wir taten es. Wir bekamen das Beste aus beiden Welten. Wir genossen es einfach, zusammen zu sein, machten uns aber keinen Druck und blieben Individuen. Das gefiel mir. Mir gefiel auch das Geld, aber vor allem gefiel mir, wie einfach es alles machte.

Statt zu Hause zu sitzen und uns gegenseitig zu nerven, reisten wir um die Welt, ich begleitete ihn zu Events, fuhr mit ihm in schnellen Autos und aß in den besten Restaurants. Was kann es Besseres geben für einen Menschen, der nicht an das Konstrukt der Liebe glaubt?

Oh, süßes Leben.

ZWEI

Als wir in London gelandet waren, fuhr ich in Evans Haus, wo ich die Zeit mit lesen und umherwandern verbrachte, bevor ich gegen zehn zu Bett ging. Der Jetlag machte mir zu schaffen, und Evan war noch immer nicht wieder da. Selbst am nächsten Morgen fehlte von ihm noch immer jede Spur. Also beschloss ich, in die Stadt zu fahren. Shopping half. Es musste helfen, denn ich war mittlerweile stinksauer. Etwas in mir sehnte sich nach Gesellschaft, gleichzeitig wollte ich mir aber auch nicht die Blöße geben, meinen sogenannten Freundinnen zu erzählen, was geschehen war. Wann immer ich über Evan sprach, konnte ich ihr Misstrauen förmlich spüren. Gleichzeitig sah ich, wie sie sich gierig die Finger nach Evan leckten. Oh nein, ich hatte keine Lust auf diese Spielchen. Nicht nachdem meine Hochzeitsreise so jäh beendet worden war.

Als ich jedoch so umherstreunte, ohne große Lust, tatsächlich etwas zu kaufen, packte mich plötzlich ein Gedanke: Scotts Buch.

Egal, wie sehr ich ihn als Mensch mittlerweile verabscheute, ich kam nicht umhin, auf sein neuestes Werk gespannt zu sein. Ich hatte seine Bücher immer gleich am Erscheinungstag verschlungen, und das hatte sich noch immer nicht geändert.

Ich blickte zu dem prunkvollen Schild von *Harrods*, zögerte kurz, dann trat ich durch die Pforte in das Kaufhaus und schlängelte mich zwischen eleganten Damen und kreischenden Kindern hindurch in die Buchabteilung.

Der neue O'Connor versprach, eine Sensation zu werden, also hatten sie das Buch ganz sicher. Suchend blickte ich mich um, bis ich in der Auslage schließlich ein lächerlich großes Schild mit seinem Gesicht darauf entdeckte. Das würde ihm gefallen. Ein überdimensioniertes Bild in einem Kaufhaus – das musste Balsam für sein gewaltiges Ego sein.

Ich verzog den Mund zu einem spöttischen Lächeln und nahm eines der Bücher vom Stapel, bevor ich zur Kasse ging und gleich bezahlte.

Zu Hause angekommen setzte ich mich auf die Designercouch, die das großzügige Wohnzimmer von Evan dominierte, und schlug die Beine unter, um das neueste Werk von Scott O'Connor zu verschlingen – irgendwie freute ich mich sogar. Ich liebte seine Bücher, seine Art zu schreiben und der Geschichte Wendungen zu geben, die sowohl mit Witz und Raffinesse gestaltet waren als auch mitunter so überraschend, dass man das Buch gar nicht mehr aus der Hand legen wollte.

Ich verschlang *Stumme Wut* an einem einzigen Nachmittag. Erst als die Sonne vor dem großen Panoramafenster des Ostflügels unterging, legte ich den Roman neben mich auf das Polster. Mein Arm fühlte sich taub an unter der Last des Buches, und ich schüttelte ihn kurz, um wieder Gefühl hineinzubekommen.

Dann starrte ich auf den roten Einband, auf das Foto der geballten Faust mit den rot lackierten Fingernägeln darauf. Ich musste lachen, richtig lachen, so als habe es seit Wochen in mir gelauert. Es brach aus mir heraus, und ich lachte in die Stille des Hauses, lachte, bis mir fast die Tränen kamen und eine Angestellte den Kopf durch den Bogen streckte, der den Durchgang in den Loungebereich bildete.

„Ist alles in Ordnung bei dir?"

„Danke, Elsa!", prustete ich und bekam mich nur langsam wieder ein. „Ich habe nur gerade einen wirklich, wirklich guten Witz gehört!" Ich grinste das Dienstmädchen an, das ich bereits an meinem ersten Tag im Haus darum gebeten hatte, mich beim Vornamen zu nennen – Evan erlaubte dies keinem seiner Angestellten.

Elsa nickte mit einem verwirrten Lächeln auf den schmalen Lippen und zog sich zurück. Ich hingegen schnaufte durch, blickte wieder auf das Buch neben mir.

Es war schlecht.

Richtig schlecht.

Ich grinste und schüttelte belustigt den Kopf. Dieses Buch würde ganz sicher nicht das Erfolgreichste werden, das O'Connor je geschrieben hatte.

Als Evan durch die Tür trat, war ich gerade damit beschäftigt, verschiedene Kritiken zu *Stumme Wut* zu lesen und nicht gerade überrascht, dass die Kritiker meine Meinung teilten. Am schlimmsten war die Kritik der *New York Times*, die unter dem Titel „Bewusste Ignoranz oder mangelnde Menschenkenntnis?" erschienen war. Und das traf es perfekt.

Eigentlich hätte ich nicht überrascht sein dürfen, dass es nicht gut war, wenn ein Mann wie Scott O'Connor sich an einem Buch versuchte, in dem er aus Sicht einer Frau schrieb. Und erwartungsgemäß schlecht war ihm die Umsetzung gelungen. Ich sah Evan gleich an, dass auch er die Kritiken gelesen hatte.

„Das Buch?", fragte ich vorsichtig, und er nickte, während er sich neben mich setzte und mich auf seinen Schoß zog.

„Vernichtend!“, brummte er, und ich bemühte mich, meine Schadenfreude im Zaum zu halten.

„Ich habe heute gleich zwei Lektoren persönlich hinausgeworfen, weil ich nicht glauben konnte, dass sie so einen Mist haben durchgehen lassen!“ Er schnaubte wütend und biss in meinen Hals, jedoch nicht so hart, dass es unangenehm war. Wohlig schmiegte ich mich an ihn. „Ich habe es heute erst gelesen, und das war ein Fehler. Herrgott, es ist grauenvoll! Zugegeben, mein Thema ist es auch nicht, aber das? Selbst ich verstehe, dass er vollkommen am Ziel vorbeigeschossen ist!“

„Schuster, bleib bei deinen Leisten“, sagte ich auf Deutsch, und Evan blickte mich verständnislos an. Offenbar war er nicht gerade zu Sprachrätseln aufgelegt.

„Es ist ein Sprichwort. Es bedeutet, dass man bei dem bleiben soll, was man kann, und sich nicht an Dingen versuchen soll, von denen man keine Ahnung hat“, erwiderte ich sanft.

„Wenn das so ist, hat er keine Ahnung von Frauen! Nicht die geringste!“

Nun musste ich doch grinsen. „Das hätte ich dir schon zwei Minuten, nachdem ich ihn kennengelernt habe, sagen können!“

Evan sah mich an, dann nickte er. Ich musterte seinen schiefen Hemdkragen und zog ihn vorsichtig gerade. „Das ist eine Katastrophe“, sagte Evan und schüttelte den Kopf. Der starke Geschäftsmann, der immer eine Idee hatte, schien tatsächlich ein wenig verzweifelt zu sein.

„Ach, Scott wird ein neues Buch schreiben, und das wird wieder ein Erfolg werden, er ...“

„Du verstehst das nicht, Belle! dann könnte das nicht nur für Scotts Karriere schlimme Folgen haben.

Wer würde sich denn einen Film anschauen, der auf dem literarischen Flop des Jahrzehnts basiert? Wir haben ihm bereits einen gigantischen Vorschuss für den Film gezahlt! Wir können nicht noch einen millionenschweren Flop produzieren, der dazu den Ruf des Verlags beschädigen wird!"

Evan war ungehalten, aber das machte mir nichts aus. Ich wusste, wie viel ihm an dem Verlag lag, und wie wichtig es ihm war, dass er diesen weiterhin führte.

Ich überlegte. „Aber du hast die Rechte doch verkauft, dir kann es doch egal sein, was aus dem Film wird!",

„Vielleicht schon, aber alles, was jetzt über das Buch geschrieben wird, fällt auf meinen Verlag zurück. Wir sind der Verlag, der ein Buch rausgebracht hat, das eine weibliche Protagonistin wie einen absoluten Volltrottel darstellt."

„Wer schreibt denn überhaupt das Drehbuch?"

Evan stöhnte.

„Das ist es ja! Scott selbst! Er hat darauf bestanden." Er lachte auf.

„Oh", entfuhr es mir.

„Der Produktionschef hat mich heute angerufen und gesagt, dass er mich dafür verantwortlich macht, wenn Scott ein ähnliches Drehbuch abliefert. Er will den Deal canceln!", schnaubte Evan

„Sicher versteht er es, wenn du mit ihm über die Kritik sprichst. Er ist ein genialer Autor, auch, wenn *Stumme Wut* wirklich ziemlicher Mist ist."

Sein Blick huschte zu dem Buch, das ich auf der Couch abgelegt hatte, dann sah er wieder mich an.

„Du hast es gelesen?", fragte er etwas ungläubig.

„Sicher."

„Und ... Was sagst du dazu?"

Ich schürzte langsam die Lippen. Es kam selten vor, dass Evan mich nach meiner Meinung fragte, aber wenn er es tat, wollte er eine schonungslos ehrliche Antwort. „Ich habe ein paar Kritiken gelesen, und ... Die der *Times* trifft es ziemlich gut. Er scheint nicht die geringste Ahnung zu haben, wovon er spricht. Er behält seinen üblichen Stil bei, der mir ja eigentlich gut gefällt, aber genau das will so gar nicht zu einer weiblichen Protagonistin passen! Er lässt sie Dinge tun und sagen, auf die keine Frau im Traum kommen würde, und stellt den Konflikt mit ihrem gewalttätigen Mann so dar, als sei alles ein großes Missverständnis, obwohl der Kerl sie regelmäßig ins Krankenhaus prügelt. Und dann diese Dialoge! Er lässt die Arme beinahe blind in ihr Verderben laufen, ihre Naivität ist so offensichtlich, dass es fast lächerlich wirkt, und die Tatsache, dass sie am Ende ‚einsieht', dass sie einen Fehler gemacht hat, setzt dem Ganzen wirklich die Krone auf! Ich meine, dieser Mann wirft sie eine Treppe herunter. Sicher gibt es Frauen, die das mit sich machen lassen, aber keine, die einmal den Mut gefasst hat, sich zu wehren, würde am Ende sagen, dass sie an allem schuld war! Er kommt mir vor wie ein Frauenhasser, der versucht hat, ein Buch zu schreiben, um genau diese Einstellung zu verbergen. Und das ist so widerlich unehrlich und unsympathisch, dass ich das Buch an manchen Stellen wirklich gerne an die Wand geworfen hätte! Es wirkt, als zeige er mit dem Finger auf alle Frauen der Welt, egal, ob sie Karriere machen, oder beruflichen Erfolg haben, oder ob sie eine einfache Hausfrau sind. Und genau das macht dieses

Buch beinahe unerträglich und einfach ... ja, einfach schlecht!"

Evan nickte, während er mich mit leicht zusammengekniffenen Augen musterte. „Und was, glaubst du, fehlt ihm?"

Ich musste grinsen. „Ganz ehrlich? Eine Tracht Prügel!"

Evan lachte und schüttelte den Kopf. „Herrgott, Belle, du bist wirklich eine tolle Frau!", rief er und umarmte mich stürmisch, während er in mein Ohrläppchen biss. Kichernd wehrte ich mich, doch er knabberte weiter und griff mit der Hand in mein offenes Haar. Seine Lippen fanden fast quälend langsam meine, und er drückte einen weichen Kuss darauf.

„Mir ist soeben eine Idee gekommen", brummte er, und ich erschauerte unter der wohligen Vibration seiner Stimme. Ein Kuss auf meine Wange, der mich seine Worte fast vergessen ließ, dann flüsterte er in mein Ohr: „Du wirst mit ihm zusammen das Drehbuch schreiben. Und ihm, wenn nötig, eine Tracht Prügel verpassen!"

Ich schrak zusammen und richtete mich auf seinem Schoß kerzengerade auf. „Wie bitte? Das kann unmöglich dein Ernst sein!", rief ich und schüttelte den Kopf. Evan lächelte nur träge.

„Baby, ich sehe doch, dass du dich zu Tode langweilst! Und ich habe deine Texte gelesen. Sie sind gut, richtig gut!"

Ich spürte, wie die Röte in meine Wangen stieg und schob mich von Evans Schoß. Mir war die Lust auf ihn gründlich vergangen.

„Du hast ... was?"

„Dein Laptop war an, und ich habe ein wenig gestöbert. Und sie sind gut, Belle!"

Er umfasste mein Gesicht, damit ich mich nicht abwenden konnte.

„Niemand hat je etwas gelesen, was ich geschrieben habe, niemand!", blaffte ich trotzig, doch Evan lächelte nur.

„Bist du jetzt fertig?"

„Nein!" Ich machte mich von ihm los und rückte ein Stück ab. Es war ein Verrat, und ich hasste ihn dafür, dass er einfach in meinen Texten gelesen hatte, dass er nicht einmal gefragt hatte; doch ich konnte auch nicht verbergen, dass seine Worte mir schmeichelten.

„Belle, du kannst stolz darauf sein, dass du ein Talent hast. Ich kann das beurteilen, glaub mir! Auch wenn ich keines habe!", sagte Evan sanft und gab mir einen keuschen Kuss auf die Lippen. Ich ließ ihn. Natürlich enttäuschte es mich, dass er meine privaten Sachen durchwühlt hatte, aber jeder, der schrieb, musste sich früher oder später einem Urteil stellen, und mir hatte soeben der Mann, den ich geheiratet hatte und der einen der traditionsreichsten Verlage der Welt leitete, gesagt, dass ihm meine Texte gefielen.

„Es wird Scott egal sein, ob ich Talent habe. Weißt du, wie er mich behandelt hat, als ich dich vertreten habe? So einer wird sich von mir nicht sagen lassen."

„Er hat keine Wahl. Ich bin der Leiter des Verlags, und er kann froh sein, wenn der Deal mit der Produktionsfirma überhaupt noch zustande kommt."

Ich hob skeptisch eine Augenbraue, doch Evan schien nicht an seiner Fähigkeit zu zweifeln, Scott kontrollieren zu können. Er lächelte zuversichtlich.

„Anscheinend kuschen meine Angestellten so sehr vor mir, dass sie es nicht gewagt haben, meinen Starautor zu beleidigen. Nur so konnte dieser Mist zustande kommen. Aber du hast keine Angst vor mir, oder vor Scott. Ich glaube, du bist genau die Richtige, um ihm klarzumachen, was er ändern muss, um diese Geschichte zu retten. Um die Geschichte zu erzählen, die es hätte sein können."

Ich starrte ihn finster an, ließ ihn mich aber wieder auf seinen Schoß ziehen. Ich bemerkte seine Erektion und hätte beinahe laut gelacht. Dieser Mann war einfach ein Phänomen.

Evan grinste nur. „Also machst du es, und ich kann dich endlich vögeln?"

Spielerisch schlug ich ihn gegen die Schulter. Ich hatte wirklich keine Lust auf diesen arroganten Idioten Scott. „Evan, ich danke dir für dieses Angebot, aber ..."

„Herzchen, meine Angebote lehnt man nicht ab, hast du das noch nicht bemerkt?", brummte er und warf mich in einer fließenden Bewegung auf den Rücken, sodass er über mir war. Mit einem Ruck zog er meine Arme über meinen Kopf und fixierte die Handgelenke mit einem festen Griff. „Ich weiß, was es heißt, wenn du dir auf die Lippen beißt, Belle", knurrte er und presste sich an mich, sodass mir die Luft wegblieb. Mein Herz schlug wie wild, als ich nur daran dachte, was dieser Mann gleich mit mir anstellen würde.

„Lass uns später darüber reden!", sagte er und küsste mich fordernd, nahm mir die Luft, sodass ich vergaß, worum es eigentlich ging.

Natürlich sprachen wir nicht mehr darüber. Am nächsten Tag verfrachtete Evan mich in den gepanzerten Daimler und ließ mich trotz meiner Widerworte in seinen Verlag bringen. Ich starrte verdrießlich durch die getönten Scheiben in den Verkehr und fragte mich nicht zum ersten Mal, warum Evan mich immer in den gepanzerten Limousinen herumfahren ließ, wenn er selbst doch völlig unbeschwert im Cabrio durch die Stadt fuhr. Beschweren wollte ich mich natürlich nicht, schließlich bot der Wagen allen Komfort, den man sich wünschen konnte, und war so neu, dass der Innenraum nach nichts als herbem Leder roch.

In der Tiefgarage stieg ich aus und fuhr, begleitet von einem Leibwächter, in den elften Stock, wo mich bereits eine Assistentin erwartete. „Die Herren warten im Konferenzraum, folgen Sie mir bitte." Ihre Freundlichkeit klang aufgesetzt und hohl, und während ich ihr durch das Großraumbüro folgte, spürte ich die Blicke auf mir wie kleine Giftpfeile. Ich konnte es ihnen nicht verübeln. Wenn ich an mir herabsah, dann sah ich Schuhe, die mehrere hundert Pfund gekostet hatten, Haute Couture, deren Preis für normale Menschen ein Monatsgehalt bedeuten konnte, und eine Handtasche, die den Wert eines Kleinwagens hatte. Wer war ich, um diese Menschen zu verurteilen? Vor einigen Jahren hätte ich vielleicht selbst noch zu ihnen gehört.

Unwillkürlich straffte ich die Schultern und folgte der jungen Assistentin, bis wir vor einer dunklen Holztür standen.

Sie klopfte vorsichtig, und ich hörte Evans vertraute Stimme, die uns hereinbat. Zittrige Aufregung ergriff Besitz von mir, doch ich musste standhaft bleiben, durfte mir vor Scott keinerlei Blöße geben.

Wenn ich das schon durchziehen musste, dann auch richtig.

Als wir eintraten, sahen Evan und Scott von einem Exemplar von *Stumme Wut* auf, in dem Evan mit einem Rotstift herumkritzelte. Ich blickte rasch zu Scott hinüber und konnte meine Freude darüber, dass er offensichtlich stinksauer war, nicht verbergen.

„Wie schön, dass wir dich amüsieren!" Seine Worte klirrten wie Eiswürfel in einem Whiskeyglas. Die Assistentin zog sich rasch zurück, während ich mit unverändertem Lächeln auf ihn zuging.

„Keineswegs", sagte ich und schüttelte seine widerwillig dargebotene Hand mit der nötigen Distanz.

Scott musterte mich einen Moment, dann wandte er sich dem mit Anmerkungen versehenen Roman zu. Ich ignorierte seine offensichtliche Abneigung und setzte mich – nicht ohne mir ein Lächeln zu verkneifen, als ich Evans giftigen Blick in Richtung seines Freundes sah.

„Wenn ihr beide miteinander arbeiten wollt, müsst ihr euch auch unterhalten können, das ist euch bewusst, oder?", sagte Evan, nachdem wir eine Weile geschwiegen hatten. An der Art, wie Scott den Blick hob und mich nicht einmal beachtete, sah ich, wie sehr ihn die Situation ärgerte. Ich beschloss, es noch ein wenig weiter zu treiben, denn nachdem er mich bei unserer letzten Begegnung wie das dumme Mädchen von nebenan behandelt hatte, sollte er ruhig zu spüren bekommen, dass ich auch tough sein konnte.

„Scott ist anscheinend nicht gerade begeistert davon, mit deiner Gespielin zu arbeiten!"

Der Autor wandte mir den Blick zu und funkelte mich wütend an. „Ich wüsste auch nicht, was deine Qualifikation wäre!", zischte er, und ich lächelte milde.

„Ich bin eine Frau. In deinem Fall reicht das als Qualifikation."

Mein Blick entglitt mir gekonnt unbewusst in Richtung des Romans, und Scott zuckte getroffen zusammen. Er setzte an, mir zu widersprechen, als sich Evan einschaltete: „Wie ich sehe, kommt ihr hervorragend miteinander zurecht! Ich muss jetzt gehen. Behaltet die Deadline im Auge, alles andere ist euch überlassen. Und Scott: Ich konnte die Produktionsfirma nur dadurch überreden, dass sie nicht von der Abmachung zurücktreten. Ehrlich gesagt waren sie sogar begeistert davon, dass wir dir eine Frau zur Seite stellen. Vergiss das nicht."

Er stand auf und kam an meinen Stuhl heran. Bestimmend nahm er mein Gesicht in eine Hand und zog es zu sich heran. Seine Lippen trafen meine hart und fordernd, und er schob mir seine warme, kräftige Zunge in den Mund. Der Kuss war intensiv, der Kuss war heiß, doch Evan löste sich viel zu schnell wieder von mir. Unbewusst hob ich die Finger an meine Lippen und fuhr darüber, als ich den Blick bemerkte, den Evan Scott zuwarf. Unsicher schaute ich zwischen den Männern hin und her, bis mir auffiel, was hier gerade geschehen war. Evan hatte sein Revier markiert. Er hatte Scott eindeutig signalisiert, dass ich ihm gehörte.

Unwillkürlich spürte ich die Röte in mein Gesicht steigen und musste mich abwenden, damit die beiden Männer es nicht bemerkten. Scott wirkte angesichts von Evans Machtgehabe wenig begeistert, aber das war mir klar gewesen. Schließlich hasste er mich.

„Bis später!", sagte Evan, dann verließ er den Besprechungsraum. Scott stieß hörbar Luft aus, dann blickte er wieder auf die mit roten Kommentaren übersäten Seiten.

„Hast du ... bereits mit dem Drehbuch angefangen?", fragte ich unsicher, als Scott mich einige Minuten lang einfach ignorierte, und er blickte nur langsam von den Unterlagen auf.

„Ja." Mehr sagte er nicht.

„Und wie viel hast du?"

Er brummte etwas Unbestimmtes und senkte den Blick wieder, wofür ich ihn am liebsten geohrfeigt hätte.

„Kann ich es lesen?", versuchte ich es erneut, und diesmal sah er gleich auf.

„Nein!"

„Wie bitte?" Das kam etwas lauter heraus als beabsichtigt, aber zumindest reagierte er.

„Ich lasse niemanden etwas lesen, das ich geschrieben habe, bevor es fertig ist", sagte er gelangweilt.

„Dann bekommen wir hier ein Problem."

„Das haben wir bereits!", zischte er.

„Hör zu, ich verstehe deine Wut, und ich verstehe auch, dass dein Vertrauen in meine Fähigkeiten begrenzt ist, aber vielleicht gibt dir die Sicht einer Frau den gewissen Kick!", probierte ich es, doch Scott verzog nur spöttisch den Mund.

Entspannt lehnte er sich in seinem Stuhl zurück und musterte mich, während er sich mit den kräftigen

Händen durch das zerzauste Haar fuhr. „Die Lektorin des ersten Teils war eine Frau."

„Eine, die panische Angst um ihren Job hatte."

Scott schnaubte. „Hör zu. Ich will dich nicht beleidigen, wirklich nicht. Evan ist mein Freund, und wie er sein Leben führt, ist seine Sache. Aber wenn er seine sogenannte Ehefrau auf einmal zu meiner Beraterin macht, und ihr den Job gibt, den eigentlich ein fähiger Lektor übernehmen sollte, dann geht es mich definitiv etwas an! Ich weiß nicht, was du getan hast, damit er dir diesen Job gibt, aber ..."

„Jetzt halt aber mal die Luft an! Ich habe mich nie um diesen Job gerissen! Ich habe ihm nur meine Sicht auf das Buch und darauf, was darin falsch läuft, geschildert. Evan ist ganz von selbst auf diese Idee gekommen, und glaub mir, darum geschlagen habe ich mich nicht!", unterbrach ich ihn heftig, und Scott zog überrascht die Augenbrauen hoch. Wenn dieser arrogante Typ dachte, dass ich mich von ihm einschüchtern lassen würde, hatte er sich geschnitten.

„Aber ich sehe das doch richtig, dass er nach einer Beschäftigung für seine gelangweilte Ehefrau gesucht hat?", fragte er kalt, und ich spürte einen schmerzhaften Stich. Das war nicht fair. Es war einfach nicht fair. „Willst du jetzt heulen? Ihm erzählen, was für ein herzloser Widerling ich bin?"

Jedes Wort saß, doch ich schluckte die Tränen herunter, die in mir aufzusteigen drohten, und schüttelte steif den Kopf. „Ich bleibe hier. Und ich heule auch nicht. Wir werden diesen verdammten Job hinter uns bringen, und danach kannst du mich mal!", sagte ich tonlos und starrte ihn so durchdringend an, dass selbst Scott nichts erwidern konnte.

„Können wir jetzt endlich arbeiten, oder ziehst du es vor, mich weiter zu beschimpfen?" Ich sagte das so emotionslos wie möglich, obwohl ich wusste, dass ich tatsächlich kurz davor war, zu weinen. Natürlich verletzten mich seine Worte, aber ich wusste, dass ich stark sein musste, wenn ich wollte, dass er mich ernst nahm.

Er musterte mich kühl, und ich musste mich an dem Stuhl festklammern, um nicht nervös hin und her zu rutschen. „In Ordnung", antwortete er langsam und schürzte seine vollen Lippen. Sie verliehen ihm einen weichen Zug, der zu seiner arroganten Art nicht so recht passen wollte.

„Das Drehbuch", gab ich trocken zurück und sah, dass ein kleines Lächeln über sein Gesicht huschte. Vielleicht wurde ihm klar, dass er mich doch unterschätzt hatte.

„Es ist in meinem Büro."

„Dann gehe ich es eben holen."

„Mein Büro ist nicht hier."

Verständnislos starrte ich ihn über den Tisch hinweg an.

„Es ist in meinem Haus."

„Oh!" Der Laut entfuhr mir, bevor ich ihn zurückhalten konnte, und Scott grinste plötzlich.

„Ich arbeite sowieso viel lieber dort. Los gehen wir!" Er sprang auf, ohne sein kariertes Hemd glattzustreichen, das er über einer ausgewaschene Jeans trug.

Ich stöhnte, folgte aber seinem Beispiel und stand ebenfalls auf.

„Evans Anmerkungen!", rief er mir im Gehen zu, doch ich ließ das Buch einfach liegen und folgte ihm.

Unverwandt drehte er sich um und blickte in Richtung des Besprechungstisches. „Nimm es mit!", blaffte er.

„Ich bin nicht deine verdammte Sekretärin", sagte ich ruhig und lächelte mein schönstes Lächeln, bevor ich mich an ihm vorbei durch die Tür schob.

Er wollte Krieg? Den konnte er haben. Ich war bereit.

Ich wartete in der gepanzerten Limousine, und Scott stieg kaum eine Minute später ein. Zu meiner Überraschung schuf er nicht die größtmögliche Distanz, sondern setzte sich direkt neben mich, nachdem er dem Fahrer den Weg beschrieben hatte. Ich spürte seinen glühenden Blick auf mir, doch ich beschloss, aus dem Fenster zu sehen. Wenn er vorhatte, sich nun ständig zu streiten, würde das eine sehr anstrengende Zeit werden.

„Ignorierst du mich?"

„Nein", erwiderte ich unschuldig und schenkte ihm einen gekünstelten Augenaufschlag. „Ich denke nur gerade daran, wann ich mir heute die Nägel lackieren soll."

Er ignorierte die kleine Provokation und sagte: „Wir müssen wirklich schnell vorankommen, okay?"

Langsam wandte ich ihm den Blick zu und zog die Schultern hoch.

„Das war nicht so gemeint."

„War es nicht?", fragte ich.

„Nein, ich meinte nur ... Wir haben viel Arbeit vor uns."

Ich nickte. „Wir schaffen das! Aber wir schaffen es nur, wenn du damit aufhörst, mich zu behandeln wie einen grenzdebilen Trottel!"

Scott seufzte, lächelte aber. Die Spannung zwischen uns war längst nicht verflogen, aber auch ihm fehlte die Kraft, um weiter zu streiten. „Ich schätze, wir sind beide nicht begeistert, aber wir werden uns schon irgendwie arrangieren."

Kurz überlegte ich, einen weiteren dummen Kommentar zu machen, sagte dann aber schlicht: „Ganz bestimmt."

Wir schwiegen und blickten aus dem Fenster, während Harry, der Chauffeur, uns aus London herausfuhr, immer weiter, bis ich mehr Grün als Stadt sah. Als wir das Ortsschild von Dover passierten, schämte ich mich ein wenig, weil ich den Weg nicht erkannt hatte, obwohl ich mittlerweile sicher drei Jahre in England lebte.

Dover. Die riesigen Kalkfelsen, die Schiffe, die nach Calais übersetzten. Haufenweise Touristen oder nur Möwen, wenn gerade kein Schiff angelegt hatte. Immer wieder überraschte es mich, wie ruhig die Stadt war, obwohl sie für den Verkehr auf die Insel doch so wichtig war. Schön war sie allerdings beileibe nicht, weshalb es mich nicht wunderte, dass wir vor keinem der heruntergekommenen Häuser in der Stadt hielten und stattdessen weiterfuhren, bis die Straßen immer enger wurden. Irgendwann wandte ich mich Scott zu, der gedankenverloren in den verregneten Vormittag starrte.

„Hast du so ein richtiges Haus oben auf den Klippen, in dem du wie ein Einsiedler lebst?", fragte ich, und er wandte mir widerwillig den Blick zu.

„Direkt an den Klippen darf nichts gebaut werden. Sie sind aus Kalkstein und würden die Last eines Hauses niemals lange tragen. Es brechen ständig Teile ab und stürzen ins Meer."

Ich nickte. Davon hatte ich gehört. „Und wo lebst du dann?"

„Oh, leben tue ich dort nicht!" Er schien bei dem Gedanken an sein Haus zum ersten Mal aufrichtig zu lächeln. „Es ist eher so eine Art Atelier. Manchmal verziehe ich mich tagelang dorthin und stürze mich in die Arbeit. Es ist ein kleines Cottage."

Ich musterte ihn und konnte nicht anders, als ebenfalls zu lächeln. Vielleicht war dieser Mann ja gar nicht so übel.

„Bestimmt warst du noch niemals in einem Haus so weit außerhalb der Stadt, oder?" Es klang scharf, doch ich ignorierte seinen Unterton und antwortete lässig: „Eigentlich schon. Nur nicht in England. Ich bin in einem Dorf in Deutschland aufgewachsen. Weit und breit nichts als Berge und Hirsche."

Scott nickte abwesend. „Also die typische Geschichte", murmelte er.

Natürlich. Doch ein Trottel. Ich seufzte. „Nein, nicht die übliche Geschichte."

Er schmunzelte, schien aber nicht weiter darüber sprechen zu wollen.

„Eigentlich wollte ich hier studieren", sagte ich in dem verzweifelten Versuch, sein Bild von mir geradezurücken, doch er schien gar nicht zuzuhören, denn soeben hielt der Wagen.

Scott öffnete die Tür und sprang heraus, bevor ich ihm folgen konnte. Als ich mich endlich aus dem Inneren des Wagens gewunden hatte, war er bereits auf halbem Weg zu einem niedlichen Cottage inmitten von mannshohem Gras. Der Wind peitschte über die freie Fläche und bog die langen Halme über die Ebene.

„Annabelle?"

Ich drehte mich rasch um. Hank, der seit meiner Hochzeit mein Bodyguard war, blickte fragend zu mir hinab. Unsicher ließ ich meinen Blick über die Ebene streifen, die oberhalb der steil abfallenden Kreidefelsen lag. Doch ein Haus an der Klippe.

„Am besten bleiben Sie im Auto. Er wirkt ... gestresst", schlug ich ihm vor.

Hank nickte, wobei sein Haar im Wind flatterte. Er sah aus wie die Karikatur eines Briten, mit seiner kantigen Figur und den karottenroten Haaren, die sich widerspenstig über einem sommersprossigen Gesicht lockten.

„Ist das in Ordnung?", fragte ich rasch mit einem Blick auf Harry, der augenblicklich nickte.

„Natürlich. Aber bleiben Sie im Haus."

„Klar!"

Ich schenkte ihm ein scheues Lächeln, weil er mir leidtat, aber wir beide wussten, dass Evan ausflippen würde, wenn der Bodyguard und der Chauffeur mich aus den Augen lassen würden.

Langsam machte ich mich auf den Weg zum Haus, während die beiden Männer zum Auto zurückkehrten. Mir wurde klar, wie unpassend und lächerlich ich in meinem Businesskostüm und den Pumps aussehen musste, aber ich hatte ja damit gerechnet, in einem schicken Büro Downtown zu sitzen und nicht in einem altmodischen Cottage, das so aussah, als biete es nicht einmal fließendes Wasser.

Die kleinen Fenster und der raue Putz hatten etwas, das ganze Haus wirkte so heimelig, dass es in einem das Bedürfnis weckte, sich ein gutes Buch zu schnappen und vor den prasselnden Kamin zu setzen. Und ich? Ich zerstörte mir meine fünfhundert-Pfund-Pumps und machte mich lächerlich.

Wütend blieb ich stehen und riss mir die Schuhe kurzerhand von den Füßen. Barfuß trat ich durch die niedrige Holztür in die warme Luft eines einzigen Raumes, der die ganze Etage ausmachte. Es war einfach, aber zweckmäßig und hatte trotz allem einen gewissen Charme. Neben einem, wie sollte es anders sein, kleinen Kamin entdeckte ich einen altmodischen Schreibtisch, der vor einem größeren Fenster stand, das nach hinten auf die Ebene herausging und nicht auf das raue Meer, wie ich vermutet hatte. In der Hütte gab es außerdem eine kleine Kochnische und eine niedrige Tür, die in ein Badezimmer zu führen schien. In eine Ecke hatte Scott ein Bett gestellt, auf dem sich Patchworkdecken und dicke Kissen stapelten. Als ich eintrat, strichen meine Füße über einen dichten Teppich, der den kahlen Holzboden bedeckte. Ich war so in den Anblick der Hütte versunken, dass ich Scott erst bemerkte, als er sich mit einem Arm voll Brennholz an mir vorbeischob und ich erschrocken zurückzuckte.

„So schlimm?“, spöttelte er, doch ich ignorierte seinen Kommentar.

„Es ist wundervoll, richtig gemütlich!“ Das meinte ich ehrlich. All das Holz und der Kamin, das war zu schön, um wahr zu sein.

Scott blickte vom Kamin auf, in den er einige Holzscheite gelegt hatte. Er wirkte ehrlich überrascht. „Vielen Dank!“

Ich lächelte nur und legte meine Handtasche auf einen rustikalen Beistelltisch. „Wo kann ich mich hinsetzen?", fragte ich bemüht unbekümmert und sah unsicher zu dem Schreibtisch hinüber, an dem nur ein brauner Ledersessel stand, den Scott offenbar zum Arbeiten nutzte.

„Ich habe hier nicht oft Gesellschaft. Niemals eigentlich sogar." Er kratzte sich etwas ratlos am Kopf, dann drehte er sich zu einem schlichten Holzstuhl um, der an der Wand stand und auf dem sich allerlei Kleidung stapelte. Rasch nahm er die Sachen herunter und warf sie achtlos auf das Bett, bevor er den Stuhl neben den Sessel an den Schreibtisch stellte. „Ist sicherlich nicht sehr bequem, aber in dem Maybach hätten wir wohl kaum einen Bürostuhl transportieren können."

Er lächelte und ich konnte nicht anders, als ebenfalls zu lächeln. Er setzte sich auf seinen Sessel, und ich nahm auf dem schlichten Holzstuhl Platz. Ich hatte kein Problem damit, dass er mir nicht seinen Platz angeboten hatte, schließlich war das sein Haus.

Scott öffnete eine der integrierten Schubladen des Schreibtisches, der aussah wie ein Relikt aus der Vorkriegszeit, und legt einen Stapel Papiere auf die makellos saubere Tischplatte. Das Manuskript.

Ich las die großen Buchstaben auf dem Deckblatt und musste schlucken. „Eine dumme Frau" stand darauf. Scott, der meinen Blick bemerkte, wurde nicht einmal rot.

„Nur ein Arbeitstitel", sagte er, so als erkläre das alles, und blätterte dann zum Beginn des Buches. Ich überflog die ersten Zeilen.

Während er die ersten Drehbuchseiten aus einer anderen Schublade zog, überflog ich die ersten Zeilen.

Es waren genau jene Worte, mit denen das gebundene Buch begonnen hatte.

„Lässt du deine Protagonistin absichtlich dastehen wie ein dummes Naivchen?", fragte ich halb an ihn gewandt, und Scott hielt inne. Kurz sagte er nichts, dann legte er den Papierstapel mit seinem Drehbuchentwurf ebenfalls auf den Tisch und blickte mich an. Seine moosgrünen Augen waren unergründlich, während er mich stumm musterte. Ein seltsamer, fast schon intimer Moment, bei dem ich mich plötzlich so unwohl fühlte, dass ich auf meinem Stuhl hin und her rutschte. Sosehr ich ihn verabscheuen wollte, blieb er jener Autor, dessen Werke ich immer verschlungen hatte, den ich verehrt hatte, ohne eine Ahnung davon zu haben, wie er aussah. Er mochte Schwächen haben, viele sogar, aber in diesem Blick lag nicht seine übliche Arroganz. Nein, es war der nachdenkliche Blick eines Perfektionisten, eines Künstlers, dem jedes Wort aus meinem Mund unendlich wichtig zu sein schien. Meine Meinung – zählte sie nun doch? Kaum konnte ich mich von seinen Augen losreißen, als er bedächtig den Kopf schüttelte.

„So ist es nicht. So war es in keinem meiner Bücher", sagte er leise, und sein monotoner Bass dröhnte in dem urigen Cottage.

Ich schüttelte den Kopf wie in Zeitlupe. „In diesem schon. Deshalb ... Na ja, deshalb sitze ich hier." Irgendwie klang es falsch, so etwas zu sagen, so als brauche ein Autor seines Kalibers die unerfahrene Frau seines Freundes, um etwas auf die Reihe zu bekommen. Und das war Unsinn. So etwas hätte ich nie auch nur zu denken gewagt.

„Scott, ich weiß nicht, wieso dieses Buch so anders ist als deine bisherigen. Sie waren zwar immer aus Sicht des Mannes geschrieben, aber ich mochte die weiblichen Charaktere. Sie waren stark und komplex. Aber in diesem ... Die Protagonistin lässt sich wie Dreck behandeln, und die Moral ist, dass es ihre Schuld ist, dass ihr Mann sie wie Dreck behandelt. Das passt nicht zu dir", sagte ich vorsichtig und beobachtete seine Reaktion. Ich hatte das Gefühl, dass er in diesem Moment vielleicht offen für ein paar ehrliche Worte war, doch ich konnte zusehen, wie sich sein Gesicht wieder verschloss.

„Wenn das deine Meinung ist", sagte er knapp und blätterte durch die Papiere.

Ich zuckte zusammen und biss mir auf die Unterlippe. Es war fast so, als hätte ich vergessen, was für eine Anspannung zwischen uns lag. Jedes falsche Wort konnte zu einer weiteren Explosion führen. Trotzdem blieb ich standhaft.

„Dann gib mir wenigstens deinen Entwurf für das Drehbuch!"

Ein feindseliger Blick, dann aber zögerliches Nicken.

„Ich lasse sonst niemanden an meine Werke!", zischte er. Ich beschloss wie er meinen Panzer wieder hochzufahren.

„Schön. Dann wird das ja eine Premiere für uns beide."

Mein Ton war so kalt, dass nun Scott es war, der zusammenzuckte. Mein Panzer, dieser verdammte Panzer, der mich schon mein ganzes Leben lang begleitete. Viele mochten mich für eingebildet oder zickig halten, aber in Wirklichkeit verteidigte ich mich nur – vor allem und jedem. Und Scott provozierte mich dazu, auch gleich noch die Geschütze auszufahren und aus allen Rohren zu feuern. Verdammter Idiot.

Rasch griff ich nach den wenigen Seiten, die er bereits verfasst hatte, und überflog sie, bevor ich sie ein zweites Mal gründlich las. Als ich aufsah, erwartete ich fast, dass Scott aufgeregt auf mein Urteil wartete, doch der spitzte seelenruhig einige Bleistifte an. Ich räusperte mich zweimal, doch er sah nicht auf, also legte ich einfach los: „Das ist doch derselbe Mist wie in dem Buch!"

Sein Kopf schoss nach oben, und ich fuhr zusammen, als ich seinen glühenden Blick sah. „Wage es nicht, so von meinem Buch zu sprechen!", zischte er und stieß mit dem Finger in meine Richtung.

Abwehrend hob ich die Hände. „Scott, deine Protagonistin ist eine starke Frau, die endlich ihren Weg aus dem Kreislauf der Gewalt gefunden hat. Und du stellst sie völlig anders dar, lässt sie heulen und kreischen, aber sie bleibt doch immer passiv. Sie beschwert sich, ist traurig, aber handeln tut sie nicht. Das ist ..." Ich suchte nach den passenden Worten, fand sie aber nicht.

Scott schüttelte ärgerlich den Kopf. „Ich lasse mir nicht von einem ahnungslosen Mädchen erklären, wie ich mein Drehbuch zu schreiben habe!" Er sprang auf, wobei er beinahe seinen Sessel umstieß, und stampfte wütend durch den Raum.

„Was soll das jetzt?", rief ich, doch er war schon an der Küchenzeile angekommen und starrte in meine Richtung. Einige Haarsträhnen hingen in sein Gesicht und verliehen ihm den Ausdruck wilder Entschlossenheit.

„Ich habe einfach keine Lust auf diese ganze Sache, es nervt mich, dass Evan mich hierzu zwingt, und es macht mich wahnsinnig hier zu sitzen und ...“

„Und was?“ Jetzt hatte ich endgültig genug. „Sag es! Hier zu sitzen mit der Gespielin von Evan, die du für ein dummes Mädchen hältst, das nichts kann, außer sich die Nägel zu lackieren und die Beine breit zu machen?“ Ich schrie, doch Scott wich nicht zurück, er funkelte mich nur mit loderndem Blick an.

„Ich werde das nicht mit dir ausdiskutieren.“

„Oh doch! Wir werden das jetzt endgültig klären, und dann werden wir uns an die Arbeit machen!“, brüllte ich und sprang von meinem Stuhl auf. Ich spürte, wie die Tränen in mir aufstiegen, doch ich stampfte weiter auf ihn zu, bis ich nur Zentimeter vor ihm stand.

„Na los!“, keuchte ich tonlos und starrte zu ihm hinauf. Die Tränen standen in meinen Augen, und er musterte mich einen Moment lang, schien dieses Bild in sich aufzunehmen.

„Du solltest gehen.“

Eine erste Träne rollte über meine Wange, doch ich schüttelte den Kopf. Ich würde nicht gehen, nicht jetzt. „Und warum? Sag es mir gefälligst ins Gesicht!“

Weitere Tränen kamen, und ich sah, wie er zögerte, doch dann sagte Scott: „Du bist nur eines von diesen Flittchen.“ Seine Stimme war rau und tonlos, doch jedes einzelne Wort war wie ein Messerstich. Egal, für wie stark ich mich immer gehalten hatte, egal wie wenig mich die Meinung anderer Menschen immer interessiert hatte, er sagte es mir ins Gesicht. Und es tat weh.

Tränen überströmten mein Gesicht, und ich schluchzte, als ich mich abwendete, voller Hass und Traurigkeit. Hass auf Scott, Hass auf mich selbst.

Doch er hielt mich am Arm zurück, nicht mit einem harten, unnachgiebigen Griff, sondern sanft und zurückhaltend. „Das ... Das wollte ich nicht!", flüsterte er.

Ich konnte nur stumm den Kopf schütteln, ich wollte einfach nicht, dass er hörte, wie sehr er mich verletzt hatte.

„Verdammt, Annabelle, wirklich! Das war ... Das war nicht in Ordnung, es war ..."

„Es war ehrlich, Scott!", krächzte ich und riss mich los. Ich musste raus, nur raus, seiner Nähe entfliehen, das warme Cottage hinter mir lassen, bevor ich vollkommen die Fassung verlor.

Eilig packte ich meine Tasche und wollte durch die Tür verschwinden, doch Scott hielt mich noch einmal auf und zwang mich, ihn anzusehen. Der Schmerz in seinem Blick wollte nicht zu den harten Worten passen, die er mir an den Kopf geworfen hatte. Er wollte noch nicht einmal zu ihm passen. Er verzog unglücklich die Lippen, während er eine einzelne Träne beobachtete, die meine Wange hinabrollte. Plötzlich hob er die Hand und berührte meine glühende Wange, strich mit dem Daumen sanft darüber, um meine Träne fortzuwischen. Ungläubig blickte ich zu ihm auf.

Seine Augen waren unergründlich dunkel, und ich fühlte, wie ich unruhig wurde, wie sein Blick mich durcheinanderbrachte. Wieder wollte ich mich losreißen, als er plötzlich sagte: „Es tut mir leid."

Ich wollte schreien, zappeln und ihn beschimpfen, doch ich war unfähig, etwas zu entgegnen.

„Es ist nicht fair", fügte er hinzu, ohne den Blick von mir zu lassen.

Was sollte das? Erst behandelte er mich wie Dreck, dann beleidigte er mich, und nun kam eine Entschuldigung? Was wollte dieser Mann denn nur? Was hatte ich ihm getan, dass er mich so hasste?

„Lass uns ... Lass uns reden, in Ordnung?"

Als ich den Kopf schüttelte, zog er mich näher an sich heran. Ich spürte die Hitze, die sein Körper abstrahlte, auf meiner Haut, und mit einem Mal kam mir das Cottage furchtbar eng vor.

Eilig machte ich mich los und wich wieder ein Stück zurück. „Ich gehe!"

Und diesmal ging ich wirklich. Ich packte meine Schuhe und eilte barfuß aus dem Haus, schlug die schwere Holztür hinter mir zu und rannte zurück zum Wagen.

Hank und der Chauffeur wirbelten herum, als sie mich hörten, und erschraken sichtlich, als sie meinen Aufzug bemerkten. Barfuß und verheult, keuchend, weil ich den Weg heruntergerannt war. Ich drehte mich zum Haus um, doch die Tür blieb geschlossen.

„Los, fahren wir!", blaffte ich Harry an, und er löste sich mit einem Ruck aus seiner Starre. Eilig tippte er sich an die altmodische Chauffeursmütze und riss den Wagenschlag auf, damit ich einsteigen konnte, während Hank mit zusammengekniffenen Augen zum Cottage herüberstarrte.

Ungeduldig hämmerte ich gegen die Fensterscheibe, und er nickte nach kurzem Zögern. Als er einstig, gab Harry augenblicklich Gas, sodass Kies von den Hinterreifen hochspritze.

Zitternd atmete ich durch, während mein Kopf gegen die kühle Fensterscheibe sank. Es tat so weh, schmerzte tief in meinem Innern und hinterließ größere Spuren, als ich es je für möglich gehalten hätte. Noch vor einer Woche hätte ich mir ein Bein ausgerissen, um mit Scott O'Connor arbeiten zu dürfen, um seinen Rückzugsort zu sehen, in dem all die wunderbaren Bücher entstanden. Und nun? Nun wollte ich ihn und das Cottage niemals wiedersehen, wollte mich nur verkriechen und weinen, weil er mich so verabscheute. Mein größtes Idol, der Mann, dessen Kunst mir durch schwere Phasen geholfen hatte, war ein Idiot. Ein Egoist. Aber das Schlimmste war: Es fühlte sich an, als sei jedes seiner Worte die Wahrheit.

War ich ein Flittchen, nur weil ich aus meinem Misstrauen gegen das Konzept der Liebe das Beste gemacht hatte?

Ich wusste, wie viele das von mir dachten, und bei all diesen Menschen war es mir egal, aber nicht bei ihm. Scott O'Connor hatte schon so vieles erreicht, obwohl er noch nicht einmal so alt wie Evan war, hatte meine Welt mit seinen Werken erschüttert, und nun war er es, der mich neben all den anderen für ein Flittchen hielt. Er glaubte von mir, ich sei dumm. Er hielt mich für egoistisch und geldgierig. Vielleicht hasste er mich sogar.

In all meinem Selbstschutz, mit diesem dicken Panzer, der all die Gefühle von mir abhielt, hatte ich ganz vergessen zu erkennen, wie mein Verhalten auf andere wirkte. Und plötzlich war es mir nicht mehr egal, plötzlich kümmerte es mich, was er von mir dachte. Ich wollte ihm beweisen, dass ich besser war, dass ich mehr war als nur eine Trophäe. Denn das war ich. Daran würde sich niemals etwas ändern, nicht durch meine Heirat mit Evan und durch nichts anderes. Niemals.

Ich stöhnte, als der Wagen vor Evans Haus hielt, und Hank mich betroffen musterte. War das Mitleid in seinem Blick?

„Hank, wenn man Sie beleidigt hätte, wie würde es Ihnen dann gehen? Nein, warten Sie! Wie würde es Ihnen gehen, wenn der Mensch, dessen Arbeit Sie am meisten bewundern, sie für einen dummen Idioten hält?" Meine Stimme klang weit entfernt und hohl, doch der kräftige Bodyguard nickte wissend.

„Miss Annabelle, ich verstehe, was Sie sagen."

„Evan muss das nicht wissen, in Ordnung?" Nach einer Pause fügte ich hinzu: „Und morgen fahren wir wieder zum Cottage."

Die Tränen drohten, wieder in mir aufzusteigen, doch ich schluckte sie ärgerlich hinunter. Es war noch nicht vorbei.

„Sehr wohl, Miss", antwortete Hank gleichmütig in seinem breiten Londoner Dialekt, und ich nickte zufrieden.

„Bis morgen!", rief ich noch, als ich aus der offenen Wagentür kletterte, die von Harry flankiert wurde, und nickte auch ihm zu. Ich spürte förmlich den bohrenden Blick meines Bodyguards im Rücken, doch ich war nicht in der Stimmung, mich auch den Rest des Tages von meinem Babysitter begleiten zu lassen. Eilig lief ich ins Haus und ließ meine beiden Bewacher hinter mir zurück.

An diesem Abend konnte ich nicht schlafen. Evan war beruflich in New York und hatte sich noch nicht gemeldet, doch daran lag es nicht. Während ich mich in dem weichen Kingsize-Bett hin und her wälzte, dachte ich vor allem über eine andere Person nach: Scott.

Die Konfrontation mit ihm lastete noch immer auf mir und beschäftigte mich. Wie konnte es sein, dass es mich so sehr interessierte, was dieser Mann von mir dachte? Wie sehr konnte er schon ein Vorbild für mich sein, wenn er doch nur wenige Jahre älter war als ich?

Ich beschloss, der Sache auf den Grund zu gehen, auch wenn sich alles in mir dagegen sträubte, wieder in das Cottage zu fahren. Evan vertraute mir, und er verließ sich darauf, dass ich den Deal mit der Produktionsfirma rettete. Vielleicht sorgte er sich auch ganz uneigennützig um die Karriere seines Freundes. Aber egal, wie nobel seine Gründe waren, es war die perfekte Chance für mich, zu beweisen, dass ich mehr als ein verwöhntes Püppchen war. Evan, Scott, den Leuten, die sich das Maul über mich zerrissen, und, wenn ich ganz ehrlich war, mir selbst.

***

Der gepanzerte Maybach hielt schon um neun Uhr vor dem Cottage, und Harry, der mir die Wagentür öffnete, lächelte dankbar, als ich ihm sagte, er könne ruhig nach Dover fahren, um sich einen Kaffee zu holen. Er würde es ganz sicher nicht tun, allein schon deshalb, weil mein Ehemann den beiden wohl den Kopf abreißen würde, wenn sie mich länger als unbedingt nötig aus den Augen ließen. Aber Harry wusste es zu schätzen, und ich fand, dass es die Höflichkeit gebot, es ihm anzubieten.

Ich hatte keine Ahnung, wieso Evan darauf bestand, dass ich niemals ohne Bodyguard aus dem Haus ging und warum er mich in einer gepanzerten

Limousine umherfahren ließ, aber das war nun mal eine seiner Regeln.

Meistens störte mich die Anwesenheit von Hank und Harry nicht, ich fand beide nett und kam gut mit ihnen aus, aber es war doch ein seltsames Gefühl, ständig in ihrer Begleitung zu sein. Und dann dieser gepanzerte Wagen. Als sei ein Maybach an sich noch nicht auffällig und protzig genug.

Andererseits hatte der Wagen mit dem großzügigen Fond und der bequemen Rückbank natürlich auch seine Vorteile, wenn ich mit Evan unterwegs war. Bei dem Gedanken daran musste ich unwillkürlich grinsen.

Ich ging den Weg entlang und hörte, wie Steine und Sand unter den weichen Sohlen meiner Sneaker knirschten. Es nieselte fein, aber unerbittlich, und der Wind peitschte immer wieder Schauer in meinen Rücken. Typisch englisches Wetter. Ich hasste es.

Ohne Eile klopfte ich an die Haustür, die ich gestern noch so schwungvoll zugeworfen hatte, und wartete. Scott öffnete nur Sekunden später die Tür. Als er mich sah, nickte er nur kurz und trat zur Seite, damit ich in den warmen Flur treten konnte. Der Wind pfiff um das kleine Cottage, und ich hörte, wie feiner Regen an die Scheiben klatschte, während ich langsam meine schlichte Regenjacke auszog. Ich hatte mich am Morgen gegen schicke Kleidung entschieden und trug stattdessen Jeans und Pullover zu den Sneakers und einer schwarzen Jacke. Die Kleidung machte eine Menge des Bildes aus, das Menschen von einem bekamen.

Scott bemerkte offenbar die Veränderung und musterte mich, während wir in den Wohnraum gingen.

Ich tat bewusst entspannt, doch Scott wirkte nicht so, als kaufe er mir mein Laientheater ab.

„Ich hätte nicht gedacht, dass du wiederkommst", sagte er ruhig und kratzte sich abwesend an seinem Bart.

„Ich auch nicht", gab ich zu und zuckte die Schultern. „Aber wir haben einen Job zu erledigen, oder etwa nicht?"

Scott nickte und reichte mir zwei Papierseiten.

Stirnrunzelnd blickte ich darauf und überflog, was er offenbar an seiner ersten Fassung des Drehbuchs verbessert hatte.

Als ich aufsah, wirkte er gespannt, schien aber ebenfalls seine Gefühle vor mir verstecken zu wollen.

„Es ist … besser. Der Plot könnte so funktionieren, nur … hast du dir Gedanken über die emotionale Entwicklung der Protagonistin gemacht?", fragte ich vorsichtig. Er zog augenblicklich die Augenbrauen hoch. Mit Kritik konnte dieser Mann wirklich nicht umgehen.

„Versteh mich nicht falsch, aber was du hier schreibst, wirkt viel zu bemüht. Wo ist deine Leichtigkeit, dein Feuer? Wo ist dein Einfühlungsvermögen?"

Er schnappte hörbar nach Luft, und auch ich zuckte zusammen. Hatte ich das jetzt wirklich gesagt?

„Ich habe also keine Gefühle?"

„Zorn anscheinend schon, aber wo ist der Rest? Wo ist das, was deine Bücher sonst immer ausmacht? Wenn es dir hilft, Emotionen zu zeigen, dann beleidige mich! Schrei mich an!", fragte ich betont lässig und hoffte, dass es so cool klang, wie es sollte. In Wahrheit hatte es mit wehgetan, von ihm beschimpft zu werden, aber so war das nun einmal mit den Panzern, die ich jahrelang um mich herum aufgebaut hatte. Immer cool bleiben, als sei es das Einzige, was zählte.

Scott starrte mich einen Moment an, dann schüttelte er sehr langsam den Kopf. „Weißt du, das war falsch gestern."

Ich zuckte die Schultern, setzte mich aber auf meinen Stuhl. Nicht, weil ich nun so entspannt war, im Gegenteil, es zerriss mich zu hören, was er zu sagen hatte, doch ich konnte einfach nicht mehr stehen, weil ich sonst herumzappeln würde. „Ach ja?"

„Ich kenne dich doch gar nicht. Und mein Urteil war vielleicht … etwas vorschnell." Er lächelte schief.

„Vielleicht", sagte ich vorsichtig, um ihm nur keine Angriffsfläche zu geben.

Scott wirbelte in seinem Stuhl herum und wandte sich plötzlich ganz mir zu. „Lass uns reden, im Ernst. Sag mir, wie Frauen denken. Sag mir, wie meine Protagonistin fühlen soll!"

„Aber … ich …"

„Erzähl mir, was dich dazu bewogen hat, Evans Frau zu werden!", rief er plötzlich begeistert und griff nach Stift und Block. Ungläubig starrte ich ihn an.

„Was hat das mit dem Buch zu tun?"

„Du bist bei einem Mann, der dich nicht liebt, ebenso wie Laura in dem Buch! Du bleibst bei ihm, weil er dir gewisse Dinge gibt, auch wenn er dir andere dafür verweigert!", sagte er, und ich spürte, dass auch diese Worte mich wieder trafen.

Aber in Ordnung. Er wollte spielen? Das konnte er verdammt noch mal haben.

„Du vergleichst meine Situation mit einer Frau, die Opfer häuslicher Gewalt ist? Hast du das Thema überhaupt recherchiert? Hast du dich jemals damit beschäftigt, was diese Frauen durchmachen? Außerdem liegst du falsch, wenn du denkst, ich würde in einer Art Abhängigkeit von Evan leben!"

„Tust du das etwa nicht? Sein Haus, sein Geld, sein ..."

„Ich meine emotional!", unterbrach ich ihn unwirsch und brachte ihn so zum Schweigen. „Es geht hier doch um Emotionen. Und emotional bin ich frei wie ein Vogel. Ich verstehe, dass du glaubst ich sei ein hartherziges Miststück, das sich nur für Geld und Publicity interessiert, aber das stimmt nicht. In meinem ganzen Leben habe ich noch nie eine Ehe gesehen, die so gut funktioniert, wie die von Evan und mir. Sobald die Menschen glauben, verliebt zu sein, drehen sie durch. Und wenn ihnen dann irgendwann klar wird, dass sie sich das Ganze nur eingeredet haben, werden sie verbittert und hassen ihren Partner, bis sie sich entweder trennen oder sich bis an ihr Lebensende auf die Nerven gehen. Und wenn man dieses ganze Konstrukt so betrachtet, wie es nun einmal ist, dann habe ich einfach einen verdammt guten Deal gemacht, mit dem beide Beteiligten zufrieden sind!"

Schweigen. Scott musterte mich mit unergründlicher Miene, während meine Worte zwischen uns verklangen. Ich war mir sicher, wenn unsere Zusammenarbeit funktionieren sollte, dann musste alles auf den Tisch.

„Es ist für dich also ein guter Deal, das Schoßhündchen eines reichen Mannes zu sein?"

Ich schüttelte langsam den Kopf, ignorierte die Schärfe in seinem Ton. „Es ging noch um etwas anderes."

Er nickte auffordernd. Ich sollte erzählen.

„Ich komme aus einem kleinen Dorf in Deutschland. Wie du vielleicht weißt, ist unser Gesundheitssystem eigentlich ziemlich gut. Es gibt nur eben auch Behandlungen, für die unsere Krankenkasse nicht aufkommt, obwohl sie in vielen Fällen überaus wichtig sind. Als ...“ Ich stockte, als der alte Schmerz wieder aufbrandete, doch ich schluckte ihn herunter. „Als meine Mutter krank wurde, hat keiner geglaubt, dass es etwas Ernstes ist. Das durfte es auch nicht sein, denn damals war meine Mutter diejenige, die das Geld nach Hause brachte. Mein Vater ... Er hatte schon früh einen Schlaganfall und musste gepflegt werden. Aber das haben wir mit den Einnahmen aus dem Laden meiner Mutter gerade so auffangen können. Als sie krank wurde, war es also keine Option, dass sie ausfiel, weshalb sie weiterarbeitete. Leider ... Na ja. Wir haben sie irgendwann gezwungen, zu einem Arzt zu gehen, weil sie nur noch Schmerzen hatte, und der hat sie gleich in ein Krankenhaus einliefern lassen. Die Diagnose kam dann schnell: Brustkrebs.“

Scott zuckte zusammen, und ich machte rasch eine Pause, damit meine Stimme nicht brach. Es tat so weh, darüber zu reden, auch nur an diese schlimme Zeit zu denken, war eine einzige Qual.

„Jedenfalls musste sie natürlich behandelt werden, und ich stand vor der Wahl, den Laden zu übernehmen, obwohl ich wusste, dass die Erträge niemals für meine Eltern reichen würden, also ...“

„Also hast du dir einen Mann gesucht“, vollendete Scott den Satz, weil meine Stimme so stark zitterte, dass ich nicht weitersprechen konnte.

Nach einem kurzen Moment fuhr ich fort: „Nicht direkt. Ich habe lange überlegt, vor allem, weil ich studieren und etwas von der Welt sehen wollte. Ich war damals nicht bereit für einen solchen Schlag. Als … Als ich die Chance bekam, nach London zu gehen, dachte ich nicht lange nach und ging fort. Ich wollte nur zwei, vielleicht drei Monate bleiben, Geld verdienen, damit wir unsere Rechnungen irgendwie bezahlen konnten. Aber es reichte hinten und vorne nicht. Ich hatte zwei Jobs, habe fast nur noch gearbeitet, aber jeder Cent verpuffte einfach, während die Rechnungen sich stapelten. Dann traf ich Evan." Ich musste zwischen meinen Tränen lächeln, als ich an unsere erste Begegnung dachte.

„Ich hatte mich an einem Glas geschnitten, als mir beim Kellnern das Tablett heruntergefallen war, er hat mir aufgeholfen und sich um mich gekümmert. Er war der erste Mensch seit Wochen, der wirklich nett zu mir war."

Ich verschwieg, dass meine Mutter ein herzloses Biest war und mich sogar noch vom Krankenbett aus beschimpft hatte. Das hatte ihn nicht zu interessieren.

„Jedenfalls sagte ich ihm meinen Namen, nichts weiter. Du kannst mir glauben, dass ich ziemlich perplex war, als er zwei Tage später vor meiner Türe stand. Ich hatte nicht den Kopf dafür, aber er war ziemlich deutlich. Als er mir nach einem gemeinsamen Essen plötzlich ein goldenes Armband in die Hand drückte, war mir das vollkommen fremd, aber er erklärte mir bald, wie das Spiel funktionierte." Scott nickte. Er schien zu verstehen, worauf ich hinauswollte.

„Er hat die Behandlung bezahlt."

„Er hat einfach alles bezahlt!", rief ich aus, und Scott nickte anerkennend. Ich sah, dass sich etwas in ihm verändert hatte, dass er hoffentlich endlich verstand, was für eine Art Mensch ich war.

„Es war meine Pflicht, meiner Familie zu helfen, und dass ich Evan damals in London traf, war für mich immer ein Wink des Schicksals. Am Anfang ... habe ich mich wie eine Prostituierte gefühlt, ganz ehrlich. Aber das kam von mir. Er hat mir dieses Gefühl nie gegeben, er hat mir Wertschätzung und Respekt entgegengebracht. Und er hat mit seiner Stiftung dafür gesorgt, dass wir nie wieder Geldsorgen haben werden."

„Und deine Mutter?"

Ich seufzte. „Sie hat den Krebs besiegt, wie es aussieht."

„Du sprichst nicht gern über sie, oder?"

Ich blinzelte überrascht, fing mich aber rasch wieder und verzog vage den Mund. „Ich habe gesagt, dass ich nicht an die Liebe glaube, erinnerst du dich?"

„Und sie ist der Grund dafür?"

Dazu sagte ich nichts, aber er musste an meiner Miene sehen, wie es wirklich war. Seufzend beugte er sich vor und umfasste plötzlich meine Hände mit seinen. Die intime Geste verwirrte mich, und ich wollte zurückschrecken, doch sein Blick hielt mich fest. Kein Hass mehr, zumindest keiner, den ich sehen konnte. Seine Züge waren weich geworden, und seine Hände waren warm und angenehm, wie sie meine einfach umschlossen. Mein Herz schlug heftig, doch das waren natürlich die vielen Tränen, die ich vergossen hatte.

Unsicher knabberte ich an meiner Unterlippe.

„Ich bin ein Idiot", sagte er, und ich musste plötzlich lachen.

„Das waren vielleicht die ersten vernünftigen Worte, die du zu mir gesagt hast!"

Er grinste schief, was ihn jünger erscheinen ließ, und ich spürte, wie er meine Hände drückte. Gehörte es sich, die Hände einer verheirateten Frau so lange festzuhalten?

„Es war dumm von mir, dich so zu verurteilen. Und es tut mir leid", sagte Scott und drückte meine Hände nachdrücklich.

Ich schüttelte langsam den Kopf und murmelte: „Schon in Ordnung."

Er nickte, und ließ plötzlich meine Hände los. Verwirrt zog ich sie zurück in meinen Schoß und spürte den Verlust seiner Wärme so deutlich, dass ich mir wünschte, er würde meine Hände wieder nehmen, sie mit seinen wärmen. Was war denn nur los mit mir? Hatte mich die Geschichte über meine Familie etwa so rührselig gemacht?

„Wir sollten an dem Drehbuch arbeiten!", schlug ich rasch vor, damit er meine Unsicherheit nicht bemerkte, und Scott grinste erneut. Das Eis zwischen uns war noch nicht gebrochen, aber es schmolz, das spürte ich.

Ich blieb einen ganzen Arbeitstag lang, acht Stunden also ziemlich genau, bis wir beide so hungrig waren, dass wir beschlossen, uns etwas zu Essen zu genehmigen. Mit einem Blick auf den Maybach, an dem Fahrer und Bodyguard gelangweilt lehnten und im Nieselregen rauchten, verzogen wir beide das Gesicht.

„Wenn wir mit dem Wagen bei Starbucks vorfahren, sperren sie die Türen ab, weil sie dich für einen Warlord oder so etwas halten!", stellte Scott fest, und ich verdrehte die Augen.

„Ich fahre mit dem Wagen quasi überall hin, und glaub mir, die Menschen halten die Türen eher weit offen, als sie zu verschließen, wenn der Wagen vorfährt!"

Scott grinste sein schiefes Lächeln und brachte mich so zum Lachen. Das war tatsächlich ein Talent von ihm. Er konnte komisch sein, nicht nur eiskalt und distanziert. Ein Wesenszug, den ich an ihm nicht für möglich gehalten hätte.

„Nehmen wir doch meinen Wagen", schlug er vor, und ich zögerte mit einem Blick auf die beiden Männer.

„Sie werden mich hassen."

Scott zuckte die Schultern und nahm einen Autoschlüssel vom Schlüsselbrett.

„Scott, wirklich!", rief ich, doch er hatte sich schon zur Tür abgewandt, die in seine Garage zu führen schien. Ohne Eile öffnete er sie und betätigte einen Lichtschalter, sodass die kleine Garage spärlich beleuchtet wurde. Es war so eng, dass neben dem dort geparkten Land Rover nur ein schmales Regal an der Wand Platz gefunden hatte, in dem einige Werkzeuge lagen.

Unsicher blieb ich in der Tür stehen, während Scott die Beifahrertür öffnete. „Komm schon, du bist doch kein Kind mehr, das Aufpasser braucht!", neckte er mich und grinste. Noch einmal zögerte ich kurz und dachte an die beiden Männer, die schon so lange draußen auf mich warteten, dann stieg ich schließlich ein.

Scott warf die Tür hinter mir zu und zog dann das Garagentor auf, das in seiner Halterung klapperte.

Entspannt ließ er sich auf den Fahrersitz fallen, startete den röhrenden Dieselmotor und fuhr dann aus der Garage heraus über die kiesbedeckte Einfahrt auf die Straße.

Im Rückspiel sah ich Hank, der verdutzt hinter dem Jeep her starrte, sich dann zu Harry umdrehte und schließlich hastig sein Handy aus dem Jackett zog.

Nur Sekunden später klingelte mein Smartphone in der Jackentasche.

„Lass es klingeln", winkte Scott ab, doch ich ignorierte ihn.

„Hey!"

„Miss Annabelle, sind Sie gerade weggefahren?" Hanks Stimme klang verärgert und überrascht. Sorry, Hank! dachte ich und sagte: „Wir wollen nur etwas essen. Fahren Sie ruhig schon einmal zum Haus, ich komme dann nach."

Der Bodyguard schwieg, und ich wusste, dass wir das Gleiche dachten. Evan würde ausflippen.

„Sie wissen, dass ich meine Anweisungen habe. Halten Sie bitte an und steigen Sie um, dann fahren wir in die Stadt!"

Scott warf mir einen verblüfften Seitenblick zu, als er die Worte aus dem Lautsprecher meines Handys hörte, und ich lächelte hilflos. „Hank, bitte. Es ist alles in Ordnung! Wir werden schon nicht von der Mafia angegriffen", scherzte ich, und die Stille am anderen Ende erstickte mein Lachen noch im Keim.

„Miss Annabelle ..."

Wie automatisch legte ich auf.

Scott blickte überrascht zu mir herüber, während er mit dem Jeep in hohem Tempo über die schmale Straße nach Dover rumpelte. „Was soll das denn?", fragte er belustigt, doch ich konnte nicht mehr wirklich darüber lachen.

„Evan sorgt sich um mich. Diese Männer machen nur ihren Job."

„Du willst mir erzählen, dass die überall mit dir hingehen?"

„Sagen wir mal so: Ich verbringe mehr Zeit mit ihnen als mit Evan."

Er bog schweigend in eine Seitenstraße, die ich noch nicht kannte.

„Wo fährst du hin?"

„Dachtest du etwa, ich fahre jetzt extra nach London, nur um etwas zu essen?", fragte er lachend und nahm eine weitere Abzweigung, die mir vollkommen fremd vorkam.

„Wir gehen in einen Pub!", erklärte er und drückte das Gaspedal nach einer Kurve durch.

„Ach so", murmelte ich und blickte aus dem Fenster.

„Warst du überhaupt schon einmal außerhalb von London? Oder in einem Pub?"

„Um ehrlich zu sein: weder noch. Am Anfang hatte ich für beides zu wenig Geld, und mittlerweile ... Nun ja, Evan pflegt nicht gerade, in urige Pubs zu gehen."

„Ich weiß", feixte er und blickte in den Rückspiegel. Ich drehte mich ebenfalls um und sah durch die Heckscheibe den Maybach, der uns mit einigem Abstand folgte. „Jetzt mal ehrlich, diese Typen nerven. Wer fährt im Maybach zum Pub? Evan spinnt doch", rief er halb ernst und blickte kurz zu mir, als wolle er sich vergewissern, dass ich das ähnlich sah.

„Manchmal frage ich mich, warum er diesen Aufwand betreibt, aber ich glaube, er ist einfach vorsichtig."

Scott schmunzelte. „Oder paranoid." Er hielt vor einem urigen Haus mit Kassettenfenstern und wandte sich dann mir zu. „Zum Glück hast du die High Heels heute zu Hause gelassen."

Ich wurde rot und riss schnell die Tür auf, damit er nicht bemerkte, wie peinlich berührt ich war. *Warum verhielt ich mich so?* Wenn sonst jemand meinen Kleidungsstil kritisierte, war ich darüber stets erhaben gewesen.

Wortlos stapften wir durch die niedrige Holztür in den Pub und setzten uns an einen Tisch am Fenster. Hank kam kaum eine Minute später ebenfalls durch die Tür, sein Blick war eiskalt.

„Miss Annabelle, das funktioniert so nicht …", setzte er an, doch ich unterbrach ihn: „Hank, wir sind in einem Pub irgendwo auf dem Land, in dem …", ich sah mich um, „… ganze drei Tische belegt sind. Herrgott!"

Wie sehr mich diese ständige Begleitung nervte, wurde mir erst jetzt richtig bewusst. Wenn ich allein unterwegs war, dann freute ich mich meist über die Begleitung der beiden Männer, schließlich hatte ich nicht besonders viele Freunde in London. Aber nun, da ich tatsächlich einmal eine Aufgabe hatte, einen Job, den ich mit einer anderen Person erledigen musste, kam ich mir dumm vor. Es war wirklich, als seien die beiden Männer meine Babysitter, und das völlig ohne Grund. Den Fahrer hätte ich noch verstanden, aber ein gepanzerter Wagen? Ein Bodyguard? Je mehr ich darüber nachdachte, desto absurder wurde das Ganze.

„Hank, setz dich doch zu uns und trink ein Bier, iss was. Und Harry soll auch kommen, der arme Kerl sitzt doch auch schon seit Stunden im Wagen.

„Sie verstehen nicht. Wir sollten jetzt fahren", sagte Hank ruhig und verschränkte die kräftigen Arme vor seiner Brust. Ungläubig starrte Scott zwischen mir und dem Hünen hin und her.

„Hank, so heißen Sie doch, oder? Annabelle hat recht. Holen Sie den Fahrer herein, und wir essen alle gemeinsam etwas. Und dann nehmen Sie Belle wieder mit nach Hause und alles ist in bester Ordnung." Scott lächelte ein gewinnendes Lächeln, doch Hank sah ihn nicht einmal an. Belle. Er hatte mich Belle genannt.

„Kommen Sie!", sagte Hank mit einem drohenden Unterton und fixierte mich mit einem eiskalten Blick. „Es wird Zeit."

„Ich bleibe hier", sagte ich betont ruhig und schüttelte den Kopf. Sollte er mich doch an den Haaren aus dem Pub herausschleifen.

Einen Moment lang blieb der Bodyguard einfach stehen, dann wandte er sich wortlos ab und verließ den Pub. Durch das Fenster sah ich, wie er das Handy aus dem Jackett zog und eine Nummer wählte.

„Das war ..."

„Lass uns nicht darüber reden. Bitte", sagte ich rasch und starrte auf meine Hände, die ich auf der Tischplatte verschränkt hatte.

Er nickte nur und bestellte für uns beide rasch zwei Pints. Ich setzte gerade die Lippen an mein Glas, als plötzlich mein Handy vibrierte. Nervös blickte ich zu Hank, der draußen an der Limousine lehnte, doch der hatte die Hände in den Hosentaschen und starrte schweigend zu uns herüber.

„Hallo?"

„Ich bin es." Evan. Ich hätte es wissen müssen, hatte es sogar geahnt.

„Hey! Wie schön von dir zu hören!"

„Was soll dein Verhalten?"

Ich zuckte zusammen und hielt das Telefon unwillkürlich von mir weg. Sein Ton war scharf, und er klang stinksauer.

„Ich bin doch nur …"

„Glaubst du, dass diese Männer zum Spaß mit dir durch die Gegend fahren?", blaffte er, und selbst Scott hob den Kopf, weil Evan so laut wurde.

„Was soll dieser Aufstand? Ich bin nur mit Scott in einen Pub gefahren, nichts weiter!" Am Nebentisch drehten sich einige Gäste zu uns um, und ich wurde wieder rot.

Evan seufzte, so als strenge ihn die Unterhaltung unglaublich an. „Belle, diese Männer sollen dich schützen, also lass sie um Himmels willen ihren Job tun!"

„Aber ich muss doch auch meinen Job erledigen!", rief ich.

„Aber nicht im Pub." Evans Tonfall sagte mehr als tausend Worte. Diskussion beendet, so einfach war das bei ihm.

„Wir sehen uns zu Hause. Ich erwarte dich gegen acht", sagte er, dann legte er einfach auf.

Verdutzt starrte ich auf das Display, doch Evan war weg. Langsam ging mein Blick zu Scott, der mir kopfschüttelnd gegenübersaß. „So habe ich ihn noch nie erlebt", beeilte ich mich zu sagen, doch er schüttelte den Kopf.

„Die reden mit dir wie mit einem Kind." Es klang nicht abfällig, eher verwundert, so als habe er soeben eine große Erkenntnis gewonnen. Aber es reichte, damit ich mich miserabel fühlte. Was für ein verdammter Tag.

„Ich sollte gehen", sagte ich und machte Anstalten aufzustehen, doch Scott legte blitzschnell seine Hand auf meine und hielt mich so am Tisch. Nervös starrte ich durch das Fenster zu Hank, der uns noch immer beobachtete. Sein Blick war starr, und ich bemerkte, wie er jeden Eindruck in sich aufsog – ganz bestimmt, um später seinem Boss davon zu berichten.

Unsicher zog ich meine Hand unter der von Scott weg. Ich verstand diesen Mann nicht. Erst hasste er mich und beleidigte mich, dann plötzlich fing er an, meine Hand zu halten und mich auf diese seltsame Art zu mustern. Und das alles innerhalb von so kurzer Zeit. Er war ein seltsamer Mann, irgendwie verschroben mit seinem Cottage und dem Jeep.

„Belle, das ist doch Wahnsinn! Entweder wir ziehen das Ding hier durch, oder du haust ab und lässt dich von allen herumschubsen!"

„Du verstehst das nicht!", sagte ich und starrte weiter aus dem Fenster. Seinen Blick würde ich jetzt nicht ertragen. Kein Mitleid. Ich konnte das nicht schon wieder. Hass oder Mitleid, das waren die Gefühle, die Menschen mir üblicherweise entgegenbrachten, wenn ihnen klar wurde, was ich war.

Eilig sprang ich auf und raffte meine Sachen zusammen, dann blickte ich Scott ein letztes Mal an. „Bis morgen!", sagte ich scheu, weil ich ahnte, was er nach diesem Abgang von mir halten würde.

„Bis morgen", sagte er trotzdem und nippte abwesend an seinem Bier.

Während ich durch den stärker werdenden Regen zum Wagen lief, wandte ich mich noch einmal um, und sah, wie Scott mir nachsah, eine steile Falte auf seiner Stirn. Blut schoss in meine Wangen, und ich starrte sofort wieder nach vorn, bevor ich mich eilig in den Wagen schwang und die Tür zuknallte, bevor Harry sie würdevoll schließen konnte. Ich war sauer, ich war wütend, ich schämte mich. All diese Gefühle spülten durch mich hindurch, rissen alles mit sich und hinterließen nichts, als Verzweiflung. Was war nur seit der Hochzeit passiert?

Evan saß im Kaminzimmer, als ich das Haus betrat, und ich ging gleich zu ihm. Ich war wütend auf ihn, aber er hatte mir auf eine Art auch gefehlt, also setzte ich mich sanft auf seinen Schoss und gab ihm einen federleichten Kuss auf die Lippen. Er schmeckte nach Kognak und einer langen Reise, aber noch immer unglaublich weich und stark zugleich. Als ich mich löste, musterte er mich lange, bevor er schließlich das Kognakglas wegstellte. Er war nicht wütend, das sah ich gleich, und war froh, dass er eher müde wirkte.

„Evan, das war wirklich überflüssig", flüsterte ich in sein Ohr, und er nickte langsam, während er die Berührung meiner Lippen genoss.

„Ich will, dass es dir gut geht. Ich will, dass du in Sicherheit bist. Das kannst du mir nicht zum Vorwurf machen", sagte er leise und küsste mich auf die Wange. Er war sanft, fast vorsichtig. Seine Berührungen waren anders als sonst.

Verwirrt blickte ich zu ihm auf und sah, dass er an mir vorbei in das prasselnde Feuer starrte. „Evan?", fragte ich unsicher, weil ich wusste, dass er nur ungern über seine Probleme sprach.

„Es ist alles gut", sagte er knapp, und ich nickte nur. Seine Probleme gingen mich nichts an. „Bitte bleib in Zukunft bei Hank. Und wenn nicht, dann sag ihm Bescheid."

„Ich kann also ohne ihn losziehen?"

Er blickte mich verständnislos an. „Nein. Natürlich nicht!"

Ich verkniff mir einen bissigen Kommentar und atmete durch. Ganz ruhig. Druck brachte in dieser Situation überhaupt nichts. Evan war nicht der Typ Mensch, der sich von irgendwem unter Druck setzen ließ. „Ich bin kein Kind, Evan. Ich komme allein zurecht. Das mit dem Auto ist toll, und Hank ist sehr nett, aber ... ich möchte selbstständig sein!"

Evan sah mich lange an, dann lächelte er und schlang sanft die Arme um mich, während er meinen Schenkel streichelte. „Ich bin ein reicher Mann, Belle. Wir beide stehen sehr in der Öffentlichkeit, jeder kennt meinen Namen. Und seit auch du ihn trägst, ist das Risiko größer", murmelte er und küsste mich mit einem Mal, was mir jedes Widerwort nahm. „Ich will nur, dass es dir gut geht", wiederholte er zwischen zwei Küssen und biss mir sanft in die Unterlippe. Sein Daumen wanderte von meinem Schenkel über die Rundung meines Pos hinauf zu meinem Rücken. Unter dem dicken Pullover brannte seine Berührung wie Feuer, und ich kuschelte mich wohlig an ihn.

„Ein Mann wie du hat Angst?", neckte ich ihn leise und biss ihn sanft in die empfindliche Haut an seinem Hals, doch er schmunzelte nur dunkel.

„Ich habe keine Angst. Aber ich habe eine Frau, die Begehrlichkeiten weckt", zischte er verräterisch lächelnd, und ich musste kichern, weil er so albern war. Trotzdem entging mir auch der Unterton in seiner Stimme nicht. Keine anderen Männer. Das war der Deal gewesen. Und Hank hatte gesehen, wie Scott meine Hand hielt. Wusste Evan davon? Befürchtete er etwa, ich könne mich zu seinem Freund hingezogen fühlen? Unsinn, sagte ich mir und drückte meine Lippen auf seine.

Bei jeder Bewegung, jedem weiteren harten Kuss, spürte ich seine rauen Bartstoppeln auf meiner empfindlichen Haut und genoss die Schauer, die dieses Gefühl über meinen Rücken jagte. Evan biss heftig in meine Lippe, und ich zuckte zurück, doch er zog mich sofort wieder zu sich, presste seine Lippen auf meine und ließ mich den kurzen Schmerz vergessen.

Ohne Eile zog er mir den unförmigen Pullover über den Kopf und warf ihn neben den Sessel. Sein Blick glitt dunkel über meinen Körper, über die schwarze Spitze, die meine Brüste umhüllte. Er umschloss sie mit seinen Händen, drückte und massierte sie leicht, während sein Mund von meinen Lippen den Hals hinabwanderte. Ein raues Stöhnen drang über meine Lippen, als er den Stoff zur Seite schob und eine Brustwarze mit dem Mund umschloss. Seine warmen Lippen, sein Atem auf meiner Haut, all das ließ mich meinen Zorn vergessen, ließ mich an seine Sorge um mich glauben.

„Belle!", keuchte er und drängte seine Lippen wieder gegen meine, bevor er sich plötzlich löste. „Steh auf!", befahl er ruhig, und ich befolgte seine Anweisung sofort. Von all den Spielen, die er gerne spielte, gefiel mir dieses am besten. „Zieh dich aus. Zieh alles aus. Und dann gehst du zum Flügel. Los!" Bei dem letzten Wort schlug er mir mit der flachen Hand auf den Hintern. Eilig streifte ich meine restliche Kleidung ab und senkte rasch den Blick, als er mich musterte. Dominanz. Das mochte er. Und ich ebenso.

„Zum Flügel", sagte er streng und ich gehorchte augenblicklich. Die wenigen Meter zu dem schwarzen Flügel, der inmitten des Zimmers stand, ging ich ohne Hast, aber doch so schnell, dass er nicht ungeduldig wurde. Ich blieb mit dem Rücken zu ihm stehen und legte vorsichtig die Hände auf den kühlen Lack.

„Beuge dich nach vorn", hörte ich Evan sagen, der nun näherkam. Stumm befolgte ich seine Anweisung und offenbarte mich ihm. Mein Puls flatterte, während ich zitternd auf eine Berührung, einen Schlag oder ein weiteres Wort wartete. Irgendwas, nur sollte er etwas tun, mich endlich berühren und von dieser Qual erlösen. Doch so lief dieses Spiel nicht. Evan kostete den süßen Schmerz aus, den er mir bereitete, kostete aus, wie hilflos ich mich meiner Lust unterwarf.

„Spreize deine Beine", sagte er, nun viel dichter hinter mir, und ich erschauerte. Langsam stellte ich mich breitbeiniger hin, sodass ich ihm schonungslos geöffnet war, das Opfer, das auf seine Hinrichtung wartete. Mit dem Unterschied, dass mir diese Rolle verdammt gut gefiel.

Er wartete, lauerte wie ein Raubtier, während ich hilflos am Flügel stand. „Gehörst du mir?", knurrte er, und ich nickte sofort.

„Nur dir!", keuchte ich und konnte sein Lächeln beinahe fühlen.

„Dann sei ein braves Mädchen und knie dich auf den Klavierhocker. Na los!" Seine Stimme war vollkommen ruhig, so als hätte er nicht gerade eine nackte Frau vor sich, sondern säße in einem geschäftlichen Meeting. Das Einzige, was ihn verriet, war das leichte Beben in seiner Stimme, das nur andeutete, wie sehr ihn dieses Spiel erregte.

Ich hörte seinen Gürtel klirren, als meine Knie sich in das weiche Leder des Hockers drückten, und zuckte schon zusammen, bevor das Leder hart auf meine nackte Pobacke traf.

Erschrocken zog ich Luft ein, doch er schlug ein zweites Mal zu, sodass ich leise aufschrie. Jeder Schlag, jede süße Berührung des Leders auf meiner Haut, trieb mich näher an den Punkt, an dem ich für Evan beinahe alles getan hätte, an dem ich nahezu jeden seiner Befehle befolgt hätte, wenn er mich nur endlich berührte.

Eine kurze Pause entstand, in der ich nur seinen gleichmäßigen Atem hörte, nur das leichte Beben, das seine Lust an mein Ohr trug. Dann, ganz harmlos, legte er einen Finger auf meine Klitoris. Ich zuckte so heftig zusammen, als habe er mir einen weiteren Schlag zugefügt. Ich kam nicht, aber dieses Gefühl, endlich berührt zu werden, jagte mir Schauer über den Körper und ließ mich zittern. Schwer atmend drückte ich mich gegen seinen Finger, rieb mich daran, doch er sagte mahnend „Na, na" und schlug mir mit der flachen Hand auf eine Pobacke. Der Schlag hallte durch den Raum, doch ich nahm das Geräusch gar nicht mehr wahr, fixierte mich nur auf seine Berührung und wollte ihn anschreien, mich zu berühren. Doch wenn ich das tat, würde er mich erst recht mit Geduld strafen. Ich stöhnte, als er eine warme Hand auf meine brennende Haut legte und leicht meinen Hintern liebkoste.

„So ein braves Mädchen", schnurrte er, und ich drückte mich an seine Hand, zeigte ihm, dass ich es einfach nicht mehr aushielt. Er schmunzelte rau und schob dann unendlich langsam einen Finger in mich hinein. Ich stöhnte, bewegte mich, nur um ihn endlich zu spüren, doch er packte meine Taille und begann, jede meiner Bewegungen zu steuern, während er langsam erst einen zweiten und dann einen dritten Finger dazu nahm. Ich wollte mich heftiger bewegen, wollte ihn, doch er bremste mich, dehnte die Folter weiter aus, indem er mit der freien Hand meine Brüste massierte.

Unerwartet zogen sich seine Finger zurück, und ich wollte mich zu ihm umdrehen, protestieren, ihn auf das Sofa werfen und einfach reiten, doch er hielt meinen Kopf fest und beugte sich über mich, bis seine Lippen an meinem Ohr waren. Seine Erektion drückte sich an mich, berührte das Nass, doch er drang nicht ein, folterte mich nur mit dem Unerreichbaren, während er leise in mein Ohr flüsterte: „Sag mir, wen du willst!"

Ich zitterte erregt, versuchte, mich näher an ihn zu pressen, doch er hielt mich so unter sich, dass ich vollkommen hilflos war. „Dich!", hauchte ich, sprachlos vor lauter Gefühlen, die in mir tobten, vor Erregung, die mir die Kehle zuschnürte.

„Gut", brummte er und stieß plötzlich so hart zu, dass ich gegen den Flügel gepresst wurde. Ich schrie, als er endlich das tat, worauf ich die ganze Zeit gewartet hatte, als er mich einfach nahm, ohne Rücksicht, grob, aber nicht brutal.

Mir war es egal, ob jemand von den Bediensteten uns hörte, mir war es egal, wie laut ich war, denn Evan packte mich an den Haaren und zog mich nach hinten, drang noch tiefer in mich ein, und ich schrie, denn ich konnte nicht mehr stumm sein.

Ich schrie meine Lust heraus, presste mich an seinen harten Körper, und ließ mich von ihm packen, mich dominieren. Seine Zähne gruben sich in meine Schulter, doch ich spürte es fast gar nicht. Erst als er sich plötzlich aus mir zurückzog und mich herumwirbelte, wurde ich langsam wieder klar, küsste ihn stürmisch, während er mich von dem Hocker in seine Arme hob. Er war stark, trug mich mühelos, während er mich drängend küsste, an meiner Lippe knabberte. Er trug mich zur Couch und warf mich hart darauf, dann war er wieder über mir, küsste meine Lippen, meinen Hals, meine Brüste, während er wieder und wieder in mich eindrang, mich um den Verstand brachte. Ich taumelte, schwamm, genoss die Wellen meines Orgasmus, die über mich hinwegspülen, hörte Evan wie aus weiter Ferne ebenfalls aufstöhnen und spürte, wie er kam. Er umklammerte mich so fest, dass ich all seine Kraft spürte.

Wir keuchten, hielten uns aneinander fest und ruhten, während unsere Erregung nur langsam abklang. Er zitterte kaum merklich, als er sich unendlich langsam von mir herunterschob. Ich sah, wie er unter seinen roten Wagen grinste und mich zufrieden ansah.

„Braves Mädchen.“

DREI

Ein weiterer Tag in dem Cottage bei Dover, ein weiterer Tag, an dem es nicht aufhören wollte zu regnen. Ich blickte stumm aus dem Fenster, während Scott hinter mir in der Küchenzeile mit einigen Töpfen hantierte. Wir hatten schon Stunden an dem Drehbuch gearbeitet. Es wurde besser, das konnte ich nicht bestreiten, doch das Problem war nach wie vor die Protagonistin. Egal wie oft ich ihm zu erklären versuchte, dass er grundlegende Änderungen an ihrem Charakter vornehmen musste, er war einfach zu starrsinnig, um auf mich zu hören. Nun waren wir an einem Punkt angekommen, an dem wir spürten, dass wir uns im Kreis drehten, also beschlossen wir eine Pause einzulegen.

„Milch?", ertönte es aus der Küche, und ich drehte mich fragend um.

„Für den Kaffee!", erklärte Scott und goss die dunkle Flüssigkeit in zwei handgetöpferte Becher.

„Nein danke", sagte ich und ergatterte dafür ein Lächeln seinerseits.

Er kam zurück zum Schreibtisch und drückte mir einen der Becher in die Hand, wobei sich unsere Fingerspitzen kurz streiften. Ich spürte den kleinen Blitz, der hindurchfuhr und hätte beinahe meinen Becher fallen lassen. Es musste eine elektrische Entladung gewesen sein.

„Danke", sagte ich und nahm einen Schluck Kaffee, während Scott sich wieder setzte.

„Ich habe für später auch Essen gekauft, damit wir einem Drama wie gestern aus dem Weg gehen."

Rasch blickte ich in meine Tasse, damit er nicht sah, wie rot ich wurde. Mir war es immer noch peinlich, wie unser Besuch im Pub verlaufen war.

„Und ich dachte, Frauen wie dir wäre nichts peinlich!" Boom. Wieder ein Schlag. Einfach so nebenbei. „Ich meine hübschen Frauen Mitte zwanzig, die ein gesundes Selbstbewusstsein haben!", rief er rasch und hob die Hände, als habe ich ihn angeschrien. Ich konnte jedoch nur müde aufblicken, wobei ein kleines Lächeln über meine Lippen huschte.

„Seit wann versuchst du, deine Meinung über mich zu verbergen?", neckte ich, und er grinste sein herrlich schiefes Lächeln, bevor er einen Schluck aus seinem Becher nahm. Seine kräftigen Arme spannten unter dem weißen Shirt, das er trug, und ich bewunderte die sehnigen Muskeln unter der glatten Haut.

„Seit du mir ein paar Dinge erklärt hast. Das hat vielleicht nichts an dem Bild verändert, das ich von Frauen wie dir habe, aber einiges an dem Bild, das ich von dir als Person habe. Auch, wenn ich es immer noch nicht recht verstehe." Er lächelte fast schon unschuldig, was so gar nicht zu seinem markanten Äußeren passen wollte.

„Na, herzlichen Dank!"

„Ach, komm schon, hattest du keine Träume? Nichts, wofür du früher gestorben wärst, nur um es zu bekommen?" Verdammt, diese Gespräche mit ihm machten mich fertig.

„Die gibt es nach wie vor. Aber ich lebe mein Leben genau so, wie ich es für richtig halte. Und im Moment halte ich meine Art zu leben für richtig."

Er nickte nachdenklich und trank einen Schluck, bevor er die Tasse auf dem Schreibtisch abstellte.

„Verstehe es als ... berufliche Neugier. Ich soll über eine Frau schreiben, die ein schreckliches Leben führt, es aber für gar nicht mal so schlecht hält. Erzähl mir, wie du das aushältst."

Ich bemerkte seinen provokanten Unterton und verzog unglücklich das Gesicht. Diese unterschwelligen Provokationen, dieser Sarkasmus, das machte mich wahnsinnig.

„Ich bin nicht im Geringsten so wie sie!", sagte ich, so als sei die Protagonistin Laura in seinem Buch eine reale Person, mit der er mich soeben verglichen hatte.

„Du lebst ein Leben im goldenen Käfig, das unterscheidet dich von ihr, aber am Ende bist du doch in einem Leben gefangen, in dem du kaum mehr bist als ein Gegenstand!"

Wut. Blinde, brennende Wut stieg in mir auf. Wie konnte er es wagen, mich so schamlos zu beleidigen? Wo ich doch gedacht hatte, der Konflikt mit ihm sei geklärt. Ich schwieg. Seine Behauptung war keine Antwort wert.

Doch er bohrte weiter, lehnte sich näher zu mir und fuhr fort: „Wer bist du, Belle? Warum lebst du dieses Leben?"

Ich starrte ihn an, fixierte seine grünen Augen, sein markantes Gesicht mit den kräftigen Wangenknochen, den spöttischen Ausdruck um seinen Mund herum. „Weil ich es will!", zischte ich und hielt seinem Blick stand, obwohl er mich rasend machte.

„Niemand kann das wollen!"

„Ich will es! Ich habe die Entscheidung dazu getroffen."

„Worum geht es dir?", fragte er provokant, und ich unterdrückte einen wütenden Schrei. Was wollte er? Warum war er so? Ich weigerte mich zu blinzeln, es war wie ein Wettkampf, wer als erstes den Blick abwandte.

„Spaß. Sex", spie ich aus und lächelte plötzlich so falsch, dass er mich überrascht musterte.

„Und darin bist du gut, wie ich wetten möchte."

Ich überhörte den Spott und lächelte zuckersüß. „Worauf du wetten kannst!" Ich betete, dass er die Unsicherheit in mir nicht bemerkte, dass mein Panzer dick genug war, damit er ihn nicht durchbrechen konnte. Nicht er, nicht schon wieder.

Scott lächelte, der Spott war verschwunden. „Du bist stark. Mir gefällt das."

Es war, als stürze alles in sich zusammen. Ich fiel in den Stuhl zurück und wandte rasch den Blick ab. Wieder wollte ich nur weg. Er war der Teufel, hatte Spaß daran, mich zu quälen, und ich ließ es verdammt noch mal zu.

„Was gibt dir das Recht, so verdammt arrogant zu sein?", spie ich aus, doch ich spürte sie trotzdem, die Tränen, die unerbittlich kamen, die ich einfach nicht zurückhalten konnte.

„Du verstehst es vielleicht nicht, aber ich lebe genau das Leben, das ich leben möchte", sagte er und ich spürte seinen unergründlichen Blick auf mir. Ich hatte noch niemals so viel geweint, ich war noch nicht einmal besonders nah am Wasser gebaut, aber seine Worte waren zu viel. Sie waren mehr, als ich ertrug.

„Macht dir das Spaß? Andere Menschen zu erniedrigen, meine ich? Das Gefühl habe ich nämlich", flüsterte ich und wischte ärgerlich über mein Gesicht.

Scott schien zu zögern, dann lehnte er sich vor und war mir mit einem Mal ganz nah. Zu nah, denn seine Nähe brannte wie Feuer. „Es macht mir keinen Spaß, im Gegenteil. Aber ich habe das Gefühl, es ist meine Pflicht!"

Ich blinzelte, suchte nach Spott oder Hohn in seinem Blick, doch da war nichts. „Es ist deine Pflicht, mich zu verletzen?"

Scott schüttelte den Kopf. „Du verstehst das nicht."

„Ich verstehe mehr, als du denkst!", rief ich und wandte mich mit einem Ruck von ihm ab. Er wich nicht zurück, nahm nur wieder meine Hände in seine. Das machte mich noch wütender. Rasch zog ich sie weg, doch er ließ seine Hände, wo sie waren, und sie plumpsten einfach in meinen Schoß. Ungläubig starrte ich von seinen Händen zu seinem Gesicht und wieder hinab.

„Was ..."

Doch Scott hatte sie schon wieder weggezogen. Dieser kurze Moment war vorbei, sein Zögern vergessen. Die Distanz war wieder da.

Aber ich fasste einen Entschluss. „Ich werde dich davon überzeugen, dass mein Leben kein Käfig ist, und dass ich zufrieden bin, wie es ist!", sagte ich mit fester Stimme und nickte bekräftigend, so als müsse ich mich selbst davon überzeugen. Scott musterte mich schweigend, dann lehnte er sich zurück und fuhr sich durch die dichten Haare.

„Dieses Gespräch wird mir beim Schreiben helfen."

Ich wollte wütend protestieren, als mir plötzlich klar wurde, dass er das vollkommen ernst meinte.

Verdutzt starrte ich Scott an, der sich mit einem Mal abgewendet hatte, und auf seiner Tastatur zu tippen begann.

Ich spürte, wie mein Zorn verflog und die Neugier Überhand gewann, wie ich seinen Fingern auf der Tastatur folgte, seinen Blick suchte, der auf dem Bildschirm klebte.

Wir schwiegen, und das ganze drei Stunden lang, in denen Scott wie ein Besessener schrieb. Egal, wie sehr er mich verletzt hatte, was er schrieb, war wertvoll. Neben ihm zu sitzen, während er schrieb, war wie ein wahrgewordener Traum. Und was noch besser war: Was er schrieb, war brillant.

Kein Vergleich zu dem Buch, das mich so enttäuscht hatte, kein Vergleich zu dem, was er vorher noch für das Drehbuch verfasst hatte. Laura bekam im Drehbuch endlich den Charakter, den sie verdiente. Durch kleine und doch geschickte Änderungen an der Handlung, gelang es ihm ihre Rolle endlich mit Leben zu füllen. Dieser Mann hatte recht gehabt. Der Streit hatte ihn inspiriert, hatte ihm irgendetwas klargemacht, das ich nicht greifen konnte, doch irgendwie spürte ich, wie es mich immer weniger interessierte. Wir kamen in einen Fluss der Zusammenarbeit, den ich nicht begreifen konnte, aber vielleicht musste ich das auch nicht. Zum ersten Mal in meinem Leben sah ich mich mit einem Projekt konfrontiert, für das ich alles gegeben hätte. Ich hätte am liebsten die Nächte durchgearbeitet, hätte mich meinetwegen weiter von ihm beleidigen lassen können, wenn wir nur am Ende ein Meisterwerk zustande brachten. Endlich verstand ich.

Als es an der Tür klopfte, zuckten wir beide so heftig zusammen, dass ich den Tonbecher vom Tisch fegte, der neben meinem Arm gestanden hatte. Das Klirren zerstörte die magische Stille der letzten Stunden und riss uns in die Realität zurück. Es dauerte Sekunden, bis Scott sich losgerissen hatte und rief: „Wer ist da?"

„Hank. Wir müssen fahren, Mrs.!"

Ich schluckte, blickte unsicher zu Scott. Der nickte nur langsam. Ich sah in seinem Blick, dass er etwas sagen wollte, doch er verkniff es sich und stand einfach auf. Die Magie war verflogen.

Aber nein. Das war falsch.

„Scott!"

Er blieb auf halbem Weg zur Küche stehen und drehte sich langsam um.

„Willst du heute Abend mit Evan, mir und ein paar Freunden essen? Die meisten davon kenne ich nicht, und wir beide könnten weiter über das Drehbuch sprechen!" Wie blöd das klang, dachte ich, blieb aber bei meinem Angebot.

Scott schien zu überlegen, dann sagte er: „Ich glaube nicht, dass ich in eine solche Runde passe." Welch Worte von einem Mann, der sich für unerreichbar hielt. Aber ich spürte, dass mich seine Absage dennoch störte. Ich wollte weitermachen, wollte mit ihm arbeiten.

„Schade. Und ... morgen? Wann sollen wir beginnen? Um acht?" Er lächelte plötzlich, und ich spürte, wie die Röte in meine Wangen stieg.

„Morgen ist Samstag", stellte er fest, und ich zuckte die Schultern.

„Na und?"

„Evan wird nicht gerade begeistert sein, wenn ich seine Trophäe jeden Tag so lange besetze."

Ich ging über seinen scharfen Kommentar hinweg: „Er wird es überleben!"

Er nickte anerkennend, eine Geste, die ihm ganz sicher einige Überwindung kostete. „Deine Einstellung gefällt mir, das muss ich zugeben. Aber nein, tut mir leid. Ich fahre heute Abend zu meiner Schwester nach London."

Ich schnaubte verächtlich. „Wir müssen aber doch so schnell wie möglich fertig werden!"

„Stimmt schon, aber uns bleibt genug Zeit. Und ich habe es Claire versprochen."

Ich verzog unglücklich das Gesicht, beließ es aber dabei. Ganz sicher würde Evan sowieso nicht begeistert sein, wenn ich nun vorhatte, auch noch die Wochenenden durchzuarbeiten.

Er konnte eben nicht verstehen, dass mein Leben, seit ich mit ihm zusammen war, im Prinzip ein einziges Wochenende gewesen war, und mir diese Arbeit unerwartet viel Spaß machte. Trotz der Schwierigkeiten, die Scott und ich hatten, genoss ich es, eine Aufgabe zu haben.

„Na schön."

Ich stand auf und sammelte mein Zeug ein. Scott klapperte mit einigen Töpfen in der kleinen Küche herum, und ich ging an ihm vorbei, wobei ich nur kurz die Hand hob.

„Bis Montag", sagte er noch, da war ich schon durch die Haustür und stolperte beinahe in die Arme meines Bodyguards.

Verdattert starrten wir uns an, während mir dämmerte, dass er mich und Scott ausspioniert hatte. Er war einfach vor der Tür stehen geblieben, hatte gelauscht und vielleicht sogar durch das Fenster gespäht. Ich funkelte ihn an, doch Hank ließ sich nichts anmerken, und wandte sich gelassen zum Auto ab. Wut stieg in mir auf, doch ich zwang mich, sie hinunterzuschlucken. Hank machte nur seinen Job. Der wahre Übeltäter war Evan, das war mir sofort klar. Aber wieso zum Teufel leierte er erst an, dass ich Scott unterstützte und ließ mich dann ausspionieren? Das alles ergab einfach keinen Sinn.

Sosehr ich mir vorgenommen hatte, Evan gehörig den Kopf zu waschen, so wenig kam ich dazu. Evan war nicht zu Hause, weder in seinem Arbeitszimmer, noch im Pool, wo ich ihn eigentlich vermutet hatte. Natürlich hatte ein Mann wie Evan nicht gerade häufig ein freies Wochenende, aber oft arbeitete er dann von zu Hause aus und legte seine Termine im Ausland so, dass er ein freies Wochenende hatte. Mir gefiel das, denn so unternahmen wir oft etwas, gingen auf Veranstaltungen oder aßen mit seinen Freunden – wohlgemerkt nicht mit meinen, denn Freunde hatte ich wirklich nicht viele.

Selbst Nicci, mit der ich mir zu Beginn meiner Zeit in London ein Appartement geteilt hatte, war mittlerweile in Hamburg und so beschäftigt, dass wir nur selten sprachen. So war ich allein geblieben, ohne einen Menschen in London zu kennen, der nicht direkt oder indirekt etwas mit Evan zu tun hatte. Die Frauen, mit denen ich mich hin und wieder auf einen Kaffee traf, waren entweder die Geliebten seiner reichen Freunde und, in den meisten Fällen, dem Schwachsinn nahe, oder wohlhabende Frauen, die ihre Geschäftsbeziehungen zu Evan pflegen wollten. Ich bevorzugte die erste Variante, auch wenn unsere Gespräche derart oberflächlich waren, dass ein unbeteiligter Beobachter sicher gedacht hätte, wir gingen nach dem Drehbuch einer stinklangweiligen amerikanischen Serie vor. Trotzdem waren diese Gespräche meist die Einzigen, in denen mir niemand feindselig gegenüberstand – schließlich waren wir alle in gleichen oder ähnlichen Situationen.

Doch wenn ich nun an einen Abend mit Evan und seinen reichen Freunden dachte, bei dem ich mich wieder einmal mit der entsprechenden Begleitung würde zwanghaft unterhalten müssen, graute es mir. Nicht schon wieder diese Prahlerei, dachte ich, nicht schon wieder dieses Wetteifern, wer die schönste Tasche oder das exotischste Urlaubsziel für sich verbuchen konnte. Meist war ich es. Aber das interessierte mich nicht. Egal, was die Leute sagen, Geld allein machte genauso wenig glücklich wie alles, was man davon kaufen konnte. Es machte vieles einfacher, doch am Ende blieb ich wegen Evan und dem Leben, das er mir ermöglichte. Zu Hause hatten wir immer nur Sorgen gehabt, und das wollte ich niemals wieder erleben. Dazu kam, wie dankbar ich ihm dafür war, dass er so viel für meine Familie getan hatte.

„Annabelle?"

Ich fuhr herum. Elsa stand in ihrer Dienstmädchenkluft im Türrahmen und wurde fast vollständig von einem großen Paket verdeckt, um das eine riesige Schleife gewickelt war.

„Dein Mann hat das hier für dich schicken lassen und lässt ausrichten, dass ihr euch später direkt im Restaurant trefft", sagte die Angestellte und ließ das Paket auf die Designercouch plumpsen. Ungläubig blickte ich zwischen ihr und dem Präsent hin und her.

„Was ist da drin?", fragte ich, doch sie zuckte nur hilflos die Achseln.

„Hm, na gut", murmelte ich, und Elsa verließ diskret den Raum. Ich mochte sie gern, und hin und wieder plauderten wir, aber sie zog klare Grenzen – Grenzen, die mir immer wieder vor Augen führten, wo ich herkam, und wer ich nun war.

Bedächtig zog ich die große Schleife aus schimmerndem Geschenkband auf und sah, welches Logo auf den weißen Karton gedruckt war. Atemlos starrte ich die Verpackung an, während mein Herz ein ums andere Mal einen Salto zu schlagen schien. Oh. Mein. Gott.

Rasch hob ich den Deckel von der Box und starrte hinein, nur um zu sehen, dass meine Befürchtung sich bestätigte.

Evan meldete sich gleich nach dem ersten Klingeln: „Hallo Schönste!" Seine Stimme klang samtig und weich, doch ich ließ mich nicht irritieren.

„Eine *Birkin*? Wie bist du bitte an diese Handtasche herangekommen?" Ich schrie beinahe, so nervös war ich noch immer angesichts der edlen Handtasche aus Krokodilleder, die in der Box gesteckt hatte. Das war Wahnsinn.

Evan lachte rau. „Oh bitte, du weißt, dass ich die halbe Welt kenne. Und manchmal machen Verbindungen sich eben bezahlt."

„Oh mein Gott!", stieß ich hervor und wanderte unruhig durch den Raum. Diese Tasche war mehr wert als jedes einzelne Auto, das meine Familie jemals besessen hatte, und war ohne eine monatelange Wartezeit eigentlich nicht zu bekommen. Diese Regelung schien für Evan jedoch nicht zu gelten.

„Ich hoffe, du freust dich darüber?"

„Ja. Ja!", rief ich rasch, ohne recht zu wissen, was genau ich sagen sollte.

„Ich möchte, dass du sie heute Abend trägst, zusammen mit dem Kleid, das ich dir habe herauslegen lassen."

Ich nickte unwillkürlich, dann sagte ich: „In Ordnung, natürlich!"

„Gut, wir sehen uns gleich." Evan legte ohne ein weiteres Wort auf und ließ mich sprachlos zurück. Er hatte mir schon viele teure Geschenke gemacht, aber diese Handtasche war etwas Besonderes. Und er schenkte sie mir, ohne einen besonderen Anlass dafür zu haben? Das war selbst für Evan etwas Neues. Dazu kam das Kleid, das wie versprochen auf dem Bett lag – natürlich mit perfekt passender Unterwäsche, die einige hundert Pfund gekostet haben musste. Es war ein Essen mit Freunden, und Evan kleidete mich ein, wie eine Kleiderpuppe im teuersten Kaufhaus der Welt?

Abwesend strich ich mit den Fingern über die weiche Seide und fuhr über den Stoff des Kleides, das daneben lag. Oscar de la Renta, ein Traum von einem Kleid, und ganz sicher genau nach meinen Maßen geschneidert. Evan hatte Stil, das musste man ihm lassen.

Gab es einen Mann, der mir mehr bieten konnte als Evan? Finanziell sicher nicht, aber …

Ich schüttelte wütend den Kopf. Solche Gedanken sahen mir nicht ähnlich.

Ich betrat das Restaurant um Punkt acht Uhr und wurde sogleich an den Tisch geführt, an dem Evan mit einem seiner Geschäftspartner saß, den ich bereits von einigen

Events kannte. Wir küssten uns auf beide Wangen, bevor ich zu Evan ging, der mir ungeniert an den Hintern griff, während er mir einen besitzergreifenden Kuss aufdrückte. Es sah ihm nicht gerade ähnlich, sich so zu verhalten, aber sein zufriedener Blick auf Tasche und Kleid ließ mich vermuten, dass er sich bereits ausmalte, wie mir die Unterwäsche wohl stand, die er hatte bereitlegen lassen.

Ich setzte mich neben Evan und ließ das Gespräch der beiden über mich hinwegspülen, während ich beobachtete, wie unser Tisch sich füllte. Wangenküsse, Handschlag, dröhnendes Lachen.

Als ich kurz zu Evan sah, lächelte er mich an. „Schau mal, wer dort kommt!", sagte er und ich wandte wenig interessiert den Kopf. Ganz sicher wieder nur ein Freund von ihm.

Doch es war nicht irgendein Bekannter, der durch die Tür trat. Nein, es war Scott. Scott O'Connor in Begleitung einer umwerfend schönen Dunkelhaarigen, die ihm so ähnlich war, dass man schwerlich übersehen konnte, dass sie Bruder und Schwester waren. Mein Herz setzte einen Schlag aus, und ich schnappte unwillkürlich nach Luft. Scott war gekommen? Hatte er nun doch auf meine Einladung reagiert?

Evan stand auf, und ich schrak zusammen, als er Scott überschwänglich auf die Schulter schlug. „Hey mein Freund!"

Scott erwiderte die Begrüßung eher zurückhaltend und blickte dann zu mir herüber. Ich glaubte zu sehen, dass er sich kurz versteifte, doch er fing sich sofort wieder und lächelte angespannt. Kein Vergleich zu seinem echten Lächeln.

„Und Claire!" Evan küsste die Schönheit auf beide Wangen und umarmte sie fest, was Scott kritisch beäugte. Er wirkte gar nicht glücklich, während Evan seine Schwester etwas länger als unbedingt nötig in den Armen hielt. Ich starrte auf meine Hände, wagte es nicht, den Kopf zu heben, während Evan die beiden zu ihren Plätzen führte.

Ich spürte Scott, bevor ich ihn sah, fühlte diese Wärme, die von ihm ausging, auf der Haut, und wandte erst dann langsam den Kopf, als er leise sagte: „Hey!"

„Hey", antwortete ich tonlos und schaffte es, ein kleines Lächeln aufzusetzen, um auch seiner Schwester die Hand zu reichen. „Hi, ich bin Annabelle!"

„Ich weiß", sagte Claire trocken und verzog keine Miene, während sie lustlos meine Hand schüttelte. Noch so ein Sonnenschein.

Ich ließ los und nahm rasch einen Schluck Wein, um der Situation zu entfliehen, doch Scott sagte: „Ich wusste nicht, dass wir auch zu diesem Essen eingeladen sind."

Na klar. „Wie auch immer", winkte ich ab und nahm noch einen Schluck.

„Wirklich nicht!"

Ich nickte nur.

„Belle?" Das war Evan. Ich drehte mich zu ihm um, plötzlich dankbar für die Störung. „Erzähle der Runde doch mal, was du und Scott derzeit tut", sagte er halblaut, und ich hörte, wie die übrigen Gespräche plötzlich verstummten. Offenbar war dies das Thema des Abends.

Scott kam mir zur Hilfe: „Wir arbeiten an einem Drehbuch zu *Stumme Wut*. Annabelle unterstützt mich, um eine realistischere Darstellung der weiblichen

Protagonistin zu erreichen." Wow, das war tatsächlich eine wertvolle Beschreibung unserer Zusammenarbeit. Ich war ehrlich überrascht.

„Das war ja auch einer der Kritikpunkte, der in vielen Rezensionen herauszulesen war", merkte Graham Parker an, der ebenfalls im Verlagsgeschäft tätig war, wie Evan mir einmal erzählt hatte. Er hatte die gepunktete Krawatte gelockert und trug den Hemdkragen offen, wodurch er seinen ausgeprägten Truthahnhals zur Schau stellte, der ziemlich deutlich machte, dass sein glattes Gesicht nicht das Ergebnis guter Gene, sondern der besten Schönheitschirurgen in der Stadt war.

Scott neben mir nickte zerknirscht, antwortete aber diplomatisch: „Ja, das stimmt. Deshalb hielten wir es für sinnvoll, dass sie mir ein paar Inspirationen gibt."

„Eine Muse sozusagen!", warf Clark Baxter, ein sportlicher Mann um die vierzig, ein und lachte kurz, wofür er sich einen scharfen Blick von Evan einfing. Es wunderte mich, dass er so reagierte, denn er war normalerweise nicht gerade der Typ Mann, der zur Eifersucht neigte.

„Als ob Scott so etwas bräuchte!" Alle Blicke richteten sich auf Claire. Mit einer fließenden Bewegung strich sie sich die dunkle Mähne zurück und blickte ruhig in die Runde. Ihr schlichtes blaues Kleid umspielte ihre Kurven geschickt, doch man konnte ahnen, wie schön sie war. Die Männer hingen an ihren Lippen, und selbst ich ertappte mich dabei, wie ich sie mit offenem Mund anstarrte. „Mein Bruder wäre kein so erfolgreicher Autor, wenn er immer Unterstützung gebraucht hätte. Ich halte das für ein Hirngespinst!"

Ich blickte vorsichtig zu Evan, doch der musterte Claire nur mit einem kleinen Lächeln, das mir unvermittelt einen Stich versetzte. War das Eifersucht?

Rasch sagte ich: „In dem Buch ist es ihm nicht unbedingt perfekt geglückt. Ich soll ja nicht für ihn schreiben, nur Impulse geben."

Claire musterte mich wenig beeindruckt. „Gut, gehen wir einmal davon aus, er bräuchte diese Art von Impulsen. Warum dann eine unqualifizierte Frau und keine erfahrene Lektorin?" Sie zog eine elegant geschwungene Augenbraue in die Höhe, die ihr eine so perfekte Arroganz verlieh, dass ich tatsächlich einen Moment lang sprachlos war.

„Nun, es ist einen Versuch wert, oder nicht?", fragte ich, als ich endlich meine Sprache wiederfand.

„Ist das so?" Sie verzog den Mund zu einem spöttischen Lächeln. Mit dieser Mimik war es, als trage sie ein Schild mit den Worten „Ich hasse dich" Um den Hals.

„Scott hat dazu sicherlich eine eigene Meinung, niemand zwingt ihn dazu. Und die Produktionsfirma hat es überaus positiv aufgenommen, dass er mit einer Frau zusammenarbeitet." Ich spürte, wie Evan lächelte und meinen Oberschenkel kurz drückte, doch mein Blick ruhte auf Scott. Er hatte die Wahl. Entweder er stellte mich bloß, oder er half mir an diesem Tisch voller Feindseligkeit.

„Sie hat recht, Claire. Ich möchte es gern ausprobieren. Und bisher gestaltet sich die Arbeit überaus produktiv", sagte Scott, und ich spürte die Erleichterung, die sich in mir ausbreitete. Am liebsten wäre ich diesem Mann um den Hals gefallen. Egal, was zwischen uns stand, ganz im Stich ließ er mich nicht.

„Sag, was du willst, aber mir erschließt sich das nicht", sagte Claire und zuckte die schmalen Schultern.

Scott lächelte und legte seiner Schwester einen Arm um die Schultern. „Du bist manchmal einfach zu impulsiv, Claire", neckte er sie und knuffte sie in die Seite, worauf sie halbherzig lächelte. Für sie war das Thema offensichtlich noch nicht beendet, aber sie beließ es vorerst dabei. Erleichtert drückte ich Evans Hand, die mittlerweile damit beschäftigt war, langsam meinen Oberschenkel nach oben zu fahren. Deshalb das Kleid. Er bevorzugte normalerweise eng geschnittene Kleider, doch dieses hatte einen ausgestellten Rock – und nun wusste ich auch wieso. Er hatte vor, mir noch während des Essens an die Wäsche zu gehen.

Nervös lehnte ich mich näher zu ihm und flüsterte: „Evan, nicht!"

Er grinste nur und schob die Hand noch höher, was mir so peinlich war, dass ich eilig aufsprang.

„Ich muss kurz telefonieren, entschuldigt mich!", rief ich schnell und war schon verschwunden, bevor jemand etwas sagen konnte. Eilig ging ich durch das volle Restaurant und floh schließlich durch eine Glastür auf die Terrasse. Draußen herrschte kühles Herbstwetter, doch alles war besser als der Wechsel zwischen Eiszeit und Feuersturm an unserem Tisch. Ich seufzte und lehnte mich mit geschlossenen Augen an die Mauer, während der Wind um mich herum pfiff.

Als die Glastür neben mir sich öffnete, brauchte ich einen Moment, bis ich sie wieder aufschlug. Neben mir stand Claire, eine Stola über den Schultern, und zündete sich eine schmale Zigarette an. Sie inhalierte einmal tief und blies den Rauch dann elegant durch die geschürzten Lippen heraus, während ich sie vorsichtig musterte. Was wollte sie denn bitte noch von mir?

„Ich würde dir sagen, dass du die Finger von meinem Bruder lassen sollst, aber da Evan sicherlich reicher ist als er, sollte das kein Problem darstellen." Ihre Stimme war eiskalt.

„Ich habe keine Lust auf diese Art von Gespräch", sagte ich ruhiger, als meine Wut es eigentlich zuließ, und griff nach der Klinke der Glastür, doch Claire packte mit unvermittelter Kraft meinen Arm. Erschrocken fuhr ich herum, doch sie stand immer noch völlig entspannt dort und rauchte.

„Was bringt dir das Ganze, Annabelle? Gib mir eine ehrliche Antwort."

Ruhig befreite ich mich aus ihrem Griff und lehnte mich wieder an die kalte Hauswand. Ich musste nicht lange überlegen. „Die Möglichkeit, mit dem Autor, den ich schon bewundere, seit er seinen Debütroman herausgebracht hat, zusammenzuarbeiten", sagte ich knapp und blickte ihr unverwandt in die grünen Augen, die denen ihres Bruders so ähnlich waren. „Hör zu, Claire. Ich weiß nicht, was ich dir getan habe, aber diesen Kampf haben Scott und ich bereits ausgefochten. Bitte … Bitte lass uns einfach unsere Arbeit erledigen." Ich hatte keine Kraft mehr, mich beleidigen zu lassen, nicht nach einem Tag, an dem ich das Innerste von mir offenbart hatte.

Claire lachte spöttisch auf und schnippte undamenhaft ihre Zigarette weg. „Schon klar!"

„Ich bin kein schlechter Mensch, okay?"

Claire schüttelte wütend den Kopf. „Du bist eine Schande für jede Frau, die versucht, es zu etwas zu bringen!", spie sie aus, und ihr Abscheu traf mich wie ein Faustschlag. Vielleicht hätte ich wieder geweint, doch ich war viel zu müde, viel zu erschöpft, um den Schmerz zu spüren.

„Wie du meinst."

„Nicht einmal diskutieren kannst du? Du widersprichst mir nicht einmal?" Sie schnaubte verächtlich, doch ich wehrte mich nicht, hörte mir mit dumpfem Interesse an, was Claire mir an den Kopf warf und spürte nichts als unendliche Müdigkeit. „Ich kenne so viele Frauen, die alles dafür tun würden, endlich anerkannt zu werden, und du trittst dieses Bedürfnis mit Füßen, prostituierst dich für einen reichen Mann, nur weil du dich nicht anstrengen willst, du ..."

„Es reicht!"

Wir fuhren beide herum. Scott stand in der Tür. Von hinten beschien ihn warmes Licht aus dem Restaurant und ließ ihn wie einen Geist aussehen, der gekommen war, um mich zu retten. Claire verstummte augenblicklich.

„Herrgott Claire, was soll das?", murmelte er und warf mir einen kurzen besorgten Blick zu. Ich schluckte hart und wandte mich ab. Zu viel für einen Abend.

„Ich habe nur ..."

„Verschwinde!", unterbrach er sie schroff, und ich erwartete lautstarken Protest, doch Claire schluckte ihre Wut herunter und stapfte durch die Tür zurück ins Restaurant. Ich wusste, dass ich auch zurückgehen sollte, doch ich war wie festgewachsen. „Ist alles in Ordnung?", fragte Scott und trat neben mir an das Geländer der kleinen Terrasse. Es war umwickelt mit einer Girlande, an der kleine Lampions hingen, und das warme, rote Licht war irgendwie tröstlich in der

Dunkelheit. Ich wagte nicht, ihn anzusehen, starrte nur über die Dächer Londons auf die Lichter der Stadt, während die Kälte in meine Glieder kroch. Ich wollte ihn nicht ansehen, ich konnte nicht.

„Claire, sie ... sie kann einfach nicht anders", sagte er, doch ich zuckte nur die Schultern. Wie konnte er ihr Verhalten noch rechtfertigen? War ich so verabscheuungswürdig? „Belle." Er umfasste meine Schultern und drehte mich zu sich um. Widerwillig blickte ich zu ihm hinauf. Der warme Schein der Lampions ließ sein Gesicht viel weicher aussehen und verlieh ihm einen feinen Schimmer in der Nacht, während wir wie Verliebte auf der Terrasse standen und einander schweigend in die Augen blickten. Es war verrückt, aber ich wurde ruhiger.

„Seit ich denken kann, schuftet Claire härter als jeder andere. Sie hat in Harvard studiert, ist Ärztin geworden und mittlerweile ziemlich weit gekommen. Hat für Ärzte ohne Grenzen gearbeitet und engagiert sich in einem Verein für Frauenrechte. Ich glaube, deshalb ist sie so ... unverblümt."

Ich musste schmunzeln. „Nette Umschreibung."

Er zuckte die Schultern und das weiche Lächeln auf seinen Lippen war plötzlich so wunderschön, dass die Trauer und die Wut wie warmes Kerzenwachs zerflossen. Sie blieben da, blieben mein ständiger Begleiter, aber in diesem Moment sah ich nur ihn, hörte nur seine Worte, und fand endlich den Trost, den mir kein anderer gewährt hatte.

„Muss wohl in der Familie liegen", brummte ich rasch, weil ich Angst hatte, was das Schweigen mit sich bringen würde, und er grinste. Diesmal war es echt. Schief und echt.

„Wir sollten wieder reingehen, sonst verpassen wir die Vorspeise", sagte Scott, und ich hörte, wie rau seine Stimme geworden war.

Und so blieb mir nur die Wärme seiner Hände, die ich noch an meinen nackten Armen spürte, als Evan mich lachend umarmte und mir einen Kuss auf die Lippen drückte, als sei niemals etwas gewesen. Der Kuss fühlte sich falsch an, wie Verrat, und ich spürte Scotts Blick auf mir. Evan drehte meinen Kopf zu sich und drückte mir noch einen Kuss auf. Als auch seine Hand wieder über meinen Oberschenkel glitt, stieß ich sie sanft zur Seite. Mir war einfach nicht danach.

Fünf Gänge beanspruchen eine Menge Zeit, vor allem dann, wenn man in einer großen Gruppe bei Tisch ist, und deshalb dauerte es Stunden, bis wir schließlich vor die Tür des Restaurants traten und alle Gäste sich noch einmal herzlich bei Evan bedankten, der ohne Umschweife die lächerlich hohe Rechnung übernommen hatte. Er gab sich weltmännisch und winkte ab, bevor er wieder Wangenküsse und freundschaftliche Handschläge verteilte, während ich stumm lächelnd neben ihm stand. Mittlerweile war ich todmüde, und die Stunden, in denen ich neben Scott gesessen hatte, ohne den Zwischenfall auf der Terrasse noch einmal zu erwähnen, hatten es nicht besser gemacht. Die Spannung zwischen uns war nun beinahe greifbar, doch wir nahmen einander herzlich in den Arm. In dem Moment wurde mir bewusst, dass Scott und ich uns noch nie so nahe gewesen waren, dass sich bisher nur unsere Hände berührt hatten, und in dem Moment, in dem sich seine Arme um mich legten, in dem er mich mit unerwarteter Kraft an sich heranzog, wollte ich plötzlich gar nicht mehr, dass er mich losließ. Er war warm und fest, nicht so hart wie Evan, sondern irgendwie weicher und doch gleichzeitig stark. Meine Arme legten sich auf seinen kräftigen Rücken, und ich musste den Drang unterdrücken seinen Geruch in mich einzusaugen, diesen ursprünglichen, unverfälschten Duft, der mir für einen Moment die Sinne raubte. Unsere Umarmung dauerte länger, als es sich gehörte, ich wusste nicht wieso. Vielleicht war es die Müdigkeit, oder die Tatsache, dass er mich vor seiner Schwester beschützt hatte.

Die anderen feixten und lachten, verabschiedeten sich überschwänglich, und ich glaubte schon, dass niemand gesehen hatte, wie unsere Verabschiedung gewesen war, als ich mich umdrehte und direkt in das starre Gesicht von Claire blickte.

Sie verzog keine Miene, wandte sich nur wortlos ab und ging zum Parkplatz. Wie im Traum sah ich, wie er sich noch einmal umdrehte, knapp lächelte und plötzlich, so als sei es gar nicht geschehen, zwinkerte.

Dann war er fort, einfach in der Dunkelheit verschwunden, und ich blinzelte, blickte noch immer in die Richtung, in die er verschwunden war, und dachte, dass meine Müdigkeit mir einen Streich gespielt haben musste.

Evan musterte mich stumm von der Seite, während ich aus dem Seitenfenster in die Nacht starrte. Harry war ein guter Chauffeur, er fuhr genau so, dass man kaum merkte, wie schnell man eigentlich unterwegs war, oder wie schlecht die Straßenbedingungen waren. Aber an diesem Abend fuhr er zu langsam. Ich fühlte mich unwohl neben Evan. Sein Blick klebte an mir wie Sirup, haftete auf meiner Haut und wollte mich nicht mehr loslassen. Was hatte er gesehen? Und was dachte er?

Wir schwiegen, bis der Rolls Royce vor der Treppe zum Hauseingang stehen blieb und Harry den Wagenschlag für uns öffnete. Evan reichte mir beim Aussteigen die Hand und half mir, dann nickte er dem Chauffeur zu und ging mit mir an der Hand ins Haus. Sie war warm und angenehm, und bei den eher seltenen Gelegenheiten, in denen er meine Hand hielt, genoss ich seine Nähe eigentlich immer. Doch er war komisch, still und nachdenklich, was ihm so gar nicht ähnlichsah.

„Ist alles in Ordnung?", fragte ich, während wir noch immer Hand in Hand in die obere Etage gingen. Evan war zwei Treppenstufen über mir, als er stehen blieb und sich zu mir umdrehte.

„Ja. Aber ich habe noch ein Geschenk für dich", antwortete er und lächelte plötzlich.

„Ich ... Okay?", stammelte ich, folgte ihm aber die letzten Stufen hinauf in das großzügige Schlafzimmer. Evan bugsierte mich auf das Bett und gab mir einen flüchtigen Kuss, dann ging er in das Ankleidezimmer. Die dunklen Mahagonischränke glänzten im gedämpften Licht der Schlafzimmerbeleuchtung und spiegelten seine Bewegungen. Noch ein Geschenk? Wie viel wollte dieser Mann mir denn ohne Anlass noch schenken?

Er kam mit einer kleinen Schachtel zurück und setzte sich neben mich auf die Tagesdecke. Sein Blick glühte, als er mir das Geschenk gab und flüchtig meinen Hals küsste.

„Mach es auf", flüsterte er.

Langsam löste ich das Geschenkpapier und legte die Schachtel frei, die darin steckte. Das Logo darauf ließ mir den Atem stocken. „Evan ..."

„Shh, mach es auf!"

Meine Finger zitterten, als ich die Schatulle aufklappte und die Rolex herausnahm, die im matten Licht funkelte. „Das ... Das ist zu viel", keuchte ich und stellte ungläubig die Schachtel auf das Bett, doch Evan nahm mir schon die Uhr aus den Händen und legte sie mir an. Das Roségold passte perfekt zu meiner leicht gebräunten Haut, während das kühle Armband sich wie angegossen an mein Handgelenk schmiegte. „Das ... Das kannst du unmöglich ernst meinen!" Ich schlug eine Hand vor den Mund und starrte Evan an, der bis über beide Ohren grinste.

„Sie gefällt dir also?", fragte er provokant, und ich nickte stumm, bevor ich die Arme um ihn schloss.

Als wir uns lösten, blickte Evan mich ernst an und nahm meine Hände in seine. „Ich weiß, dass ich unsere Flitterwochen versaut habe, und das tut mir leid. In den letzten Tagen habe ich so viel gearbeitet, dass ich nicht einmal Zeit für dich hatte. Entschuldige." Er klang aufrichtig und küsste meinen Handrücken, wie ein geheimer Verehrer. Ich konnte mich nicht erinnern, wann Evan sich je dafür entschuldigt hatte, zu viel gearbeitet zu haben.

„Aber das ist doch halb so schlimm ...", setzte ich an, doch er unterbrach mich: „Doch, es ist schlimm. Ich habe eine so wunderschöne Frau wie dich und nehme mir nicht einmal Zeit."

Das sah ihm nun wirklich nicht ähnlich. Ich spürte, wie gut sich seine Worte anfühlten, aber gleichzeitig lösten sie auch ein entferntes Unbehagen in mir aus. Evan verhielt sich anders, als ich es von ihm kannte. Hatte das etwas mit Hank zu tun, dem er offensichtlich aufgetragen hatte, mich genau im Auge zu behalten?

„Ich will dich nicht verlieren, weißt du?", sagte Evan und zog mich plötzlich näher an mich. Mein Mund klappte auf, und ich hätte am liebsten gefühlt, ob er Fieber hatte, denn so etwas hatte er noch nie zu mir gesagt. Natürlich war ich seine Frau, aber ich hatte nie vergessen, warum ich es war. Diese sanften Worte, die Umarmung, was sollte das?

„Danke Evan. Die Uhr ist wunderschön. Und die Handtasche erst, das Kleid! Du verwöhnst mich!", rief ich und küsste ihn überschwänglich, obwohl mir eigentlich nicht danach war. Sein Verhalten verunsicherte mich.

Evan erwiderte den Kuss, löste sich dann aber rasch von mir. „Ich muss noch arbeiten. Warte nicht auf mich", brummte er und hauchte mir einen Kuss auf die Ohrmuschel, als er aufstand. Enttäuscht blickte ich zu ihm hoch.

„Jetzt noch? Ich dachte ...“

„Entschuldige.“

Ich nickte nur, zu kraftlos, um noch etwas zu erwidern. Evan lächelte, strich mir mit dem Daumen über die Wange und verschwand. Was er zurückließ, war nur der Duft seines herben Aftershaves, der vertraut in meine Nase kroch. Woher kam nur dieses seltsame Gefühl in mir, dieses Unbehagen? War es wirklich wegen der teuren Geschenke, oder war da noch etwas anderes?

Ich wusste es nicht, war aber auch einfach zu müde, um darüber nachzudenken, also machte ich mich rasch fertig und kroch dann unter die dicke Bettdecke. Es dauerte nicht lange, dann war ich bereits fest eingeschlafen.

VIER

„Eine neue Uhr?", fragte Scott dumpf und blickte auf mein Handgelenk, an dem die Rolex funkelte.

Ich nickte widerwillig und schob den Ärmel meiner schlichten Bluse darüber. Ich wollte nicht mit ihm diskutieren, wollte nicht, dass er mich doch wieder kritisierte, doch er nickte nur und tippte weiter.

„Er hat sich dafür entschuldigt, dass er unsere Flitterwochen versaut hat", sagte ich ohne richtigen Grund und bereute es gleich wieder, als ich sah, wie Scott sich anspannte. Stumm tippte er weiter auf der Tastatur herum, während sich eine steile Falte in seine Stirn grub. Nicht schon wieder, nicht nachdem es diesen Moment zwischen uns gegeben hatte.

„Hör auf, mich zu verurteilen!"

Er blickte auf, sah mich an. Langsam schob er die Ärmel seines Flanellhemdes hoch und fuhr sich durch die dichten Haare. „Es geht mich ja nichts an."

„Aber es stört dich!"

Er schien eine Ewigkeit zu schweigen, starrte einfach aus dem Fenster in den Sturm, der um das Cottage pfiff und sagte kein Wort. Dann, als ich schon gar nicht mehr damit rechnete, fragte er: „Reicht dir das?"

Drei Worte, drei einfache Worte, doch ich verstand sie nicht.

„Wovon sprichst du?"

„Ich meine: Ist es das, was du willst? Für den Rest deiner Jugend, bevor er dich ersetzt?"

Bumm, wieder ein Schlag. Ein verdammt harter Schlag. Aber ich spürte keine Tränen, keine Traurigkeit, denn ich lernte ihn immer besser kennen. Das war seine Art, die Dinge anzupacken. Er fasste andere Menschen nicht mit Samthandschuhen an. Aber er nahm sie ernst, wollte wirklich verstehen. Also beschloss ich, ehrlich zu ihm zu sein.

„Ich weiß es nicht."

Er nickte, fuhr sich wieder durch die Haare und sah mich an, schien in mich hineinzusehen, und plötzlich war es wieder da, dieses Gefühl, das ich nicht einordnen konnte, das mir fremd war. Es war warm, aber nicht unangenehm, ganz leicht, wie ein Flattern, das sich in mir auszubreiten schien, während wir uns ansahen, wieder so viel sagten, ohne zu sprechen.

„Wo ist da das Feuerwerk?", fragte er und legte plötzlich eine Hand an meinen Arm. Wärme. Flattern. Was war das, was tat er mit mir? Stieß mich weg, berührte mich wieder, beleidigte mich, war mir so vertraut. Wer war dieser Mann nur? „Wie kann man nur nicht an die Liebe glauben?", fragte er, und ich wich unwillkürlich zurück. Er wagte es tatsächlich, an meinem Panzer zu kratzen, und nun fuhr ich die Geschütze hoch. Ich spürte förmlich, wie jedes Gefühl von meinem Bedürfnis überlagert wurde, mich zu verteidigen.

„Sie funktioniert nicht, das hat sie nie! Sie bringt nur … Schmerz und Wut. Und Enttäuschung!" Die Erinnerung an meine Eltern war übermächtig, doch ich schob sie beiseite.

„Wer sagt dir das? Wie kannst du das wissen, wenn du es niemals probiert hast?", rief er mit unvermittelter Heftigkeit und sprang auf. Scott wanderte durch den Raum, schien einen Gedanken fassen zu wollen, doch ich kam ihm zuvor: „Wenn nicht

einmal die Familie liebt, dann gibt es die Liebe nicht!"
Der Panzer. Er war kaputt. Da war ein Loch an einer
Stelle, und die Worte flossen heraus, füllten den Raum
zwischen uns, und packten seine Beine. Er wanderte
nicht mehr im Raum herum, stand nur einen guten
Meter von mir entfernt und starrte mich an. Und ich
sah, dass er verstand.

„Manchmal muss man mutig sein!", sagte er
ruhig und fing mich mit seinem Blick ein.

„Vertrauen ist die stille Art von Mut", antwortete
ich, unfähig mich dem festen Griff seines Blickes zu
entziehen. Noch hielt mein Panzer, doch ich spürte die
ersten Risse, ohne etwas dagegen tun zu können.

„Und du vertraust Evan?", seine Stimme war
ruhig, doch ich sah die Anspannung in ihm. Langsam,
wie in Zeitlupe, nickte ich.

„Ja."

„Und vertraust du mir?"

Die Luft blieb mir weg, als ich den Sinn, die
Bedeutung seiner leisen Worte verstand. Ich war
unfähig zu denken, unfähig die Geschütze in Stellung zu
bringen, keuchte nur voller Angst: „Keine Ahnung."

Unsere Blicke waren so fest ineinander
verwoben, dass wir beide einen Moment lang völlig
reglos verweilten. Dann sagte er leise und rau: „Heute
Abend um acht Uhr treffen wir uns am Piccadilly Circus.
Ich werde dir etwas zeigen. Für das Drehbuch, für uns."

Uns.

Gab es ein „Uns" überhaupt?

Bevor ich ablehnen konnte, hatte ich genickt,
hatte zugestimmt, als sei es kein Problem, als wisse ich
nicht, wie gefährlich mir das alles werden konnte. Doch
die Gefühle in mir waren so unbeschreiblich, waren mir

so fremd, dass ich einfach herausfinden musste, was es damit auf sich hatte. Da war die seltsame und doch intensive Beziehung, die sich zwischen Scott und mir gebildet hatte. Da war das Drehbuch, das mir mit jedem Tag mehr bedeutete, die Arbeit, die mir so elementar erschien, dass ich ihr alles andere unterordnete.

Und da war Evan. Er würde es nicht verstehen.

„In Ordnung", sagte ich.

Evan war nicht erreichbar gewesen, also hatte ich Elsa gesagt, sie solle ihm ausrichten, ich sei mit einer Freundin unterwegs und dass er nicht auf mich warten solle. Hank und dem Chauffeur hatte ich gar nicht erst erzählt, dass ich ging, hatte sie mich nach unserer Arbeit im Cottage zu Hause absetzen lassen und dann in den Feierabend geschickt.

Nach wie vor patrouillierten die Wachleute auf Evans Grundstück, doch die hatten keine Ahnung, dass ich normalerweise nur mit Chauffeur fahren sollte und ließen mich mit einem freundlichen Gruß passieren, als ich mit dem Mercedes durch das Tor rollte.

Den Wagen hatte ich an der nächsten Underground Station abgestellt und die Bahn genommen, nicht ohne eine Art stummen Triumph zu fühlen, dass ich dem Schutz meines Mannes entkommen war.

Während ich am Brunnen stand und auf Scott wartete, kam ich nicht umhin, daran zu denken, wie er einmal gesagt hatte, ich lebe in einem goldenen Käfig. Vielleicht hatte er recht gehabt, vielleicht war meine Freiheit, zu tun und zu lassen, was immer ich wollte, nur eingebildet.

Scott kam pünktlich, und sein Anblick ließ die Aufregung in mir pulsieren. Er sah gut aus, trug ein weißes Hemd zu schlichten Jeans und hatte sich die Haare zurechtgemacht, obwohl sich bereits die ersten widerspenstigen Strähnen lösten und ihm ins Gesicht fielen. Seine Augen leuchteten, als er im Schein der Leuchtreklame auf mich zuging, eine Hand in der Tasche seiner schwarzen Lederjacke, während er sich mit der anderen kurz durch die ungewohnt ordentlichen Haare fuhr. In der Dunkelheit wirkten sie schwarz, obwohl ich wusste, dass sie von einem dunklen Braun waren. Er blieb vor mir stehen, zögerte einen Moment, dann nahm er mich in die Arme, drückte mich an sich, während ich seinen Geruch in mich aufsog. Ich wusste nicht, warum ich das tat, wusste, dass ich eigentlich Abstand halten sollte, doch er roch nach Moos, nach feuchtem Waldboden im Sommer und nach Heimat. Anders ließ es sich nicht beschreiben.

Nur langsam lösten wir uns wieder, und mir entging nicht, dass er mit dem Daumen die nackte Haut in meinem Nacken streifte. Ein Schauer jagte über meinen Rücken, nicht unangenehm, sondern wohlig und warm.

Es war ein komisches Gefühl, wie sein Anblick und seine Berührungen mich immer wieder hin und herzerrten zwischen Hass und einer Art Zuneigung – war das die richtige Beschreibung für das warme Gefühl in mir, das seinen Geruch mochte und seine Nähe suchte? Es war anders als bloße Anziehung, da war ich mir zumindest sicher.

„Bereit?", fragte er und lächelte. Er wirkte gelöster als im Cottage. Und trotz meiner Nervosität war sein Lächeln ansteckend.

„Wo gehen wir hin?", fragte ich und strich meinen Rock zurecht, den ich vorsichtshalber angezogen hatte, weil ich keine Ahnung hatte, wohin er wollte.

„Komm mit!", sagte Scott und ging die Treppe zur U-Bahn hinab. Skeptisch sah ich ihm hinterher.

„Da komme ich doch gerade her!"

„Oh, du bist U-Bahn gefahren? Kein gepanzerter Streitwagen heute?", witzelte er, und ich musste lachen.

„Dafür habe ich die Streitaxt in der Handtasche!"

Er grinste und lief weiter die Treppe hinab, sodass mir nichts anderes übrigblieb, als ihm zu folgen. Ich war froh, dass ich bequeme Stiefel statt High Heels trug und dankte meiner Vorahnung stumm, als ich sah, wo er hinging. Ohne zu zögern, sprang Scott in das Kiesbett der Gleise und reichte mir galant eine Hand.

„Soll das hier ein gemeinschaftlicher Selbstmord werden?", fragte ich, wobei es mir fast gelang, nicht ängstlich zu klingen.

Scott grinste nur. „Komm schon!" Er wedelte mit der ausgetreckten Hand, und ich gab mir endlich einen Ruck. Ohne weiter darüber nachzudenken, legte ich meine Hand in seine. Doch Scott wollte mir nicht Halt geben, sondern zog mich mit einem Ruck vom Bahnsteig, sodass ich panisch aufschrie, doch er fing mich mühelos in seinen Armen, wie eine Braut, die er über die Schwelle tragen wollte.

Adrenalin flutete meinen Körper, und ich beruhigte mich nur langsam, während er mich vorsichtig wieder auf die Füße stellte. Mein Herz raste wie verrückt, dabei verstand ich nicht wieso, schließlich war dieser kleine Sturz nur ein Schreckmoment gewesen. Ärgerlich fuhr ich mir durch die langen Haare und atmete durch.

Unwillkürlich starrte ich in beide Richtungen in den Tunnel, doch keine Bahn raste heran und drohte, uns zu töten. Nicht einmal die wenigen Menschen, die auf dem Bahnsteig standen, hatten gesehen, dass wir in das Gleisbett gesprungen waren. Ein Wunder, wenn man bedachte, wie laut ich geschrien hatte.

Scott war bereits einige Meter in den Tunnel hineingegangen, bevor er nach rechts abbog und verschwand. Nervös eilte ich hinter ihm her und fand mich plötzlich in einem schmalen Durchgang. Vielleicht ein Versorgungstrakt, dachte ich, und lauschte. Stille, nur ein entferntes Wummern, vielleicht, weil so viele Autos auf den Straßen über uns unterwegs waren.

„Los!", forderte Scott mich auf, und ich lief einige Schritte, um zu ihm aufzuschließen. „Nervös?", fragte er, und ich nickte, obwohl ich ihm eigentlich nicht zeigen wollte, wie aufgeregt ich war.

„Ist das hier eine Art Geheimgang oder so etwas?"

„Das wirst du schon sehen. Wird dir sicher gefallen!"

Irgendwie glaubte ich ihm. Vielleicht würde es mir tatsächlich gefallen. Und es war aufregend und neu, mal etwas ganz anderes.

Wir liefen durch den schmalen Gang, der nur spärlich beleuchtet war, während unsere Schritte von den Wänden widerhallten und sich in den Weiten der Tunnel verloren. Ich fröstelte und spürte einen Anflug von Angst, doch bevor ich Scott fragen konnte, spürte ich plötzlich, wie er nach meiner Hand griff. Fast wäre ich vor Schreck stehen geblieben, doch ich zwang mich, weiter hinter ihm herzutaumeln, starrte auf unsere verschränkten Finger und spürte, wie die Wärme seiner Hand von meinem Arm in meinen gesamten Körper zu steigen schien. Ich hörte, wie hinter uns ein Zug durch den Tunnel rauschte und schepperte doch der Lärm war weit entfernt. Ein paarmal bogen wir ab, nahmen Abzweigungen, und schließlich verlor ich mich in seiner Wärme, in seinem Geruch, den ich ganz leicht roch, bis wir plötzlich vor einer wuchtigen Metalltür standen. Ich blickte an ihr hinauf, doch sie sah aus wie eine ganz normale Tür, wirkte überhaupt nicht fehl am Platz in dem Versorgungtunnel.

Scott drehte sich zu mir um, meine Hand noch immer in seiner. Ich musste schlucken, weil mein Hals plötzlich trocken war, und die Tür war mir mit einem Mal egal. An diesen Blick würde ich mich niemals gewöhnen. Er brachte mich einfach um den Verstand.

„Bist du bereit?"

Ich nickte nur, wie im Traum und mit den Gedanken ganz woanders, und einen Moment noch hielt sein Blick meinen fest, bevor er sich umdrehte und dreimal an die Tür klopfte. Nur Sekunden später öffnete sie sich, und ein untersetzter Mann mit Fliege und Zylinder tauchte im Türspalt auf. Scott lächelte ihn an und sagte: „Auch eine schwere Tür hat nur einen kleinen Schlüssel nötig."

Der Mann nickte freundlich, tippte sich an den altmodischen Hut und trat beiseite, sodass wir eintreten konnten.

„War das ...", setzte ich an und Scott schmunzelte.

„Ein Passwort, ja. Charles Dickens. Passend, oder etwa nicht?"

Ich musste grinsen. Scott führte mich in den Raum hinein, seine Hand hielt meine noch immer fest und wirbelte mich plötzlich wie bei einem Tanz herum. Überrascht schrie ich auf, doch er hatte mich schon an der Taille gepackt und hielt mich fest, sodass ich den riesigen Raum, der einem altmodischen Ballsaal glich, in seiner ganzen Pracht vor mir ausgebreitet sah. Schwere Kronleuchter hingen von der Stuckdecke und dicke, sündhaft teure Teppiche bedeckten den Boden, auf dem Ohrensessel und altmodische Ledersofas Platz gefunden hatten. Neben den Sitzgelegenheiten wurde der Saal von riesigen Bücherregalen dominiert, die sich an die Wände drängten, und in denen jeder Millimeter mit Büchern vollgestopft waren. Die Holztische, die ebenfalls in dem Saal standen, waren bedeckt mit schweren Bildbänden und zerlesenen Büchern, die sich gefährlich hoch stapelten. Ich hatte in meinem ganzen Leben noch niemals so viele Bücher auf einem Haufen gesehen, nicht einmal in der Universitätsbibliothek, in der ich einige Male gewesen war. Und dann waren da noch die Gäste.

Die meisten Menschen in dem beeindruckenden Saal sahen auf irgendeine Art und Weise außergewöhnlich oder speziell aus. Viele trugen bunt zusammengestellte Kleidung oder aufregende Hüte, ich sah sogar einen Herrn im eleganten Zweireiher, der dazu Cowboystiefel trug, und fast alle hatten entweder einen Drink oder ein Buch in der Hand. Erst jetzt bemerkte ich die kleine Bar, die zwischen zwei wuchtige Bücherregale gezwängt war. Selbst auf dem Tresen lagen, zwischen Whiskyflaschen und edlen Kristallgläsern, verschiedene Bücher. Der Barmann trug eine altmodische Stoffhose mit Hosenträgern über einem blütenweißen Hemd, sogar eine Fliege war um seinen Hals gebunden und harmonierte perfekt mit dem geschwungenen Schnurrbart über seinen schmalen Lippen.

„W... Wo sind wir?", brachte ich atemlos hervor und spürte, wie Scott hinter mir dumpf lachte. Sein Körper vibrierte an meinem und ich schmiegte mich ohne nachzudenken näher an ihn.

„Das hier ...", er machte eine ausholende Geste, die den gesamten Saal umfasste, „... ist ein literarischer Salon, den es seit dem achtzehnten Jahrhundert gibt." Er drehte mich in seinen Armen um und hielt mich ganz nah an sich, während er mir in die Augen sah. Einen Moment lang war der Drang, ihn zu küssen, fast übermächtig, doch er sagte: „Ich hoffe es gefällt dir." und ließ mich dann unvermittelt los.

Ich taumelte zurück und hätte beinahe den livrierten Bediensteten umgestoßen, der uns die Tür geöffnet hatte, fing mich dann aber doch wieder. „Es ist ... der Wahnsinn!", rief ich schnell, damit er meine Verwirrung nicht bemerkte, und sah mich staunend um. Noch nie hatte ich etwas Vergleichbares gesehen.

Scott legte einen Arm um meine Schultern und führte mich an einigen Regalen vorbei zu einem Ledersofa, das noch frei war. „Wenn man ernsthafte Literatur verfasst und damit dem Gremium gefällt, kommen sie irgendwann und bieten dir an, dem Zirkel beizutreten. Er ist streng geheim und unheimlich elitär, aber aus irgendeinem Grund wollten sie mich trotzdem haben." Er lächelte, amüsiert über den kleinen Scherz, und ich knuffte ihn in die Seite. So einfach und entspannt war es noch nie zwischen uns gewesen, und ich genoss seine Gelassenheit und die Nähe, die er zu mir suchte.

„Willst du etwas trinken?"

Ich nickte, konnte den Blick aber noch immer nicht von den schier endlosen Reihen von Büchern abwenden.

Mit einem Ohr hörte ich, dass Scott zwei Gin Tonic bestellte, und musste lächeln, weil er genau meinen Geschmack traf: Mit Gurke, nicht mit Limette.

Der Kellner entfernte sich diskret von unserem Platz, und ich war endlich fähig, mich zu Scott umzudrehen. „Das ist unglaublich!"

„Ich dachte mir schon, dass es dir gefallen würde. Aber wir sind nicht nur wegen des imposanten Raumes hier. In diesem Saal befinden sich gleichermaßen meine größten Fans und schärfsten Kritiker. Der Zirkel hat vor allem den Sinn, einen intellektuellen Austausch unter Gleichgesinnten zu ermöglichen, und ich war seit der Veröffentlichung noch nicht hier. Es wird nicht lange dauern, bis ..." Scott drehte sich um, als ein älterer Herr ihn von hinten auf die Schulter klopfte.

„O'Connor! Sie hier?" Seine Stimme war kratzig, so als habe er lange nicht gesprochen.

„Mister Rosenbaum, hallo!" Scott gab dem gebrechlich wirkenden Mann die Hand und wartete, bis dieser um das Sofa herumgekommen war und auch mir die Hand reichte. Seine fliehende Stirn und die große Nase kamen mir bekannt vor, doch es gelang mir nicht recht, ihn einzuordnen, also schüttelte ich ihm nur freundlich die Hand und sagte: „Annabelle Preston, sehr erfreut."

„Gregor Rosenbaum." Er lächelte freundlich, wobei sich die Lachfältchen um seine Augen herum kräuselten, und setzte sich dann uns gegenüber in einen bequemen Ohrensessel. „Ich habe eben erst mit einigen Leuten über Ihr neuestes Werk gesprochen", merkte Rosenbaum an und ließ die Bemerkung im Raum stehen, während er einen Schluck aus seinem Kognakschwenker nahm. Der Kellner kam zurück und reichte uns indessen zwei Kristallgläser, die Scott annahm, bevor er dem Mann diskret ein kleines Trinkgeld zusteckte. Als der Kellner außer Hörweite war, sagte er: „Und Sie haben die Kritikpunkte diskutiert, nehme ich an?"

Ich trank einen Schluck von meinem Drink und genoss das frische Gefühl, dass der perfekt ausgewogene Gin Tonic zusammen mit der dünn geschnittenen Gurke an meinem Gaumen hinterließ.

„Durchaus. Ich selbst habe es allerdings auch eben erst beendet und konnte noch einiges zu den Meinungen der Kritiker beisteuern."

Ich sah unauffällig zu Scott, der einfach lächelte und sich nichts anmerken ließ.

„Und was haben Sie beigesteuert?" Unschuldiger Ton, doch ich spürte, dass zwischen den beiden Männern von Anfang an eine gewisse Anspannung geherrscht hatte.

Unwillkürlich, fast beiläufig, legte ich Scott eine Hand auf das Bein. Das hatte nichts Anzügliches, das hätte ich mich gar nicht getraut, sondern zeigt ihm einfach stumm, dass ich ihm beistand. Er sah zu mir und musterte mich, lächelte aber rasch und legte plötzlich seine Hand auf meine. Beinahe wäre ich zurückgeschreckt, doch ich beherrschte mich und erlaubte es mir, seine keusche Berührung zu genießen.

„Nun, ich stimme den Bewertungen der Kritiker weitgehend zu", erklärte Rosenbaum diplomatisch, „Aber ich habe auch gesagt, dass sicher eine Absicht dahinterstand. Und ich habe gehört, das Buch wird auch nach Ihrem Drehbuch verfilmt?"

„Das stimmt."

„Dann müssen Sie mir verraten, was ihr Plan ist! Was hat diese Art, mit der Protagonistin umzugehen, für eine Bedeutung?"

Die Art und Weise, wie Scott sich kurz anspannte, und dann wieder völlig gelassen war, zeigte mir, dass er solche Fragen und Gespräche offenbar erwartet hatte. „Ich will Fehler, die passiert sind, ausmerzen und habe mir dazu Hilfe geholt. Eine Inspiration, wenn Sie so wollen!" Blut schoss in meine Wangen, und ich nickte scheu, als Scott erklärte: „Annabelle unterstützt mich als Beraterin und hilft mir, neue Perspektiven zu erkunden. Eine andere Sicht auf viele Dinge, wenn Sie so wollen."

Rosenbaum wandte mir neugierig seine verwaschenen Augen zu, und meine Wangen wurden noch roter, doch ich zwang mich, seinem Blick standzuhalten. „Eine Muse also gewissermaßen?", fragte der alte Mann vieldeutig, und ich zwang mich zu einem Lächeln, das so falsch war, dass er hoffentlich daran erstickte.

„Eine Kollegin", sagte ich mutig und erwartete kurz, dass Scott mir widersprach, doch er nickte.

„Das stimmt."

Dankbar lächelte ich ihn an, doch Rosenbaum redete bereits weiter: „Nun, wir alle wissen, dass ein

Film niemals das Buch übertreffen wird, das ist unmöglich!"

Scott lächelte den Mann geduldig an und zuckte die kräftigen Schultern. „Das wird man sehen. Die Zusammenarbeit ist sehr … fruchtbar." Und wie er das mit Absicht machte. Das Blut schoss zurück in meine Wangen, und Rosenbaum schaute belustigt zwischen uns hin und her.

„Darauf möchte ich wetten!", rief er und prostete Scott lachend zu, doch der winkte grinsend ab.

„Nicht das, was Sie denken."

„Natürlich nicht!", beeilte sich Rosenbaum, doch er zwinkerte Scott so offensichtlich zu, dass ich mich abwenden musste, weil ich dachte, mein Kopf würde jeden Moment explodieren vor lauter Verlegenheit.

Dabei gab es doch keinerlei Grund, Herrgott, zwischen uns war niemals etwas passiert. Während ich auch nur daran dachte, drängte sich mir plötzlich der Gedanke auf, dass ich es sogar irgendwie bedauerte. Scott war attraktiv, das war ja nicht von der Hand zu weisen, und er hatte diese unangestrengt intellektuelle, smarte Art an sich, die ich schon immer an Männern gemocht hatte. Aber nein. Nein, nein, nein. Ich durfte so etwas nicht denken. Er war ein Idiot. Ein Kollege, nicht mehr. Nicht einmal das. Und Evan, meine Güte, Evan! Ich war verheiratet, da waren die Umstände egal. Ich musste mich im Zaum halten.

Rasch nahm ich meine Hand von seinem Bein, und er blickte mich plötzlich überrascht an. Ich tat so, als wolle ich das Glas einfach mit der anderen Hand halten und nahm betont lässig einen Schluck von meinem Drink – bei dem ich mich natürlich prompt verschluckte.

Hustend und keuchend hielt ich mir den Hals und klang wie ein Fisch auf dem Trockenen, während Scott mir mit einem breiten Grinsen auf den Rücken klopfte und meine Wangen so sehr brannten, dass ich zu wissen glaubte, dass alles Blut aus meinem Körper in meinen Kopf geflossen war.

„Nicht so hastig!", bemerkte Rosenbaum lachend, und ich musste den Drang unterdrücken, wütend die Augen zu verdrehen. Was hatten diese älteren Männer nur, dass sie immer dachten, sie müssten junge Frauen wie dumme Teenager behandeln?

Ich fing mich wieder und räusperte mich möglichst elegant, bevor ich in die kleine Runde lächelte. Scott strich mir über den Rücken, und ich schmiegte mich kaum merklich an seine warme Hand, die mich langsam wieder runterholte. Er hatte diese Art an sich, die mich einfach zur Ruhe kommen ließ, fast so, wie mein Vater vor seinem Schlaganfall. Natürlich nicht genau so, aber diese Ruhe mochte ich. Sie nahm mir die Hektik, lud mich ein, mich zurückzulehnen.

„Ich sehe schon die Chemie stimmt!"

Vollidiot.

„Ganz bestimmt", sagte Scott unumwunden und lächelte sein Gegenüber so diplomatisch an, dass selbst Rosenbaum nichts mehr sagen konnte. Der ältere Herr entschuldigte sich und stand auf, sodass Scott und ich allein auf unserem Sofa zurückblieben.

„Seit wann verteidigst du mich?", fragte ich unverblümt, und Scott zuckte schlicht die Schultern.

„Seit Rosenbaum sich für etwas Besseres hält. Schrecklicher Mensch! Aber deine Showeinlage war natürlich auch so bewegend, dass ich dich einfach verteidigen musste!"

Wir lachten, und die Anspannung fiel von mir ab. Meine Hand auf seinem Bein, das war doch nichts Schlimmes, bedeutete nichts. Und sein Lachen ... verdammt, sein Lachen war warm, dunkel, rau, und es schien, als halle es in meinem Inneren wider.

„Ich hatte gehofft, Claire würde hier sein."

Ich verschluckte mich beinahe an meinem verdammten Lachen. „Ist sie ..."

„Ja, sie ist Mitglied."

„Ich hatte keine Ahnung, dass sie schreibt", sagte ich wenig interessiert und sah unwillkürlich auf meinen halbvollen Drink hinab. Dieses Thema hatte ich nicht anschneiden wollen, nicht hier, nicht heute.

„Sie publiziert überwiegend medizinische Schriften, aber weil sie meine Schwester ist, haben sie eine Ausnahme gemacht."

„Mhm", murmelte ich und leerte mein Glas. Plötzlich wollte ich nur noch nach Hause.

„Was ist los?", fragte Scott, und ich fühlte seine warme Hand auf der nackten Haut an meinem Arm, als er sanft darüberstrich. Ich spannte mich unwillkürlich an und wollte abblocken. Ich war es nicht gewohnt, dass man mich ernsthaft fragte, wie es mir ging.

„Alles in Ordnung!", beeilte ich mich zu sagen und rang mir ein Lächeln ab, das Scott jedoch nicht überzeugte.

„Ich kann dich lesen wie ein Buch, das ist dir hoffentlich klar, oder? Es ist quasi mein Job, Menschen lesen zu können." Er schmunzelte, während er weiter meinen Arm streichelte. Seine Berührungen machten mich ganz verrückt. Nach einem Moment, in dem ich irgendwie versuchte, die Wärme seiner Hand und seinen Geruch auszublenden, sagte ich: „Ich bin doch bei dem Essen so mit Claire aneinandergeraten. Sie ist nicht gerade ... na ja ... mein Lieblingsthema." Ich hoffte nur, dass es so diplomatisch, wie irgendwie möglich klang.

„Klar, das verstehe ich, aber Claire ist im Grunde kein übler Mensch. Das habe ich dir doch erklärt."

„Ja, das hast du, aber sie hat mich beleidigt! Und sie wirkte nicht so, als würde sie ihre Meinung über mich zeitnah ändern." Schärfe hatte sich in meine Stimme geschlichen, und die Wut, die ich ihr gegenüber fühlte, stieg rot und giftig in mir auf. Scott jedoch lächelte nur, wobei sich Grübchen in seine Wangen stahlen.

„Ich verstehe, dass ihr keinen guten Start hattet, aber vielleicht gebt ihr einander ja noch eine Chance."

„Mal sehen", lenkte ich ohne die geringste Absicht dieses Zugeständnis zu machen, ein.

„Ich dachte, du hättest ein dickeres Fell", stichelte Scott und nahm kunstvoll den letzten Schluck aus seinem Kristallglas.

„Ich habe ein dickes Fell. Schließlich ertrage ich ja auch dich!"

„Touché!" Er lachte und stand auf. „Lass uns gehen!"

„Das war der literarische Austausch, von dem du gesprochen hast?"

„Ich habe es mir anders überlegt. Na los!" Er streckte mir eine Hand entgegen, und ich legte meine hinein, um mir aufhelfen zu lassen. Mir entging sein kurzer Blick nicht, mit dem er meinen Rocksaum musterte, der etwas hochgerutscht war. Hatte er den

Spitzenrand meiner halterlosen Strümpfe gesehen? Gut, dachte ich, auch er ist also doch kein Eisblock.

Scott ließ sich nichts weiter anmerken und ging, ohne meine Hand loszulassen, zurück zu der Stahltür, durch die wir hereingekommen waren.

„Es gibt auch einen anderen Weg, aber ich möchte dir noch etwas zeigen", sagte er und zog mich hinter sich an dem livrierten Kellner vorbei, der uns eilig die Tür öffnete. Während er dem untersetzten Mann zunickte, durchquerten wir die Tür, wobei ich beinahe gestolpert wäre, weil Scott es so verdammt eilig hatte. Ich hörte, wie die Tür hinter uns ins Schloss krachte, als wir gerade um die nächste Ecke bogen.

„Scott! Langsam! Was wolltest du mir denn verdammt noch mal zeigen?"

In diesem Moment blieb er abrupt stehen, wirbelte herum und zog mich so heftig an sich, dass ich gegen ihn fiel und ihn mit dem Rücken an die Wand prallen ließ. Doch Scott drehte sich um und presste mich mit einer einzigen Bewegung an die Wand. Nur Zentimeter waren zwischen uns, und plötzlich trafen seine Lippen auf meine. Hart, fordernd, explosiv.

Wie im Traum öffnete ich die Lippen, fühlte ihn und seine weiche Zunge, roch seinen Duft an meiner Haut und schloss die Augen, gab mich unserem Kuss hin. Seine Hand wanderte meinen Hals hinauf, legte sich sanft an meine Wange, während er seinen Körper an mich presste wie ein Ertrinkender.

Ein warmes Gefühl flutete mich, ich drängte mich noch näher an seinen harten, sanften Körper, doch da war kein Platz mehr zwischen uns. Ich keuchte, weil es zu viel war, weil mein Herz zu zerspringen drohte, wenn er mir noch mehr gab, doch er erstickte meinen

Laut mit einem Kuss, der mir die Sinne nahm, der mich ganz erfüllte. Wir waren nur Lippen und Hände, nur Körper und Atem, der sich warm vermischte, waren eins in der Nacht.

Seine Bartstoppeln strichen rau über die empfindliche Haut in meinem Gesicht, als er von meinen Lippen abließ, meine Wange liebkoste und sich plötzlich den Weg zu meinem Hals suchte, jeden Zentimeter nackte Haut küsste, den er fand, während seine Hände mein Gesicht hielten, über meinen Körper strichen.

Schweres Atmen, während ich den Kopf an den kühlen Beton legte, um es auszuhalten, um nicht zu schreien und mich an ihn zu klammern, doch plötzlich waren seine Lippen wieder da, weich und fordernd, hart und sanft, während meine Hände endlich sein Haar fanden, hindurchfuhren und sich festklammerten. Scott küsste mich, als sei es ein letzter Kuss, als ertrinke er, und wir ertranken auch, denn alles um uns herum war dumpf und dunkel, nur wir existierten, die letzten Menschen auf Erden.

Sein Name drang über meine Lippen, und er erstickte die Worte mit seinen, nahm sie in sich auf wie ein kostbares Geschenk, als seine Hand meine Taille fand und über meinen Bauch fuhr, mich durch den dünnen Stoff des Kleides reizte. Schauer jagten über meinen Rücken, ich stöhnte rau und küsste ihn, alles gleichzeitig. Blind und taub, stumm und taumelnd.

Nur langsam hielt er inne, wollte nicht aufhören und blieb dicht an mir, seine Lippen noch auf meinen. Er keuchte, zitterte, während er mich festhielt, mich mit seiner Wärme nährte und flüsterte: „Belle."

Nur ein Wort, nur ein Name, doch mein Körper fühlte sich an, als sei ich schwerelos. Mein Herz raste, als er seine Lippen fest auf meine drückte, wieder meinen Namen flüsterte. Und ich wollte all die Empfindungen aus mir herausschreien, doch es ging nicht, denn Scott ließ mir keine Worte, ließ mir keinen Atem, gab mir nur Euphorie.

Als er sich löste, war es, als fiele ich in ein tiefes Loch, doch als ich blinzelnd die Augen öffnete, lächelte Scott.

„Das!"

Ich keuchte: „Was das?" Ich verstand nicht, was er meinte, war unfähig einen einzigen klaren Gedanken zu fassen.

„Das wollte ich dir zeigen", brummte er rau, und ich lächelte, spürte dieses warme Gefühl des Glücks, als er unendlich sanft meine Nasenspitze küsste. „Komm mit mir. Bitte, Belle!", flüsterte er, und ich roch den Gin in seinem Atem, spürte seine Wärme an mir und wusste, dass es falsch war, so falsch. Aber ich wusste auch, dass ich musste, dass ich ihn und seine Wärme brauchte, dass ich ohne ihn in meinen Empfindungen ertrinken würde.

„Los." Noch leiser, ein Wort, das nur für mich bestimmt war.

Er wich nur ein Stück zurück, doch die Kälte schlug ihre Klauen in meine Glieder, so als habe nur er mich vor dem Erfrieren bewahrt. Seine Hand fand meine, und wir verschränkten unsere Finger wie ein schüchternes Liebespaar, während wir liefen, die Tunnel mit den Betonwänden hinter uns ließen, spürten, wie wir einander brauchten wie Sauerstoff, und plötzlich sanken wir wieder gegen eine harte Wand, küssten uns, taumelten weiter wie Betrunkene. Wir ließen die Tunnel hinter uns, stolperten die Treppe hinauf, wirbelten über den Vorplatz. Scott küsste mich, und ich wollte ihn gleich, doch er hielt meine Hand fest, während wir immer weiter taumelten, scheinbar stundenlang, dabei waren es nur Minuten. Er schob mich durch die Eingangstür seines Wohnhauses, und seine Hände lagen auf dem dünnen Stoff meines Kleides, streichelten meine Rundungen, während wir zu den Aufzügen gingen. Es war still, keine anderen Bewohner störten uns, als wir durch die Aufzugtüren in die Kabine drängten.

Scott warf mich an die Wand, noch bevor die Türen sich geschlossen hatten, doch es war uns egal, denn wir ertranken, wir ertranken ineinander. Endlich küsste er mich, drückte seine Lippen auf meine. Sie verschmolzen in ihrem perfekten, explosiven Tanz, und ich spürte den Schrei in meiner Kehle, als er seine Hände auf meine Brüste legte, sie durch den dünnen Stoff und die weiche Spitze liebkoste, als seien sie kostbare Schätze. Er stöhnte, und ich spürte den Schauer, der über meinen Körper jagte, fühlte, wie seine Erregung meine Lust befeuerte, und schlang die Beine um ihn, bis er mich hochhob und an die eiskalte Wand presste, sich nahm, was er von mir wollte. Seine Lippen waren Feuer, sie legten eine Spur der Flammen auf meine Haut, und ich wollte mehr, nur mehr, brauchte ihn und das Gefühl, das er mir gab. Es war mir egal, wo wir waren, es war mir egal, wo wir hingingen, es war mir egal, dass andere Leute vor den Aufzugtüren standen, als wir sein Stockwerk erreichten. Er setzte mich widerwillig ab, umschlang meine Taille mit seinem kräftigen Arm und zog mich aus der Kabine, umfing mich mit seinen Armen, während wir uns weiter küssten, verzweifelt, voller Lust und Gier.

Er zog die Schlüssel aus seiner Jeans, und meine Hände glitten hinab, spürten seine Finger, die die Schlüssel nahmen, verweilten, und fühlten seine Lust. Ich wollte ihn nackt, ich wollte jeden Zentimeter von ihm, brauchte es, dass er mir die Erlösung brachte.

Endlich sprang die Tür auf, und er stieß mich wuchtig hindurch, folgte mir mit einem Ausdruck des unstillbaren Hungers auf dem Gesicht. Die Tür flog zu, Dunkelheit umfing unsere brennenden Körper, als wir keuchend durch die Wohnung stürzten und endlich auf das Bett taumelten. Seine Hände waren überall, packten meine Schenkel und spreizten sie, als er sich auf mich legte, liebkosten meine Brüste, rissen das Kleid herunter. Scott warf es von uns, und ich stürzte ihn, rollte mich auf seinen vibrierenden Körper. Er keuchte, als ich mir den BH von den Brüsten riss, griff nach ihnen, zog meinen Körper an sich, als gehöre er nur ihm. Er warf sich herum, war plötzlich wieder über mir und packte meine Handgelenke, drückte sie hinter meinen Kopf und küsste mich, raubte mir den Atem, bis ich glaubte, es nicht mehr aushalten zu können. Seine Jeans flog vom Bett, ich spürte ihn, doch es reichte mir nicht, ich keuchte atemlos, packte den Saum seines Hemdes und zerrte es ihm über den Kopf, ohne auf die Knöpfe zu achten. Ich zitterte, keuchte, als ich es endlich schaffte, ihm auch seine Shorts von den Hüften zu ziehen, seine Lust offenbarte, doch Scott gönnte mir keine Atempause, packte mich nur und warf mich in den Stapel aus Kissen. Plötzlich war er zwischen meinen Schenkeln, legte die Hände auf meine Hüften. Ich stöhnte, reckte mich ihm entgegen, aber er drückte mich zurück auf die Matratze, griff nach meinem Höschen und zerriss es mit einem Ruck. Ich stöhnte auf. Es war zu viel, es fühlte sich an wie bewusstlos werden. Scott küsste mich, fing mich auf, und plötzlich stieß er in mich hinein.

Ich schrie auf, krallte mich in seinen nackten Rücken, spürte seine sehnigen Muskeln, als er sich stöhnend bewegte, schrie, weil ich explodierte, und er erstickte meinen Schrei mit seinen Lippen, nahm mich so hart, wie ich es brauchte, und so sanft, wie er es konnte. Ich stöhnte und spürte, wie die Wellen kamen, wie dieses unglaubliche, überwältigende Gefühl mich überspülte, während er immer weitermachte, sich nicht darum scherte, dass ich laut war, dass ich schrie, mich einfach nahm. Mein Körper bebte, und Scott stöhnte rau, als ich mich um ihn herum anspannte, zitternd einatmete und ihn ganz spürte. Ich war unfähig zu denken, ließ mich von ihm auf den Bauch wirbeln, reckte mich ihm entgegen, brauchte nur noch mehr, brauchte ihn. Sein harter Griff an meiner Taille, sein unnachgiebiger Rhythmus, sein Körper in meinem, als hätten wir nie etwas anderes getan. Es war zu viel, doch es war das, was ich brauchte. So viel Lust, so viel Verzweiflung, so viel Ekstase.

Er wurde schneller, ich spürte, dass er auf mich wartete, dass er noch einmal meine Lust fühlen wollte, dass nur ich zählte. Und das Gefühl kam zurück, wuchtiger, stärker, explosiv.

Mein Orgasmus füllte mich bis zum Rand aus, ließ mich in einen Ozean auf Empfindungen sinken, in seine Arme, in seine Wärme. Wir stürzten, fielen aus den luftigen Höhen unserer Lust und landeten in den weichen Kissen seines Bettes, Arm in Arm, eng umschlungen. Wir atmeten schwer, aber sagten kein Wort, denn dieser Moment gehörte nur uns.

Er war warm und roch nach Sex und Wald und Scott. Eine wunderbare Mischung, die ich tief in mich hineinsog, während ich meinen Kopf an seine feuchte Brust kuschelte. Er schlang einen Arm um meinen Körper, streichelte mir sanft über den Rücken, und ich schmiegte mich an seine warme Hand.

Müdigkeit legte sich schwer und träge auf meine Glieder, doch da war noch etwas anderes, das ich nicht so recht zu fassen bekam. Aber musste ich das überhaupt? Nein, nicht jetzt.

Meine Augen fielen langsam zu, während ich seinem Atem lauschte und das gleichmäßige Klopfen seines Herzens an meinem Ohr spürte. Seine Brust war glatt und seidig, kräftig, aber nicht zu hart. Genau richtig, um den Kopf darauf zu legen und ...

Ich blinzelte, öffnete die Augen wieder. Ich durfte nicht einschlafen.

„Scott?", krächzte ich und räusperte mich, als ich hörte, wie rau meine Stimme war.

Er blinzelte verschlafen in die Dunkelheit und wandte mir den Kopf zu. Er sah aus, als wäre er beinahe schon eingeschlafen, und ich konnte nicht anders, als ihn zu küssen und mich an ihn zu schmiegen. Wir gaben uns hin, kuschelten uns aneinander, während wir uns küssten, diesmal nicht wie Ertrinkende, sondern sanft und zärtlich. Als ich mich wieder von ihm löste, spürte ich eine dumpfe Traurigkeit in mir aufsteigen. Ich musste gehen. Und er wusste es auch.

Unsere Blicke verhakten sich ineinander, hielten einander auf diese einzigartige Weise fest, die ich noch nie zuvor erlebt hatte, dann wandte ich mich ab, weil ich es nicht ertrug, ihn so anzusehen, wenn ich wusste, dass ich mich aus seiner Wohnung würde schleichen müssen, wie ein One-Night-Stand.

Langsam schob ich mich von der weichen Matratze. Scott lag nackt auf den zerwühlten Laken und musterte mich durch die meterdicke Dunkelheit hindurch, die Arme im Nacken verschränkt. Er sah traurig aus, aber er protestierte nicht. Und während ich zurück in meine Kleidung schlüpfte, und gegen den Drang kämpfte, in seine Arme zurückzukehren, ihn zu küssen, mit ihm zu schlafen, spürte ich die ganze Zeit seinen Blick auf meiner Haut.

Mein Slip war zerrissen, also ließ ich ihn auf dem Boden liegen und zog mir das Kleid über meinen nackten Po, bevor ich in meine Schuhe schlüpfte. Mein Blick glitt sehnsüchtig zum Bett, wo Scott sich aufrichtete. Ein schmaler Streifen Mondlicht fiel durch die Vorhänge und beleuchtete seinen wundervollen Körper, umspielte seine Muskeln, und fing sich in seinem Gesicht. Er lächelte, als er mein Gesicht in seine Hände nahm und es sanft zu sich zog, meine Lippen liebkoste. Beinahe hätte ich meinen Gefühlen nachgegeben und wäre mit ihm wieder auf das zerwühlte Bett gesunken, doch er ließ von mir ab. Einen Moment lang sahen wir uns einfach an, erlebten einen dieser Momente, der nur uns gehörte, dann gab er mir einen Kuss auf die Nasenspitze. Seine Wärme entzog sich mir, und er musste es in meinem Gesicht gesehen haben, denn sein schiefes Grinsen stahl sich auf seine Lippen. Sanft fuhr er mit dem Daumen über meine geschwollene Lippe und brummte: „Komm morgen zu mir ins Cottage. Bitte."

Seine Stimme ließ meine Knie weich werden. Rasch nickte ich und packte meine Tasche, als der Mondschein sich plötzlich auf der Rolex an meinem Handgelenk spiegelte. Am liebsten hätte ich geschrien, das Schmuckstück an die Wand geworfen, doch ich lächelte einfach und verließ seine Wohnung, ohne noch einmal zurückzuschauen.

Ich fuhr auf Evans Grundstück und stellte den Wagen pflichtbewusst in der Tiefgarage ab, bevor ich in das Obergeschoss schlich und unter die Dusche schlüpfte. Entschlossen schrubbte ich mich ab, rieb mir über die nackte Haut und ließ das kochend heiße Wasser darüber laufen, wiederholte das Ganze, bis meine Haut rot und wund war. Erst als ich ganz sicher war, dass kein Duft, kein einziger Tropfen Schweiß mehr an mir haftete, stieg ich aus der Glaskabine.

Stumpf nahm ich eines der flauschigen Handtücher und wickelte mich darin ein. Ich zitterte, obwohl der warme Wasserdampf den gesamten Raum auszufüllen schien. Vor dem beschlagenen Spiegel blickte ich auf, sah mir direkt in die Augen. Ich erkannte mich nicht. Mein Gesicht war leer und blass, meine Haare feucht nach hinten gelegt. Ich sah streng aus, verbissen, gar nicht mehr wie die junge, unbeschwerte Frau, die ich eigentlich war.

Als die Tür hinter mir sich leise öffnete, schrak ich heftig zusammen und fuhr herum, als wäre ich in flagranti erwischt worden. Evan stand in der Tür, die Augen überrascht aufgerissen, und starrte mich an. „Was machst du denn hier drin?", fragte er verschlafen und fuhr sich durch die wirren Haare.

„Ich ... äh ... war duschen." Meine Stimme klang abgehackt, doch Evan nickte nur und kam langsam näher. Zuerst dachte ich, er würde an mir riechen, nach einer Spur von Scott suchen, doch er legte plötzlich die Arme um mich und senkte den Kopf herab.

Ich zuckte zurück und wandte den Kopf ab, damit seine Lippen nicht meine trafen. Das konnte ich nicht, es ging nicht. Allein der Gedanke daran, ihn nun zu küssen, löste in mir nur Ekel aus.

Möglichst geschmeidig wand ich mich aus seinem Griff. Evan starrte mich plötzlich verärgert an.

„Was ist denn mit dir los?"

Mein Herz wummerte gegen meine Brust, und ich musste mich räuspern, damit meine Stimme nicht zitterte. „Nichts! Ich bin nur müde!", sagte ich vage und nahm rasch einen weißen Bademantel vom Haken, bevor ich aus dem Bad stürzte. Evan folgte mir, als ich den kurzen Flur zum Schlafzimmer entlangging.

„Du warst noch nie zu müde." Er klang verärgert.

„Nun bin ich es, tut mir leid!" Ich schlüpfte in eine Pyjamahose aus Seide und ein passendes Top, während Evan im Türrahmen zum begehbaren Kleiderschrank stand. Er hatte die Arme vor der Brust verschränkt und musterte mich misstrauisch. Warum, verdammt, war er aufgewacht?

„Du bist seltsam", stellte er fest, und ich musste mir Mühe geben, nicht zusammenzuschrecken. Ich musste mich dazu überwinden, doch ich gab ihm einen flüchtigen Kuss auf die Wange und zwang mich zu lächeln. „Morgen, okay?", säuselte ich und wurde von meinem Selbsthass beinahe zerfressen.

Evan nickte langsam. „Na gut."

Gar nichts war gut, das sah ich an seinem Gesicht. Umso erleichterter war ich, als er zurück in das Bett kroch.

Ich zögerte kroch dann aber doch unter die Decke. Das Bett wirkte mit einem Mal kalt und trostlos. Ich sehnte mich nach der Wärme, die mich so genährt hatte, und lag noch lange wach, bevor ich schließlich völlig erschöpft einschlief.

FÜNF

Ich erwachte früher als sonst. Nicht weil ich ausgeschlafen war, sondern weil die Angst vor der unvermeidlichen Konfrontation an mir nagte. Evan lag ruhig atmend neben mir, als ich mich stumm aus dem Bett schälte, und schien nicht zu bemerken, wie ich mich aus dem Zimmer schlich. Ich wollte nicht neben ihm aufwachen, wenn ich eigentlich das Gesicht eines anderen vor mir sah, wollte nicht in der Situation stecken, dass er seinen bettwarmen Körper an meinen drückte.

Ich schloss die Tür hinter mir und schlich den Flur entlang zum Bad, in dem die Kleidung der letzten Nacht in einem Wäschekorb lag. Ich wusste nicht, ob ich es mir einbildete, doch als ich die Tür zum Badezimmer aufstieß, schien mich der Scotts herber Geruch zu empfangen, schien die Arme um mich zu legen und in meine Haare zu kriechen, damit ich ihn niemals wieder vergaß.

Verärgert riss ich den Korb hoch und rannte aus dem Bad. Mit langen Schritten lief ich die Treppe hinab und hätte beinahe die Hausdame umgerannt, die soeben in das Obergeschoss gehen wollte. Elsa schrie auf, als ich sie fast rammte, und presste sich an das hohe Treppengeländer, um einen Zusammenstoß zu verhindern, doch ich kam trotzdem ins Straucheln. Ein, zwei Schritte, dann hatte ich mein Gleichgewicht wieder, und Elsa packte mich am Arm.

„Was machst du?", fragte sie betont beherrscht. Mir fiel nichts Besseres ein als: „Wäsche waschen!"

Die Angestellte schüttelte fassungslos den Kopf. „Lass mich das doch tun, ich wollte gleich ..."

„Sofort!", zischte ich und sprang die letzten paar Treppenstufen hinab. Ich spürte ihren Blick in meinem Rücken, aber das war mir egal. Der Selbsthass brannte in mir, und ich musste einfach nur irgendetwas tun. Also rannte ich in den Keller, und fand den Waschraum nach schier endloser Suche endlich. Seit ich in diesem Haus lebte, hatte ich nicht einmal Wäsche gewaschen. Selbst wenn ich es gewollt hätte, wäre Evan dagegen gewesen, also hatte ich es Elsa und den anderen Angestellten überlassen. Ich hatte mich schlecht gefühlt, ja, aber ich führte nun dieses Leben, und das war ein Teil davon. Nun war diese Waschmaschine mein Anker.

Hastig warf ich die Wäsche aus dem Korb hinein, achtlos, rücksichtslos. Es sollte nichts mehr nach Scott riechen, nichts durfte Evan auf diese Spur lenken.

War das wirklich die eine Sache, die plötzlich alles wieder gut machen sollte, die jede Spur der letzten Nacht entfernte, all die Hitze und die Empfindungen ungeschehen machte? Die Antwort war nein. Nichts, was ich tun würde, konnte all das wiedergutmachen.

Ich ließ mich zu Scott fahren, auch wenn sich alles in mir dagegen sträubte. Nun, nicht alles. Was sich sträubte, war die Vernunft. Meine Gefühle jedoch schnürten mir vor Vorfreude die Kehle zu, als Harry die Limousine vor dem Cottage stoppte.

Als ich den Anschnallgurt löste und meine Tasche griff, sah ich, dass auch Hank seine Sachen zusammensuchte.

„Was tun Sie?"

„Ich komme mit. Ich fürchte, Ihr Ehemann besteht darauf."

Meine Augenbrauen wanderten nach oben, doch ich bemühte mich, ruhig zu bleiben, auch wenn mein Herz einen weiteren Satz machte. „Und wie begründet er diese Maßnahme?", fragte ich steif und starrte zu meinem Bodyguard hinüber, der sich seine Meinung zu diesem Thema nicht ansehen ließ.

„Er sagte, dass Sie gut bewacht werden sollen." Vager konnte man eine Aussage wohl nicht formulieren.

„Hank, hören Sie, ich weiß, dass es Ihr Job ist, aber ich muss arbeiten, und wir wollen nicht gestört werden!" War das Misstrauen in seinem Gesicht? Gewissheit? Wusste er etwa, was geschehen war?

„Miss Annabelle, Sie haben sich gestern einfach fortgeschlichen. Glauben Sie mir, dass Ihr Mann nicht begeistert war?"

„Ja schon, aber was hat das mit meiner Arbeit zu tun?"

„Miss Annabelle, Sie würden es mir wirklich einfacher machen, wenn …"

„Nein! Und dabei bleibt es. Ich werde Evan sagen, dass Sie keine Schuld trifft, in Ordnung? Ich bin kein Kind mehr."

Meine Stimme war scharf und eiskalt. Es mochte nicht fair sein, Hank so zu behandeln, aber ich musste mit Scott reden, und einen Aufpasser konnte ich dabei ganz sicher nicht gebrauchen.

„Das kann ich wirklich nicht tun."

„Hank, wie alt bin ich?"

Der Hüne runzelte Stirn und blickte mich fragend an, antwortete aber nicht. Offenbar war er nicht in der Stimmung für Spielchen.

„Offensichtlich keine fünf mehr, und deshalb verzichte ich gerne auf Ihre Begleitung, auch wenn wir uns gut verstehen. Ich nehme die Verantwortung auf mich", klärte ich ihn auf und schwang mich aus dem Wagen, um ihm klarzumachen, dass dieses Thema für mich beendet war.

Meine Faust hatte noch nicht ganz das Holz der windschiefen Haustür berührt, als Scott sie schon schwungvoll öffnete. Ich wollte professionell sein, mit ihm sprechen, das Ganze irgendwie zu fassen bekommen, doch als ich ihn sah, wollte ich ihm nur in die Arme springen, wollte nur, dass er mich gegen die Wand warf, mich küsste, …

Ich schüttelte den Kopf, blickte ihn noch einmal kurz an, dann trat ich stumm über die Schwelle und schob mich an ihm vorbei. Hinter uns fiel die Tür zu, und ich spürte plötzlich Scott, der mir von hinten die Arme um den Körper schlang. Seine Wärme umfing mich wie eine kuschlige Decke, und seine Lippen an meinem Nacken jagten wohligen Schauer über meinen Rücken. Er überragte mich um fast einen Kopf, war aber dennoch nicht so groß, dass es komisch gewesen wäre. Nein, ich passte perfekt in seine Arme und an seinen kräftigen Körper.

„Du bist hier", brummte er, und zog mich fest an sich. Ich wollte mich wehren, das wollte ich wirklich, aber mein Körper war in einem wohligen Kokon gefangen, hing träge in seiner Wärme und sog seinen Duft so fanatisch in sich ein, dass es mir beinahe Angst machte. Hatte ich für diesen Mann vor wenigen Tagen nicht noch Abscheu empfunden? Hatte er mich nicht tief beleidigt und gekränkt? Das schien mein Körper einfach vergessen haben.

Als er mich schließlich losließ, musste ich den Drang unterdrücken, enttäuscht zu stöhnen. Was war nur los mit mir?

„Ich bin hier", stotterte ich, und Scott lächelte. Er trug nur T-Shirt und Chinos, doch allein der eng anliegende weiße Stoff reichte, dass mein Kopfkino ansprang.

„Wieso wirst du denn rot?", fragte er betont unschuldig, und ich brachte nichts als ein gekünsteltes Lächeln zustande, weil ich so verlegen war. „Bist du etwa hergekommen, um mir zu sagen, dass all das ein riesiger Fehler war, weil es euren Vertrag bricht?" Seine Stimme klang nicht zynisch, eher belustigt, und er schien mich nicht verletzen zu wollen, sondern ehrlich damit gerechnet zu haben.

„Ich äh ..."

„Schon klar." Er lächelte und ging einfach an mir vorbei zu dem Bett in der Mitte des Raumes, um das wir in den Tagen im Cottage immer herumgeschlichen waren wie schüchterne Teenager.

„Setz dich!", sagte er und klopfte neben sich auf die Matratze.

Ich konnte nichts sagen, starrte ihn nur an und wartete darauf, wer meinen inneren Kampf für sich entscheiden würde. Selbsthass oder wohlige Wärme?

Nun. Mir war kalt.

Unsicher tappte ich zum Bett und streifte mir die Stiefel von den Füßen, bevor ich mich beherrscht auf die Matratze sinken ließ, wobei ich mindestens einen Meter Abstand zu Scott hielt. Er wirkte belustigt, blieb aber, wo er war.

„Belle, es war wundervoll mit dir."

Unsicher blickte ich zu ihm herüber und wusste nicht, ob ich mich freuen oder noch mehr hassen sollte, weil er recht hatte.

„Ich bin verheiratet", sagte ich tonlos und beobachtete, wie ihm für einen Moment die Gesichtszüge entgleisten.

„Es ist eine Zweckehe", stellte er angespannt fest und musterte mich mit seinem glühenden Blick. Er machte mich nervös.

„Aber es ist eine Ehe, und ..."

„Und du glaubst nicht an Gefühle." Er vermied das Wort Liebe, wofür ich ihm dankbar war. Es war Sex gewesen. Wahnsinnig guter, intensiver Sex, aber ... „Sag wenigstens, dass du es genauso siehst. Dass dieser Abend etwas Besonderes war."

Ich wollte nicht, ich konnte nicht, doch ich sagte: „Das ... Das war er. Ja." Ich sah zu Boden. Ich schämte mich für das, was ich getan hatte, dafür, dass ich es nicht mehr bereute, seit er mir die Tür geöffnet hatte, und dafür, dass ich offenbar doch nicht wusste, was ich wollte.

Scott rückte näher an mich heran und nahm meine Hand, als hätten wir niemals etwas anderes getan.

„Wie kennen uns doch gar nicht, Scott! Was willst du?"

„Wir kennen uns kaum, das stimmt, das heißt aber nicht, dass ich nicht wissen kann, dass da etwas zwischen uns ist. Und das weißt auch du!" Seine Stimme war energisch.

„Es war Sex, Scott!", zischte ich, doch er lachte nur auf. Kurz. Ironisch. Hart.

„Wir hatten einen schweren Start, Belle, aber das gestern, das war nicht nur Sex!"

Ich verschluckte mich an meiner Überraschung und hob eine Hand vor den offenen Mund. Was zur Hölle wollte dieser Mann damit sagen?

„Scott, bitte ..."

„Nein, Belle. Wir müssen darüber reden, was da geschehen ist!"

„Sex! Mehr nicht!", rief ich und bereute es sofort, als ich an Hank dachte, der draußen stand.

Scott schüttelte verärgert den Kopf, hielt meine Hand aber noch immer fest in seiner. „Können wir darüber bitte reden? Oder sperrst du dich sogar dagegen?" Er trieb mich in die Ecke, doch noch hielt der Panzer.

„Bitte nicht, Scott, ich ..." Ich erwartete, dass er mich weitertrieb, dass er mich dazu zwang, darüber zu reden, obwohl ich es nicht konnte. Stattdessen hob er stumm die Hand.

„Okay. Okay. Dann ... lassen wir das." Verblüfft wartete ich darauf, dass er weiter nachhakte, doch er stand einfach auf und lächelte. „Gehen wir an die Arbeit."

Kein Wort mehr zu dem Thema, kein Versuch, mich ins Bett zu bekommen, das Thema war einfach beendet. Wenn ich einen Panzer hatte, verfügte Scott offenbar über Burggraben und Zugbrücke.

Ich wusste nicht warum, aber ich nahm seine Hand und sagte: „Es tut mir leid."

Er blinzelte zweimal, dann hob meine Hand an seine Lippen und blies einen sanften Kuss auf meine Fingerknöchel. Wieder war da diese Wärme, aber kam nicht mehr nur von ihm. Sie kam von innen, wärmte mich wie Sonnenstrahlen im Juli und erfüllte mich so vollständig, dass es mir eine riesige Angst machte.

Scott half mir vom Bett auf und wir gingen schweigend zum Schreibtisch hinüber, wo wir auf unsere Stühle plumpsten. Arbeit. Wir mussten etwas schaffen. Das Drehbuch musste fertig werden.

Die Spannung zwischen uns war greifbar, doch irgendwie gelang es uns, wirklich produktiv zu arbeiten. Vielleicht auch gerade deshalb, denn wenn wir konzentrierten uns und widerstanden der Versuchung, die letzte Nacht wieder aufleben zu lassen. Trotz unserer keuschen Zusammenarbeit zuckten wir beide zusammen, als es gegen Abend plötzlich an der Tür klopfte.

Scott sah zu mir hinüber, als habe man uns bei etwas erwischt, und ich sprang auf. Als ich die Holztür öffnete, blickte ich in das gerötete Gesicht meines Bodyguards. Er streckte mir ein Handy entgegen. „Ihr Mann", sagte er tonlos. Ich trat einige Schritte von ihm weg, damit er nicht sah, wie ich rot wurde.

„Hallo Evan!", rief ich betont fröhlich.

„Wo bist du?", blaffte Evan am anderen Ende.

„Ich ... Im Cottage bei Dover. Wir arbeiten!"

Stille.

Dann sagte Evan: „Den ganzen Tag schon?"

Ich nickte, bevor mir einfiel, dass er das natürlich nicht sehen konnte. „Ja, wir wollen das Drehbuch so schnell wie möglich fertig haben!"

„Und deshalb bist du heute Morgen einfach abgehauen, nachdem du dich schon gestern so irre verhalten hast?" Seine Stimme war schneidend und traf mich bis ins Mark.

„Du hast mir doch diesen Job verschafft."

„Job? Pah!", rief er, und ich sah unwillkürlich zu Scott hinüber. Sein Blick lag ruhig auf mir.

„Was ... Was soll das heißen?", stotterte ich.

„Dir war langweilig, glaubst du das habe ich nicht gemerkt? Und jetzt denkst du, ohne dich würde kein Drehbuch zustande kommen!" Blanker Hohn. Mehr hatte er in diesem Moment nicht für mich übrig. Und es war zu viel. Zu viel für mich, zu viel für meine Gefühle. Ich legte auf.

Scott starrte mich mit hochgezogenen Augenbrauen an und öffnete den Mund, um etwas zu sagen, doch ich hob die Hand. Wie ferngesteuert ging ich zur Haustür, riss sie auf und drückte Hank sein Telefon in die Hand.

„Sie fahren jetzt! Ich rufe Sie an, wenn ich den Wagen brauche", wies ich ihn wütend an.

„Miss Annabelle, dieses Thema hatten wir doch bereits, ich ...."

„Es ist mir scheißegal, was Ihre Anweisungen sind! Entweder Sie ziehen ab, oder ich verschwinde hier, dann haben Sie ein richtiges Problem!", schnauzte ich.

„Miss Annabelle, diese Diskussion führe ich nicht!" Hank war vollkommen ruhig, fast schon stoisch, doch das machte mich nur noch wütender.

„Ich bin kein verdammtes Kind! Und so lasse ich mich auch nicht behandeln, verdammt! Sie fahren jetzt!", schrie ich, und Hank wich nun doch zurück.

„Ich habe die Nase voll von dieser Bevormundung. Wenn Evan ein Problem damit hat, dann kann er das mit mir besprechen!" Meine Stimme war schrill, doch das war mir egal.

„Miss Annabelle, ich werde ..."

„Ja, sagen Sie es ihm! Soll er mich doch anrufen oder in seinen Scheiß Privatjet steigen, aber Sie verschwinden jetzt hier! Alle beide!"

Hank wirkte überrascht, nickte aber schließlich. „Melden Sie sich", sagte er noch, dann stieg er zu Harry in den Wagen, und der Maybach fuhr mit einem dunkeln Grollen an.

Ich stand noch immer in der Tür, zitternd vor Wut, aber ohne eine einzige Träne in den Augen. Für wen hielt sich dieser Vollidiot eigentlich? Plötzlich spürte ich eine warme Hand auf meiner Schulter.

„Evan wird stinksauer sein", brummte Scott und küsste wie beiläufig meinen Hals. Trotz meiner Wut kam ich nicht umhin, mich seinen Lippen wohlig entgegen zu recken. Langsam drehte ich mich zu ihm um. Scott schloss die Tür hinter mir.

„Es ist mir egal, Scott", krächzte ich.

„Was hat er gesagt?", fragte er und legte mir einen Arm um die Taille, um mich zur Couch zu führen.

Als ich es ihm erzählte, schwieg er lange, dann sagte er: „
Warum bist du seine Trophäe, Belle? Warum erlaubst du es dir nicht, glücklich zu sein?"

„Ich ... Ich war glücklich, immer!", gab ich unsicher zurück, doch Scott schüttelte traurig den Kopf.

„Vielleicht weißt du nur nicht, wie sich echtes Glück anfühlt?"

Zu viel. Dieses Gespräch ging zu weit. Ich wandte den Blick ab.

„Sprich mit mir."

„Es ist alles gesagt!"

„Vielleicht nicht."

Mein Blick hing an der wilden Landschaft vor dem Fenster, an dem windgepeitschten Gras, das hin und her wogte, an dem grauen Himmel, der den nächsten Regen ankündigte. Doch ich wurde von Scott angezogen wie von einem Magneten. Langsam drehte ich den Kopf, und plötzlich waren da wieder seine Lippen, war da ein Kuss, der mehr sagte, als Worte.

„Ich weiß, wer du wirklich bist", flüsterte Scott zwischen meinen Lippen, küsste mich wieder, seine Hand an meiner Wange ein Versprechen und ein Anker.

Wer war ich? Was sah er in mir?

Das alles zählte nichts, wenn er mich nur küsste, wenn ich ihm gehörte. Ich hörte den Wind vor den Fenstern, doch vielleicht war es auch mein Herzschlag, der flog, in meinen Ohren rauschte, weil ich drohte zu zerspringen.

Er war meine Droge. Ich küsste ihn drängend, schob mich an ihn. Entfernt spürte ich, wie er mich in seine Arme hob und einige Meter ging, dann sanken wir auf das unendlich weiche Bett. Seine vertraute Kraft umfing mich, und ich stöhnte, weil ich mich nach dem sehnte, was er mir geben konnte. Ich schlang die Beine um ihn, zog ihn an mich heran und krallte meine Finger in seinen Rücken. Ich wollte ihn näher, immer näher. Er schob eine Hand unter den Saum meiner Bluse, streifte meinen nackten Bauch. Ich schälte mich aus meiner Bluse und zog ihm sein T-Shirt über den Kopf. Verzweifelt vergrub ich mein Gesicht an seiner glatten Brust, sog seinen herben Duft ein, spürte seine Wärme an meiner Haut. Er befreite meine Brüste aus dem Spitzen-BH und hielt einen Moment inne, während sein Blick über meinen Körper glitt, die sanfte Landschaft in sich aufnahm. Sein lodernder Blick, als er meine Brüste umfasste, brachte mich um den Verstand. Er begehrte mich, begehrte meinen Körper und meine Seele, und das nahm mir meinen Verstand, riss mich an ihn. Scott stöhnte, als ich mich halb aufrichtete, ihn packte und küsste, ihn drängte, mich endlich zu nehmen. Er schob meinen Rock nach oben, küsste mich wild und drängend, bevor er endlich meinen Po mit einem kräftigen Griff packte, und mich an seine Erektion drückte.

Ich stöhnte, als er meinen empfindlichen Punkt streifte, und er lächelte an meinen Lippen. Ich packte ihn fester, wollte ihn nur endlich in mir spüren, doch Scott presste mich mit dem Rücken auf das Bett und ließ plötzlich von meinen Lippen ab, um seine Küsse über mein Ohr und die weiche Haut des Halses wandern zu lassen. Er drückte mich weiter nach unten, küsste meine Brüste, fordernd und sanft zugleich, und liebkoste die Brustwarzen mit seiner heißen Zunge. Ich stemmte ihm meine Hüften entgegen, bettelte um seinen Mund, doch noch gewährte Scott sie mir keine Erlösung. Quälend langsam bahnte er sich seinen Weg über meinen flachen Bauch, genoss jeden Kuss, jedes leise Stöhnen, das über meine Lippen drang.

Er nahm den Saum meines Rockes in die Hände, hielt einen quälenden Moment lang inne, dann zog er ihn mit einem Ruck hinunter. Schwer atmend blickte ich zu ihm hinab, sah seinen Blick, als er mein Höschen ebenfalls auszog. Ich konnte nicht mehr warten, wollte, dass er mich endlich berührte, seine süße Folter beendete. Er lächelte, dann beugte er sich langsam über meine Klitoris, blies sanft dagegen, und ein Blitz schoss durch meinen angespannten Körper.

„Bitte!", wimmerte ich, und Scott stöhnte rau auf. Er packte meine Hüften so fest, dass ich sich blaue Flecken bekommen würde, dann vergrub er seinen Kopf zwischen meinen Schenkeln, liebkoste endlich diesen einen Punkt und ließ mich schreien. Ich packte ein Kissen, presste es auf mein Gesicht, weil ich glaubte, nicht noch mehr aushalten zu können, doch seine Zunge, seine Lippen waren unerbittlich. Er schob einen Finger in mich, dann zwei. Und als er sie bewegte, immer wieder heftig in mich hineinstieß, war alles zu viel. Ich kam so heftig, dass kaum ein Ton aus meiner Kehle drang, nur heiseres Stöhnen, als er ein letztes Mal die Finger in mich schob.

Scott ließ von mir ab, und ich war beinahe schon enttäuscht, da streifte er seine Hose von sich, war plötzlich wieder über mir und drückte sich auf meine glühende Haut. Seine Lippen brannten auf meinen, sein Hände umfassten meine Hüfte, und endlich drang er heftig in mich ein, füllte mich ganz aus und begann, sich in einem unerbittlichen Rhythmus zu bewegen. Seine Muskeln waren zum Zerreißen gespannt. Ich spürte ihn bei mir, in mir und genoss es, genoss seine Kraft. Ich warf den Kopf zurück, offenbarte ihm meine Kehle, und Scott biss sanft in die weiche Haut, während er unnachgiebig in mich stieß. Hände, Lippen, sein Schwanz in mir, sein Atem an meinem Hals. All das war so perfekt, so sexy, dass ich spürte, wie sich ein weiterer Orgasmus in mir aufbaute, wie mein Körper sich ihm noch mehr entgegenreckte, obwohl er fast zu groß war. Ich kam so explosiv, dass ich glaubte, zu zerreißen, und auch er kam mit einem tiefen Stöhnen. .Sein Körper war warm und roch nach uns, unserem Schweiß und unserer Lust. Ich lauschte seinem gleichmäßigen Herzschlag, seinen tiefen Atemzügen und fühlte mich einfach gut. Keine Zweifel, keine Wut.

„Mit dir zu schlafen ist … wie ein Feuerwerk", brummte Scott mit den Lippen in meinen Haaren und drückte mir einen Kuss auf den Scheitel. Ich musste lächeln und drückte ihn unwillkürlich fester an mich. Keine Ahnung, was es war, doch mit ihm war es einfach anders.

Scott. Oh, Scott.

„Was tun wir nur?", fragte ich ihn und spürte seine wohlige Wärme.

„Das Richtige."

Ich blinzelte, sah zu ihm auf. Seine Augen waren geschlossen, und einige dunkle Strähnen hingen ihm ins Gesicht.

„Aber …"

„Musst du immer alles hinterfragen?" Er lächelte, und ich seufzte, weil dieses Lächeln mich einfach packte. Scott hob eine Hand an meine Wange und drehte meinen Kopf sanft zu sich. Seine Lippen fanden meine, diesmal sanft und zärtlich. Wir verloren uns einen Moment lang in diesem Kuss und in diesem Augenblick, dann lösten wir uns widerwillig voneinander.

„Wir sollten heute etwas zusammen unternehmen", sagte er.

„Ich glaube, heute habe ich …"

„Belle."

Ich verstummte und schürzte nachdenklich die Lippen. „Scott, das ist riskant, es ist kompliziert …" Ich bemerkte seinen Blick und verstummte.

„Für mich ist es ganz einfach", stellte er fest.

Ich fühlte mich unwohl, wusste nicht, wie ich mit dieser Situation umgehen sollte. „Und ich dachte, du hasst mich ...", brummte ich gespielt schmollend.

„Es geht so", feixte Scott, und ich grinste erleichtert. So war es einfacher. Ohne Ernsthaftigkeit, ohne ein Wort über Gefühle und Verpflichtungen. „Lass uns trotzdem etwas machen, in den Pub gehen vielleicht?", schlug er vor.

„Weil Alkohol ja so gut funktioniert bei uns!"

„Oh, dafür brauche ich keinen Alkohol", flüsterte er und warf mich mit einem Mal auf den Rücken. Er rollte sich auf mich und nahm meine Unterlippe zwischen die Zähne, sodass ich lachend aufschrie.

„Ich meine es ernst, Belle", sagte er. „Dein ... Evan ist nicht da. Geh mit mir aus! Sag ihm, es wäre Recherche, ist mir egal, aber geh mit mir aus!"

Ich konnte nicht fliehen, war gefangen unter seinem Körper. Egal, wie schlecht ich mich Evan gegenüber vielleicht fühlte, Scott hatte diese Wirkung auf mich, die mich alles andere vergessen ließ. Ich nickte langsam.

„Ich hole dich ab."

„Aber Hank ...“

„Dein Gorilla?"

Ich nickte.

„Kannst du dich herausschleichen?"

„Nicht noch einmal. Wirklich nicht! Mir steht sowieso noch einiges bevor."

„Es ist Recherche, nichts weiter", sagte er lapidar und begann, an meinem Ohrläppchen zu knabbern.

„Scott ...", protestierte ich kichernd.

„Keine Widerrede!", knurrte er, und ich musste lächeln. Es war so einfach, so leicht, und doch so unendlich komplizert. Ich hatte ein verdammtes Problem.

SECHS

Es war wichtig, nichts zu überstürzen. Ich benötigte nur einen Moment, um herauszufinden, wo ich eigentlich stand.

Ich wählte Evans Nummer, obwohl ich nicht wusste, was ich sagen sollte, und war froh, als er nicht abhob. Ich musste nachdenken. Und dann noch das Treffen mit Scott. Ich wollte ihn sehen, mit ihm lachen, doch es war ein Risiko. Da war Hank, der seit meiner Rückkehr in das Haus an mir klebte wie ein Schatten, da war Harry, der im Wohnzimmer hockte, wie ein Nachtwächter im Museum. Scott hatte recht gehabt. Ich lebte in einem goldenen Käfig. Wenn ich es zuvor immer verdrängt hatte, war es jetzt umso offensichtlicher. Solange ich allein geblieben und brav gewesen war, hatte es niemals Probleme gegeben. Erst als ich angefangen hatte, ein eigenes Leben zu führen, war irgendetwas geschehen. Es schien Evan nicht zu gefallen. Oder gefiel ihm nur nicht, dass ich mit Scott allein war? Ahnte er am Ende etwas?

Ich starrte auf meine Hände. Seit mittlerweile einer Stunde saß ich auf dem Bett, in dem ich normalerweise mit Evan schlief, und hing meinen Gedanken nach. Das Schlafzimmer war neben dem Badezimmer der einzige Ort, an den Hank mir nicht folgte. Ich seufzte, und spürte plötzlich das Handy neben meinen Fingern vibrieren. Evan.

Ein, zwei tiefe Atemzüge. Dann hob ich ab. „Hey, Evan!"

Kurzes Schweigen, dann: „Wieso hast du vorhin aufgelegt? Ich bin verdammt wütend, Belle!"

„Steht deshalb Hank vor meiner Tür und belagert mich?"

„Richtig." Er machte mir nicht einmal etwas vor. „Was soll dieser Kindergarten, Belle? Ich erkenne dich nicht wieder, seit ich dich in dieses Projekt gesteckt habe!"

Ich zögerte einen Moment, versuchte aber ruhig zu bleiben. „Ich hänge mich eben rein. Es ist schön, eine Aufgabe zu haben!"

„Es hat dich nie gestört, an meiner Seite zu sein!"

„Das tut es auch nicht! Aber ich bin jung, ich will irgendetwas tun!" Das war ehrlich, und ich hörte, wie Evan kurz zögerte. „Lass mir meine Passion! Lass mir die Möglichkeit, ein eigenes Leben zu führen", flehte ich und hörte ihn verächtlich schnauben.

„Als hätte ich dich vorher in einen Käfig gesperrt!"

„Nein, nein das hat du nicht, aber ..."

„Dich hat es nie gestört", wiederholte er, und ich presste die Lippen aufeinander. Was war sein verdammtes Problem?

„Und du hast dich nie verhalten wie ein eifersüchtiger Liebhaber!" Der saß, ich wusste es. Evan schwieg sekundenlang, dann seufzte er leise.

„Ich merke, du bist kratzbürstig. Aber gut, du sollst deinen Spaß haben. Umso besser, wenn das Drehbuch gut wird." Ganz der Geschäftsmann.

„Gut!", zischte ich sauer. „Dann schick jetzt Hank von meiner Tür weg! Das ist krank! Als wäre ich ein Teenager, auf den man Tag und Nacht aufpassen müsste!"

„Du verhältst dich mitunter so", sagte er tonlos, und ich hätte das Handy am liebsten an die Wand geworfen.

„Ich habe keine Lust auf diese Diskussionen. Finde dich damit ab!", stellte Evan fest und legte auf. Er legte tatsächlich einfach auf. Ich nahm das Handy vom Ohr und starrte den dunklen Bildschirm an, schüttelte langsam den Kopf.

Ein animalischer Schrei entfuhr mir, als ich das Handy mit einer solchen Wucht von mir warf, dass es sicher kaputtgegangen wäre, wenn es nicht auf dem Sofa gegenüber des Bettes gelandet wäre.

Augenblicklich sprang die Tür zum Schlafzimmer auf, und ich hechtete erschrocken vom Bett, um mich dahinter zu verstecken. Hank stand in der Tür, eine Hand an seinem Waffenholster, die andere zur Faust geballt. Innerhalb von Sekunden scannte er den Raum, blickte rasch hinter die Tür und entspannte sich dann sichtlich.

Finster traf sein Blick auf mich. Ich kauerte zitternd hinter dem Bett und starrte meinen Bodyguard an, der das Schlafzimmer gestürmt hatte wie ein Soldat. Ihm hätte eigentlich nur eine Sturmramme gefehlt, damit er als Rambo-Verschnitt durchging.

„Was soll das?", keuchte ich und kam langsam wieder auf die Füße, während er seine makellose Anzugjacke glattstrich. „Herrgott Hank, Sie haben mich zu Tode erschreckt!"

Er nickte verkniffen. „Ich dachte, etwas sei passiert."

„Alles in Ordnung!"

Er zögerte noch einen Moment, dann drehte er sich auf dem Absatz um und schloss die massive Schlafzimmertür mit einem leisen Klick hinter sich.

Wieder allein, starrte ich auf die geschlossene Tür, durch die er soeben mühelos hereingestürmt war. Ich dachte an die Pistole. Womit rechneten diese Männer hier im Haus? Was konnte mir schon in einer Villa passieren, die wie eine Festung gesichert war?

Nervös sank ich auf die flauschige Bettdecke und starrte meine zitternden Hände an. So etwas war noch nie geschehen, niemals, und ohne einen besonderen Grund machte es mir Angst.

Ich schrak viel zu übertrieben zusammen, als plötzlich mein Handy klingelte. Einen Moment lang saß ich nur da, hörte das Geräusch wie aus weiter Entfernung, dann sprang ich auf und tappte zu der cremefarbenen Couch, auf der das Gerät lag.

„Hallo?"

„Hey, Belle!"

Ich hätte beinahe das Handy fallen lassen. „Scott, hey!"

„Du klingst furchtbar. Total fertig. Was ist denn passiert?"

Ich zögerte kurz, dann antwortete ich vage: „Hier ist eine ziemlich seltsame Stimmung."

„Dann müssen wir dich aufmuntern, finde ich!" Ich hörte das Grinsen förmlich.

„Ich glaube nicht, dass ich hier weg kann. Hank tigert vor der Tür auf und ab, als säße ich in einem Hochsicherheitstrakt."

Er lachte rau, und das Geräusch ließ mich erschaudern. Er war so verdammt gefährlich für mich. „Ich habe das Gefühl, ich müsse meine

Teenagerfreundin treffen, ohne ihren Vater zu verärgern."

Hitze stieg in meine Wangen, ohne dass ich wirklich wusste warum. Ich wollte meinen Körper anschreien, dass er nur einen dummen Scherz gemacht hatte, aber das änderte nichts an meiner Nervosität. „Und jetzt?"

„Ich kann nicht glauben, dass ich das frage ..." Er lachte. „Kannst du dich rausschleichen?"

Beinahe hätte ich ebenfalls laut losgeprustet, aber vielleicht würde Hank mich bei einem weiteren lauten Geräusch ja einfach erschießen.

„Keine Chance! Evan hat mir seine Kettenhunde ans Bein gehängt."

Kurzes Schweigen. Ich wusste, dass er es nicht mochte, wenn ich den Namen meines Mannes erwähnte. Dumme Annabelle.

„Okay, und wenn ich komme?"

Ich zögerte. Er musste doch wissen, dass das nicht ging. Evan würde toben. „Scott, lass uns einfach morgen ..."

„Du willst wirklich in deinem Turmzimmer hocken und dir die Nägel lackieren? Das ist doch kein Leben!" Er klang aufgebracht, doch was konnte ich ihm schon sagen?

„Scott, ich kann nichts tun. Er macht sich Sorgen um mich und hat schwere Zeiten!"

Er stöhnte. „Und was ist mir dir, Belle? Hast du denn kein eigenes Leben?"

„Doch, das habe ich!"

„Wann?", fragte er, doch es klang nicht mehr anklagend oder wütend, nur noch traurig. Er hatte ja recht. Aber das änderte nichts an der Situation.

„Evan wünscht sich, dass ich hierbleibe, und diesen Wunsch werde ich ihm jetzt erfüllen. Ich brauche nicht noch mehr Ärger."

Scott schwieg so lange, dass ich schon glaubte, er habe einfach aufgelegt, doch dann sagte er: „Du musst selbst wissen, was das Beste für dich ist."

Seine Worte hallten in der Stille des Raumes nach, als er bereits aufgelegt hatte, und dröhnten in meinen Ohren. Hatte ich mich schon jemals so zerrissen gefühlt? Ich wusste es nicht. Mein einfaches, unkompliziertes Leben war plötzlich ins Wanken geraten, und alles, was für mich immer normal und verständlich gewesen war, stand nun in einem anderen Licht da.

Oh, Scott. Was tat er nur mit mir?

Am nächsten Morgen trafen wir uns nicht im Cottage, sondern in einem geschäftigen Café in der Innenstadt. Gerade, weil mein Körper süchtig nach Scott zu sein schien, wusste ich, dass es besser war, wenn wir uns an einem neutralen Ort trafen. Das Gefühl von Bedauern, das sich trotz meines Widerstandes in mir breitmachen wollte, kämpfte ich krampfhaft nieder, nicht nur, weil Hank neben mir mich genau zu mustern schien. Evan würde gegen Mittag aus New York zurückkehren, und mein Bodyguard wurde nicht müde, mich darauf hinzuweisen, dass ich bis dahin wieder in der Villa sein sollte.

Meinetwegen.

Hank war mir auch in das Café gefolgt – natürlich. So einfach würde er sich nicht mehr abwimmeln lassen, da war ich mir sicher.

Scott entdeckte ich an einem Tisch ganz in der Ecke, um ihn herum saßen keine anderen Gäste, obwohl das kleine Geschäft zum Bersten voll war. Peinlich berührt schob ich mich, von meinem riesigen Bodyguard beschirmt, durch die Masse an jungen Leuten und gestressten Angestellten vorbei und ignorierte die neugierigen Blicke, die man uns schenkte. Ich war keine Berühmtheit, das ganz sicher nicht, aber in London kannte man Evan, und mein Gesicht war hin und wieder in einem Klatschblatt aufgetaucht. Mit roten Wangen sah ich, wie Hank energisch einen jungen Mann mit Pferdeschwanz aus dem Weg räumte, und mich dann mit einem Ruck in Richtung des Tisches schob, an dem Scott in seine Arbeit vertieft war. Der silberglänzende Laptop stand aufgeklappt vor ihm, und seine Finger flogen über die Tastatur. Er hatte die Stirn in Falten gelegt und überflog die Worte, die er unablässig tippte. Er wirkte angespannt und trotz des warmen Lichts, das durch das Fenster neben ihm schien, wirkten seine Züge hart. Sein Anblick machte mich nervös, nicht nur, weil er wütend aussah, sondern auch, weil mein Herz plötzlich einen Satz machte, als er von seiner Arbeit aufsah und uns bemerkte. Das kleine Lächeln, das sich auf seine vollen Lippen schlich, beruhigte mich für einen Moment, doch er setzte beinahe sofort wieder seine konzentrierte Miene auf, als er Hank sah.

„Hallo, Belle. Gorilla", begrüßte er uns tonlos und ich sah vorsichtig zu Hank, der jedoch keine Miene verzog.

Schnell nahm ich Platz, nicht ohne zu bemerken, dass Scott nur einen Stuhl bereitgestellt hatte; entweder weil er gedacht hatte ich käme alleine, oder weil er Hank nicht dabeihaben wollte. Aber da hatte er die Rechnung ohne meinen Ex-Soldaten gemacht. Hank lächelte schmallippig und lehnte sich einfach hinter uns an die Wand, wie ein Lehrer, der zwei Schulkinder bei einer Gruppenarbeit beaufsichtigte. Ich spürte, dass Scott angespannt war, doch er blieb ruhig. Wenigstens begann er keinen Streit mit meinem Bodyguard. Hank konnte nichts dafür, dass Evan mich nicht allein lassen konnte.

„Sorry!", murmelte ich so leise, dass Hank es in dem Lärm der jungen Leute im Café kaum hören konnte. Scott zuckte nur steif die Achseln.

„Hast du dir über unser gestriges Thema Gedanken gemacht?"

Ich dachte kurz nach, dann fiel mir ein, dass wir im Plot an einen Punkt gekommen waren, an dem es knifflig wurde. „Ich habe mir gedacht, wir könnten an dieser Stelle einen ersten Punkt der Aggression von ihrer Seite einfügen. In gewissem Sinne eine Rebellion im Kleinen, die den Spannungsbogen weiter aufbaut. Sie ist zwar derzeit in dem Keller gefangen, doch gerade diese Abgeschiedenheit und die Dunkelheit schüren die Wut in ihr. Damit befreit sie sich aus ihrem Selbstmitleid."

Scott nickte, während er auf den Bildschirm seines Laptops starrte. Ich folgte seinem Blick und sah, dass er gar nicht das Drehbuch vor sich geöffnet hatte, sondern ein neues Dokument, das den schlichten Titel „1" trug.

Stirnrunzelnd blickte ich zu ihm herüber. „Was ist das?"

„Ein neues Buch. Ich arbeite noch nicht lange daran."

„Seit wann ..."

„Drei Tage", sagte er kühl und klickte auf die Datei mit dem Drehbuch. Der Blocksatz verschwand und machte Platz für die Dialoge.

„Vierzig Seiten in drei Tagen?", fragte ich erstaunt.

„Ich war inspiriert." Er sagte das mit einer solchen Leichtigkeit, dass nur wir beide verstanden, welche Bedeutung hinter seinen Worten steckte, und mit einem Mal war ich froh, dass Hank hinter uns stand, denn so bemerkte er nicht, wie sich meine Wangen röteten.

„Belle, das ist wirklich Mist! Ich kann mich nicht konzentrieren, wenn ich das Gefühl habe die Kavallerie sitzt mir im Nacken!"

Er warf Hank einen unmissverständlichen Blick zu.

Der seufzte halbherzig.

„Miss Annabelle, Sie wissen ..."

„Ja, keine Sorge Hank! Aber so geht es nicht weiter, das wissen Sie doch auch."

„Auftrag ist Auftrag, Entschuldigung."

Genervt wandte ich den Blick ab. Es brachte nichts, mit ihm zu diskutieren, aber Evan würde ja wiederkommen. Dann konnte ich das alles klären. Nur noch ein paar Stunden, und ich war diese Überwachung endlich los.

„Ich fahre morgen übrigens weg", sagte Scott unvermittelt. Verdattert starrte ich ihn an.

„Aber ich dachte, wir arbeiten weiter. Die Deadline rückt immer näher!" Dass ich nicht gerade begeistert davon war, ihn einige Tage nicht zu sehen, ließ ich dabei aus. Das tat nichts zur Sache für ihn. Doch Scott grinste, als könne er meine Gedanken lesen.

„Nur ein paar Tage! Das ist perfekt, um ein wenig auszuspannen und – Inspiration zu sammeln." Sein Blick streifte meinen nur kurz, fast wie beiläufig, aber ich verstand sofort, was gerade geschehen war. Scott wollte mit mir wegfahren, er wollte, dass ich log.

Alle Luft entwich aus meiner Lunge, und ich fuhr mir wie beiläufig durch die Haare. Ich war nicht fähig, zu antworten, schaffte es nicht, dieses Spiel mitzuspielen. Hatte auch Hank den Hinweis verstanden?

Wie kam Scott auf diese Idee, obwohl das so verdammt riskant war? Wieso wollte er für ein paar atemlose Nächte ein derart hohes Risiko eingehen?

Es war zu viel. Am liebsten wäre ich schreiend davongelaufen, vor all den Fragen, auf die ich keine Antwort wusste. Doch ich hörte mich plötzlich sagen: „Das ist bestimmt eine gute Idee, aber ist es die richtige Zeit dafür?"

„Manchmal hilft ein bisschen Abstand, um die Dinge klarer zu sehen."

Der Lärm der anderen Cafébesucher schwappte zu uns herüber, während ich wie in Zeitlupe nickte. Ich wusste nicht, was ich dazu sagen sollte, also beobachtete ich die Leute und tat so, als spürte ich nicht, wie er immer wieder meinen Blick suchte. Ich schaffte einige Sekunden lang, dieses Spiel zu ignorieren, dann lächelte ich, schob ein paar Unterlagen zusammen und begann so sinnlos drauflos zu reden, dass Scott mir erst überrascht und dann immer breiter grinsend zuhörte.

Wir schafften an diesem Vormittag die komplette Szene, und nicht zum ersten Mal waren wir beide ziemlich zufrieden mit dem Ergebnis. Egal, was zwischen uns stand oder uns verband, bei der Arbeit an dem Drehbuch funktionierten wir wie ein handgefertigtes Schweizer Uhrwerk.

Umso schwerer fiel mir der Rückweg zu Evans Haus. Ich wusste, was mich erwartete, dass er stinksauer war und eine Erklärung wollte. Und wenn Evan wütend war, konnte er ziemlich gemein werden. Meistens stand ich darüber, aber seit den Erlebnissen der letzten Tage fiel es mir immer schwerer, meinen Schutzpanzer aufrecht zu erhalten.

Ich betrat das Kaminzimmer, das er so liebte. Evan saß auf dem Sofa, trug noch immer Tuchhose und Hemd, hatte aber das Jackett und die Krawatte abgelegt. Seine polierten Manschettenknöpfe schimmerten in der Mittagssonne und verliehen ihm das Aussehen eines Aristokraten. Erbstücke, das wusste ich, die er trug, wenn er schwierige Verhandlungen zu führen hatte. Auch seine Rolex, dieses riesige, funkelnde Ding, blitzte unter dem Hemdsärmel hervor und unterstrich seine unbemühte, aber nicht lässige Haltung. Er war einfach die Art Mann, die in jeder Lebenssituation Macht und Wohlstand ausstrahlte. Eine Ausstrahlung, die ich normalerweise sehr an ihm mochte, doch an diesem Tag kam mir das alles viel zu aufgesetzt, viel zu gewollt dominant vor.

Unsicher trat ich durch die zweiflügelige Tür ein und hörte, wie sie hinter mir leise ins Schloss fiel. Evan blickte von seinem Smartphone auf und legte es auf den Beistelltisch. Die Situation war absurd, fast so, als wäre ich eine Bittstellerin, und mir gefiel diese

Rollenverteilung nicht. Natürlich mochte ich dominante Männer, aber Dominanz hatte nichts mit der Herabstufung einer anderen Person zu tun.

Unsicher ging ich zu ihm, und Evan zog mich sanft in seinen Schoß. Überrascht starrte ich ihn an, doch er lächelte nur und gab mir unvermittelt einen Kuss, bevor er mich neben sich auf der Couch drapierte. Kein Streit, keine bösen Worte. Evan musterte mich nur sanftmütig.

Unsicher sagte ich: „Schön, dass du wieder hier bist!" Es klang hölzern und gestelzt, doch er tat so, als habe er meinen Tonfall nicht bemerkt.

„Du hast mir gefehlt, Belle."

„Diesen Eindruck hatte ich nicht gerade."

„Ich weiß, dass die Konstellation etwas ... ungünstig war. Das ist mir bewusst. Aber ..."

„Ungünstig?", unterbrach ich ihn forsch und schüttelte wütend den Kopf. „Ich habe mich gefühlt wie ein dummes Kind unter Hausarrest."

„Ganz ruhig, Belle, lass uns bitte ganz normal darüber reden. Hank hat mich einfach missverstanden und ist über das Ziel hinausgeschossen."

Das war eine Lüge und wir beide wussten es.

„Lass Hank da raus, er erfüllt nur Aufträge. Deine Aufträge!", blaffte ich und rückte ein Stück von ihm weg.

„Belle, bitte, ich bin über das Ziel hinausgeschossen, und das tut mir leid! Ich war angespannt." Eine Entschuldigung? Das war neu. Evan war nicht der Typ Mann, dem etwas leidtat. Aber es bot mir eine Chance.

„Evan, ich muss darüber nachdenken."

Er zog die Augenbrauen hoch. Anspannung kehrte in sein Gesicht zurück, und ich glaubte einen Moment lang, er wüsste von allem. Doch dann sagte er: „Wie stellst du dir das vor?"

„Ich ... Ich fahre zu meiner Familie."

Stille. Mein Herz schlug so heftig, dass es das einzige Geräusch im Raum zu sein schien. Scham durchflutete mich. Aber ich konnte nicht anders, war wie ferngesteuert. Freiheit. Freiheit und Scott. Ich hatte es niemals geglaubt, doch allein der Gedanke daran besänftigte mich.

Evan sah mich ruhig an, nahm meine Hände in seine. „Ich dachte, solche Probleme würden wir nicht haben." Seine Worte taten weh, doch ich blieb hart.

„Ich bin auch nur ein Mensch, Evan. Du kannst mich in keinen Käfig sperren. Das war nicht der Deal!" Ja, der Deal. Das war unsere Ehe. Aber wie bei jedem Geschäft gab es Grenzen und Abmachungen. Und das wusste selbst Evan.

„Ich habe es übertrieben, und es tut mir ehrlich leid, Belle. Ich will dich nicht einsperren, sondern dich beschützen! Aber vielleicht habe ich es übertrieben." Seine Aufrichtigkeit tat gut, aber es brachte nicht alles wieder in Ordnung.

„Ich brauche ein wenig Abstand. Und ich werde allein gehen. Keine Bodyguards, keine Chauffeure und keinen Streit am Telefon. Punkt."

Evan presste die Lippen zu einer schmalen Linie zusammen, nickte aber schließlich langsam. Er hatte Erfahrung mit Geschäften und wusste, wann er seinem Verhandlungspartner entgegenkommen musste. „Sie bringen dich zum Flughafen und holen dich wieder ab."

„In Ordnung."

Evan nickte zerknirscht und musterte mich sorgenvoll. Sein Blick zeigte nicht die Wut, die ich eigentlich erwartet hatte, er sah eher aus wie jemand, der sich tatsächlich Sorgen machte. Aber wieso? Natürlich hatte er viel Geld, aber wie groß war das Risiko, dass mir etwas geschah? Oder war am Ende ich das Risiko?

„Ich dachte, wir könnten heute hier essen. Nur wir beide. Wein, Kerzenschein, Dessert ..." Er lächelte, und ich nickte nur unsicher. Egal, wie unwohl ich mich fühlte, ich konnte ihn nicht schon wieder sitzenlassen. Und eigentlich klang es ganz gut, ihn für mich zu haben. Abendessen war unkompliziert, mein Leben war es längst nicht mehr.

SIEBEN

Ich stand am Flughafen von Marseille mit meinem kleinen Rollkoffer am Gate und wartete darauf, Scott zu entdecken. Beinahe rechnete ich damit, dass all das ein Scherz gewesen war und Evan jeden Moment auftauchen würde, um mir zu sagen, dass es aus war. Doch Scott kam. Ich sah ihn schon von Weitem und musste den Reflex, auf ihn zuzustürmen, mit Gewalt niederkämpfen, denn alles in mir schien zu vibrieren, schien ganz warm zu werden, nur, weil er durch die automatische Tür trat und sich prüfend umsah. In diesem Moment schossen mir Milliarden Gedanken und Fragen durch den Kopf, wollten wissen, wie wir uns begrüßen würden, was dieses Gefühl in mir bedeutete, doch als er vor mir stand, verflog jede einzelne davon.

„Hi!", sagte er und lächelte.

„Hi!"

Wir starrten uns an, Sekunden vergingen, und plötzlich, ganz selbstverständlich, trat Scott an mich heran, legte einen Arm um meine Taille und zog mich so heftig an sich, dass mir die Luft wegblieb. Er verschloss meine Lippen mit einem Wiedersehenskuss, der sagte: „Ich habe dich vermisst!" und unglaublich gut schmeckte.

„Nehmt euch ein Zimmer!", johlte irgendwo eine Männerstimme mit breitem amerikanischen Akzent, doch ich spürte nur Scotts Lächeln an meinen Lippen, während er mich weiter küsste, mich immer fester an sich zog. Ich gab mich ihm hin, schmolz in seinen Armen wie Butter in der Sonne und genoss das Gefühl, an nichts denken zu müssen.

„Wenn ich noch länger in der Ladezone stehe, wird man mich ganz sicher ins Gefängnis stecken, wir sollten uns beeilen!", sagte Scott, als wir uns voneinander gelöst hatten. Ich ließ mich von ihm durch die Ankunftshalle führen, während er meinen Koffer hinter sich herzog. Kurz ertappte ich mich dabei, wie ich mich zögerlich nach Hank umsah, doch dann vertrieb ich den Gedanken und musterte Scotts Profil, während er mich durch die Menschen lenkte, die in allen möglichen Sprachen aufeinander einredeten.

Er sah entspannt aus, hatte ein kariertes Flanellhemd an und trug abgewetzte Jeans, die so perfekt zu ihm passten, dass er mit einem passenden Hut ganz sicher wie der coolste Cowboy der Welt ausgesehen hatte. Er strahlte nicht mehr dieses bemüht Intellektuelle aus, das ich am Anfang an ihm verabscheut hatte, sondern wirkte wie ein gebildeter Mann, der sich abseits der Norm bewegte. Welche Frau mochte das nicht?

Bevor ich ins Schwärmen verfallen konnte, löste ich rasch meinen Blick von seinem breiten Oberkörper und ließ ihn stattdessen durch die geschäftige Menge streifen, um eine beiläufige Bemerkung wie „Na hier ist aber was los!" zu machen, doch er kam mir zuvor: „Wie war dein Flug?"

Er manövrierte uns zwischen zwei vollgepackten Kofferwagen hindurch und trat mit mir an der Hand durch die elektrische Tür.

„Ähm, gut", stotterte ich und hasste mich dafür, dass ich so verdammt nervös und unbeholfen war.

„Toll!" Er drückte auf einen Funkschlüssel, und einige Meter weiter flammten die Scheinwerfer eines massigen Range Rovers auf.

Der Geländewagen war so makellos sauber und gepflegt, dass es schien, als sei er vor wenigen Minuten in der Fabrik vom Band gerollt. Scott warf mein Gepäck in den riesigen Kofferraum und öffnete mir galant die Beifahrertür.

„Ich hoffe, diese Seite ist in Ordnung. Oder bevorzugst du hinten links?", stichelte er, und ich knuffte ihn gegen die Schulter. Der Wagen war ein Rechtslenker, wohl Scotts Art und Weise, seiner Herkunft Tribut zu zollen, also kletterte ich auf der linken Seite in den Wagen. Scott sprang neben mir auf den Fahrersitz und winkte lächelnd einem Sicherheitsbeamten zu, der wild gestikulierte und ihn zu beschimpfen schien. Scott nickte, winkte noch einmal, dann zog er aus der Ladezone und ließ den tobenden Beamten hinter sich.

„Wie gut, dass ich kein einziges Wort Französisch spreche!", sagte er, und wir mussten lachen, während er mit hohem Tempo den Flughafen Marseille hinter sich ließ.

„Ist das dein Wagen?"

„Ja. Ich habe ihn für mein Sommerhaus hier unten gekauft. Wunderschönes Fleckchen, aber bei Regen leider nicht mit einem normalen Wagen zu erreichen."

„Schon verrückt, früher hätte mich das beeindruckt, heute kenne ich kaum jemanden, der kein Sommerhaus hier unten hat."

Scott grinste. „Aber niemand hat ein Haus, wie ich es habe!"

„Komisch, das sagen auch alle", bemerkte ich trocken, und Scott lachte schallend.

„Okay, du hast gewonnen!"

Eine Weile saßen wir schweigend nebeneinander, und ich sah aus dem Fenster, wo die Landschaft an uns vorbeiflog. Dieses Schweigen hatte nichts Unangenehmes oder Seltsames an sich, es war in Ordnung so. Ich bin ohnehin der Meinung, dass die meisten Menschen so sehr damit beschäftigt sind jemanden zu finden, mit dem sie reden können, dass sie vergessen, wie wichtig es ist auch mal miteinander schweigen zu können. Scott und ich konnten es.

Während ich ihn musterte – sein Profil vor der vorbeifliegenden Landschaft, seine sonnengebräunte Haut, die unter dem hochgeschobenen Ärmel seines Hemdes hervorschaute, das leichte Lächeln, das nicht von seinen Lippen wich –, dachte ich mir, dass ich ewig in diesem Auto sitzen könnte. Mir war egal, wie viele Stunden die Fahrt dauern würde, und wohin wir fuhren, denn ich war einfach glücklich. In diesem Moment gab es keine Probleme. Es gab nur uns, still, lächelnd, und jeder auf seine Weise glücklich.

Scott schien meinen Blick zu bemerken und griff nach der Hand in meinem Schoß. Er hob sie an seine Lippen und küsste meine Fingerknöchel, dann legte er sie in meinen Schoß.

Scott fuhr noch einige Kilometer auf der Landstraße, dann wechselte er auf einen mehr oder weniger unbefestigten Weg voller Schlaglöcher, die man in dem Geländewagen jedoch kaum spürte. Erst nach weiteren zwanzig Minuten Fahrt durch ein unbewohntes Waldgebiet sah ich, wo wir hinfuhren. Scott hielt auf einen kleinen Berg zu, um den der unbefestigte Feldweg sich herumschlängelte und schließlich hinter einer Anhöhe verschwand. Als wir den Scheitelpunkt passierten, erstreckte sich vor uns eine atemberaubende Landschaft. Unendlich viel Wald, dessen dunkles Grün in der Mittagssonne strahlte, dahinter in weiter Ferne Lavendelfelder, die in einem so kräftigen Lila blühten, dass es schien, als seien sie direkt vor uns. Fast meinte ich den Duft der Blüten zu riechen, der zu uns hinüberwehte, doch das war eine wundervolle Illusion. Ich sprang aus dem Wagen, als Scott endlich hielt, und sog die herbe Waldluft in meine Lungen, ließ mich ganz von ihr ausfüllen, während Scott ebenfalls ausstieg. Er kam zu mir und legte mir einen Arm um die Schultern.

„Und das hier ist mein Haus", brummte er an meinem Ohr und drehte mich sanft herum. Hinter uns schmiegte sich ein rustikales Häuschen an den Hügel. Der eingeschossige Bau aus grobem Steinen erinnerte mich an das Cottage bei Dover, doch der südländische Charme des hellen Steins, die einladenden Fenster mit den dunklen Holzrahmen und die Lavendelsträucher in dem wilden Vorgarten ließen mich England rasch vergessen. Ein kleines französisches Landhaus, keines von den protzigen Dingern, mit denen Evans Freunde prahlten. Der kleine Schornstein ragte aus dem mit hellen Ziegeln gedeckten Dach und entließ eine feine Rauchschwade nach oben, die zeigte, dass dieses Juwel sogar einen Kamin beherbergte. Es war wunderschön, und ich konnte gar nicht genug davon bekommen, all die Eindrücke in mich aufzusaugen, bis ich Scotts Wärme an meinem Körper fühlte. Er schlang von hinten die Arme um mich und stütze sein Kinn auf meinen Kopf.

„Wie gefällt es dir?“, murmelte er und strich gedankenverloren mit den Händen über meine Schultern. Ich lächelte, auch, wenn ich ja eigentlich nicht alles noch komplizierter machen wollte, und sagte: „Es ist wunderschön!“

Das war ehrlich. Dieses Haus war genau das, was ich mir immer vorgestellt hatte, wenn ich an Ferienhäuser im Süden dachte.

„Warte ab, bis du es von innen siehst!“, rief er und löste sich von mir, nur um meine Hand zu ergreifen und mich hinter sich her in die kleine Hütte zu ziehen. Er stieß die Haustür auf, die offensichtlich nicht abgeschlossen gewesen war, und wir traten in einen behaglichen Flur. Anders als in dem Cottage bestand das Haus nicht nur aus einem großen Raum. Wir standen in einem Flur, von dem mehrere Türen abgingen, die jedoch alle offenstanden, sodass ich gar nicht wusste, durch welche ich zuerst schauen sollte. Scott nahm mir die Entscheidung prompt ab und manövrierte mich direkt durch die erste Tür in die kleine Landhausküche. Der Raum hatte ein Fenster, das den Blick in die Ferne erlaubte, war ansonsten aber recht klein. Mir entging nicht, dass Scott einen ultramodernen Gasherd hatte, der wahrscheinlich ein kleines Vermögen gekostet hatte, doch ich störte mich nicht daran. Alles in dieser Küche schien perfekt zueinander zu passen, ohne dabei zu wirken, als sei man in einem Katalog. Wir durchquerten die Durchgangstür und fanden uns im Wohn- und Essbereich wieder, der von einem schlichten Holztisch mit vier Stühlen und einer großzügigen Sofakombination dominiert wurde.

Decken und Kissen stapelten sich darauf und ließen den Raum zusammen mit dem Kamin gemütlich und einladend wirken. Es gab keinen Prunk, es gab keine teuren Kunstwerke oder unnötige Dekoration. Das Haus war einfach, aber gemütlich, ohne dabei abgenutzt zu wirken – die perfekte Zuflucht.

Durch einen schmalen Torbogen kamen wir zurück in den kurzen Flur, von dem zwei weitere Türen abgingen. Zunächst führte Scott mich in das Badezimmer, das ebenfalls im eleganten Landhausstil eingerichtet war. Die Badewanne erhob sich auf geschwungenen Füßen in der Mitte des Raums, daneben gab es noch eine schlichte Dusche und eine Toilette. Der Waschtisch war beinahe leer, nur ein paar Utensilien lagen achtlos darauf und ließen vermuten, dass Scott nach seiner Ankunft hier nicht viel Zeit auf das Auspacken seines Koffers verschwendet hatte.

Eine weitere Tür in dem kleinen Badezimmer bildete den Durchgang zu dem letzten Raum: dem Schlafzimmer. Scott schob mich sanft in den hellen Raum, und ich brauchte einen Moment, um alles in mich aufzunehmen. Ein riesiges Himmelbett stand neben mir an der Wand, so ausgerichtet, dass man durch die vorderen Fenster einen fantastischen Blick auf die zauberhafte Landschaft hatte. Ich war mir fast sicher, dass man von dort aus auch einen perfekten Ausblick auf die untergehende Sonne haben würde. Neben dem Bett gab es in dem größten Raum des Hauses nur noch einen schlichten Schreibtisch, an dem ein gepolsterter Chippendale Stuhl stand. Der Tisch war bereits gefüllt mit Unterlagen, die Scotts Laptop bedeckten. Ich konnte nicht anders, mir blieb der Mund offen stehen, und ich konnte nur den Ausblick betrachten, das einladende Bett mit den weißen Laken, dessen Vorhänge in der seichten Brise schaukelten, die durch das offene Fenster hereinwehte. Der Duft des Lavendels, den ich mir wahrscheinlich einbildete, schien sich mit dem salzigen Geruch des entfernten Meeres zu vermischen. Unmöglich, doch mein Kopf spann sich diese Gerüche zurecht, während mein Körper zu schmelzen schien.

„Du bist ja ganz sprachlos!", bemerkte Scott und lächelte. Er war stolz, das sah man.

Langsam riss ich mich von dem Anblick los und drehte mich zu ihm um. Meine Hände hoben sich sanft an sein Gesicht, und zum ersten Mal schienen wir allein zu sein. Zum ersten Mal erlaubte ich mir wieder, dass unsere Blicke einander festhielten.

„Es ist perfekt", flüsterte ich, und Scotts Lächeln wurde breiter. Stolz glühte in seinen Augen. Es waren diese Momente zwischen uns, in denen meine Sorgen und Bedenken verflogen, in denen ich zuließ, was zwischen uns war.

Scott beugte sich zu mir herab und küsste mich unendlich sanft, streifte meine Lippen beinahe nur, dann strich er mir mit dem Daumen über die glühende Wange.

„Ich hätte niemals gedacht, dass du tatsächlich kommst. Niemals."

Ich nickte, nahm seine Worte in mich auf. „Ich auch nicht", antwortete ich schließlich und musste lächeln, weil ich endlich ehrlich war. Ehrlich zu ihm und ehrlich zu mir selbst.

„Umso besser, dass du hier bist", murmelte er und begann, sich meinem Hals zu widmen. Seine Lippen brannten auf meiner Haut, und ich wurde zittrig. Es war unglaublich, wie stark mein Körper auf ihn reagierte, wie empfindlich ich auch die kleinste Berührung wahrnahm. Ich wollte es nicht, wollte nicht, dass wir alles noch komplizierter machten, und stöhnte verzweifelt auf. Doch es war kein Laut, der Scott davon abhielt, meinen Hals zu küssen und schließlich zu meinen Lippen zurückzukehren. „Aber mein Koffer!", presste ich hilflos hervor und spürte sein Grinsen an meinen Lippen. Teuflisch, unanständig.

„Scheiß auf den Koffer!" Unvermittelt packte er mich an der Taille und warf mich mühelos auf das Himmelbett. Ich blieb atemlos liegen und starrte zu ihm hinauf, während er sich eilig das Hemd aufknöpfte und von den Schultern zog. Er schien von innen zu leuchten, seine Muskeln waren angespannt, und die sanfte Brise, die durch seine Haare fuhr, ließ die Strähnen noch mehr zerzausen. Ich krallte mich in die Laken, um ihn nicht gleich zu packen, musste die Kontrolle behalten. Scott war kein Mann, der mir die Kontrolle überließ.

Er bemerkte meine hilflosen Versuche, knurrte dunkel und warf sich auf mich. Er packte meine Handgelenke und hob sie mir mit einem Ruck über meinen Kopf. Ich keuchte und wand mich, wollte einen Funken Verstand bewahren, doch er küsste mich wieder, nahm mir die Luft und die Bedenken, und ich gab mich dem Kuss hin, versank in ihm.

Plötzlich ließ er von mir ab und stand wieder auf, einfach so, ohne ein Wort. Enttäuscht rappelte ich mich auf, doch er sagte rau: „Liegen bleiben!"

Ich zögerte einen Moment, weil ich nicht wusste, was das sollte, dann sah ich seinen flammenden Blick und ließ mich langsam wieder auf die Matratze sinken. Was hatte Scott nur vor?

Es vergingen nur Sekunden, doch mein Körper fühlte sich an, als hätte ich jahrelang dagelegen, hätte ihn jahrelang vermisst. Scott war mit einem Mal wieder über mir, und ich stöhnte, weil ich spürte, wie sehr ich ihn wollte, wie sehr ich ihn brauchte, wollte ihn ausziehen, seine Haut auf meiner spüren. Ein Zittern schoss durch meinen Körper, als ich seine Dominanz und seine Erregung spürte. Und endlich sah ich auch, wieso er aufgestanden war. Scott zog meine Hände zu sich und fixierte sie mit wenigen Griffen mit einer weichen Krawatte, gerade so fest, dass der Stoff nicht in meine Haut schnitt. Ich starrte ihn an, und verdammt, dieser Mann wusste, was er tat. Er ließ mir keine Zeit, mir gewahr zu werden, wie sehr mir das gefiel, denn er legte sich auf mich und beugte meine Arme über meinen Kopf.

„Lass sie dort", befahl er in kaltem Tonfall und schob sich langsam von mir herunter. Ich wand mich, presste die Beine zusammen, weil ich meine Ungeduld irgendwie zurückhalten musste. Scott musterte mich mit unbewegter Miene. Unendlich langsam knöpfte er seine Hose auf und schob sie mit stoischer Geduld nach unten. Er zog auch die Shorts aus, und ich erhaschte einen Blick auf seine riesige Erektion. Er spielte mit mir, und es gefiel ihm. Ungelenk schob ich mich näher an die Bettkante, reckte mich ihm entgegen, weil ich einfach nicht mehr konnte, weil ich ihn brauchte, doch Scott schüttelte lächelnd den Kopf. In einer fließenden Bewegung ging er vor dem Bett auf die Knie, sodass ich von meiner Position aus nur noch seinen Scheitel erkennen konnte. Wütend stöhnte ich, hob mein Becken, doch plötzlich spürte ich, wie er mit beiden Händen mein Höschen packte und es mit einem Ruck hinunterriss. Mein Kopf flog zurück, und meine Hände krallten sich darüber in die Laken, als er energisch meine Beine auseinanderdrückte, das weiße Sommerkleid bis über meine Hüfte schob, und seinen Kopf in meinem Schoß vergrub. Ich spürte jede einzelne Berührung, spürte seine Hitze, die in mich hineinzufließen schien, und wollte nur mehr, immer mehr, wollte ihn, alles von ihm, doch das ließ Scott nicht zu. Er nahm sich, was er wollte, dominierte mich und unterzog mich seiner süßen Folter. Ich wollte nur schreien, doch ich hielt an mich, presste mich mit aller Gewalt an seine Hitze und spürte, wie seine Zunge mich schmeckte, wie seine Finger in mich hinein und wieder hinausglitten. Scott stöhnte rau, als alles in mir sich anspannte, weil es zu viel war, viel zu viel und gleichzeitig zu wenig. Die Wellen kamen, doch Scott wich zurück, entzog mir seine Wärme und packte meine Schenkel.

„Bitte!", wimmerte ich, doch Scott zog meinen bettelnden Körper vom Bett in seinen Schoß. Seine Erregung presste gegen meinen empfindlichen Punkt, dann glitt er in mich hinein, füllte mich bis zum Anschlag aus und ließ mich mit nur dieser einen Bewegung so heftig kommen, dass ich meine Fingernägel tief in seinen Rücken grub. Es war gewaltig, eine Explosion. Scott knurrte und presste sich an mich. Anstatt von mir abzulassen, warf er mich auf den Rücken und stieß mit raschen, unnachgiebigen Bewegungen in mich. Ich spürte nur ihn, seine Kraft, wie er mich ganz ausfüllte, wusste nicht, wie ich es schaffte, ihn so zu packen, obwohl meine Hände verschnürt waren, und es war mir auch egal. Alles, was zählte, waren seine Stöße. Scott schlang die Arme um mich, bewegte sich weiter und verlängerte die süße Qual, doch auch er hielt es nicht mehr aus. Er packte mich mit ungestümer Wucht, wurde schneller, dann kam er stöhnend. Sekundenlang, minutenlang verharrten wir, hielten einander schwer atmend fest, und brachten keinen einzigen Ton heraus. Ich glaubte, nie wieder sprechen zu können, war erfüllt von diesem Gefühl, das ich nur bei ihm empfand.

Sein Körper löste sich unendlich langsam von meinem, und er gab mir einen flüchtigen Kuss, bevor er schmerzhaft das Gesicht verzog.

„Nächstes Mal fessele ich dich an die Bettpfosten!", knurrte er und drehte sich um, damit ich seinen zerkratzten Rücken sehen konnte. Meine Fingernägel hatten blutige Furchen in der gebräunten Haut hinterlassen, und ich schrak bei seinem Anblick zusammen. War ich so außer Kontrolle geraten?

„Oh nein, das tut mir leid!"

„Muss es nicht." Mit einem Grinsen löste er den Knoten der Krawatte. „Keine Sorge, ich bin keiner von denen, die dich früher oder später mit einem Gummiball im Mund auf allen Vieren das Haus putzen lassen!", feixte er und warf die Krawatte auf das Bett.

„Gut, putzen ist nämlich nicht gerade meine Stärke", konterte ich und kuschelte mich an seinen warmen Körper, während er eine dünne Bettdecke über uns ausbreitete. Kein Fernseher, kein Radio, nur Ruhe.

„Wir haben heute aber noch etwas vor, Belle. Nicht, dass du denkst, wir würden die nächsten Tage nur in diesem Bett verbringen!"

„Wohin geht es denn?", fragte ich unschuldig und spielte gedankenverloren mit seinen zerzausten Haaren.

196

„Ich dachte, wir fahren zum Markt, kaufen ein paar Sachen ein und kochen etwas. Und morgen zeige ich dir ein wenig die Gegend. Es sei denn, du möchtest etwas Bestimmtes sehen?"

„Nein, ich vertraue dir da voll und ganz!", gähnte ich und rollte mich wohlig zusammen. Meine Wange lag ruhig an seiner Brust, und ich lauschte seinem gleichmäßigen Herzschlag. Es gefiel mir, dass ich nicht sein Anhängsel war, dass er mich fragte, was ich unternehmen wollte, aber trotzdem einen Plan hatte. Wieder einmal wurde mir bewusst, dass es ein vollkommen anderes Gefühl war, mit Scott zusammen zu sein, als mit Evan. Und das, obwohl ich mich eigentlich dagegen sträubte, obwohl ich gerade erst geheiratet hatte und Scott kaum kannte. Und es brachte mich zum Nachdenken. Er ließ mich an mir und meiner Rolle an Evans Seite zweifeln – etwas, das noch niemand vor ihm geschafft hatte. Aber dennoch war ich eine Verpflichtung eingegangen. Und hatte ich mit Evan nicht das perfekte Arrangement, wie ich immer betonte, hatte er mir bis jetzt nicht immer gegeben, was ich wollte? Doch, das hatte er. Aber Scott. Scott gab mir mehr. Ich konnte es nicht definieren, aber ich konnte sagen, dass es mir gefiel – sehr sogar.

Ich beschloss, meine Zweifel beiseitezuschieben und die kommenden Tage abzuwarten. Ich würde nach London zurückgehen, so oder so, aber vielleicht würde meine Zeit in Frankreich darüber entscheiden, was sich änderte.

Mit diesen Gedanken und Scotts warmen Körper neben meinem döste ich ein.

Als ich schließlich wach wurde und mich etwas orientierungslos aufrichtete, weil ich nicht glauben konnte, dass ich tatsächlich geschlafen hatte, fiel mein Blick sofort auf Scott. Er saß tief über seine Unterlagen und den Laptop gebeugt an seinem Schreibtisch und tippte wie ein Irrer. Ich sah die Kratzspuren auf seinem nackten Rücken und musste schmunzeln, weil er tatsächlich noch immer komplett nackt war. Die Muskeln in seinem Rücken zuckten, während er konzentriert auf die Tatstatur des Laptops einhämmerte, als könne er gar nicht schnell genug schreiben, um all seine Gedanken auf Papier zu bringen. Ich beobachtete ihn schweigend, denn er schien nicht bemerkt zu haben, dass ich wach geworden war, und war fasziniert von der stillen Konzentration, die er ausstrahlte, und von der Art und Weise, wie er dasaß und ohne Unterlass schrieb.

Irgendwann räusperte ich mich leise, und Scott schreckte heftig zusammen. Er dreht sich verwirrt zu mir um, als hätte ich ihn aus einer tiefen Trance gerissen.

„Himmel! Du hast mich erschreckt, Belle!"

Ich kicherte, und er sprang von seinem Stuhl auf. Die Art und Weise, wie er ungeniert nackt vor mir herumlief, trieb mir die Röte in die Wangen. Scott ließ sich vor mir auf die Matratze fallen und umfasste mein Kinn mit einer Hand.

„Du siehst wirklich niedlich aus, wenn dir etwas peinlich ist", feixte er und drückte mir einen sanften Kuss auf die Nasenspitze.

„Niedlich hat mich noch niemand genannt!", protestierte ich, musste aber gleichzeitig meine Freude darüber verbergen, dass er so lieb zu mir war. Für Evan war ich nicht süß, für Evan war ich sexy. Aber manchmal war es eben auch schön, niedlich zu sein.

„Dann wurde es Zeit." Er küsste meine Stirn und stieß sich dann vom Bett ab. Nackt wie er war, schlenderte er zu dem massiven Kleiderschrank und durchsuchte gedankenverloren seine Kleidung. Ungeniert starrte ich auf seinen Hintern und grinste – auch Frauen mochten hin und wieder einen guten Po. Und Scott musste sich nicht verstecken.

„Hör auf mich anzugaffen und zieh dich an!", rief er, ohne sich umzudrehen, und ich lachte.

Scott wirbelte in gespieltem Entsetzen herum. „So, du denkst also, ich würde es nicht bemerken, wenn du mich so schamlos anstarrst? Na warte!" Er sprang er auf das Bett und warf mich mit einer einzigen Bewegung auf den Rücken. Ich schrie lachend, während er sich auf mich warf und an meinen Hals knabberte. Strampelnd versuchte ich, mich zu befreien, doch Scott fixierte mich gnadenlos grinsend mit seinem vollen Gewicht.

„Scott!", kreischte ich, doch er dachte gar nicht daran, mich gehen zu lassen, und biss immer wieder spielerisch in meinen Hals.

„Mir tut der Bauch weh!", keuchte ich, und er ließ sich lachend auf den Rücken rollen.

Ich wollte mich nun selbst auf ihn werfen, doch er durchschaute mich sofort, packte mich noch im Flug und nutzte den Schwung, um mich wieder auf den Rücken zu werfen. Ich schrie und lachte so laut, dass mir der Bauch wirklich wehtat, während Scott mich lachend in den Bauch kniff und sich einen Spaß aus meiner Hilflosigkeit machte.

„Ich benehme mich, versprochen!", keuchte ich mit Tränen in den Augen, und er hielt mit einem Ruck inne.

„Bitte nicht!" Er grinste so wölfisch, dass ich schon wieder rot wurde.

Scott strich mit der Hand an meiner Taille entlang. „Wir müssen gleich los, sonst bekommen wir gar nichts mehr zum Kochen", sagte er und gab mir einen Kuss auf die Wange, bevor er wieder aufstand.

Ich wollte gar nicht aufstehen, wollte am liebsten mit ihm liegen bleiben, erhob mich aber dennoch seufzend und tappte hinter ihm her zum Schrank.

„Mein Koffer!", fiel mir ein.

„Hole ich." Ein Kuss auf die Wange, dann war er bereits zur Haustür unterwegs – natürlich war er dabei noch immer nackt.

Den Nachmittag verbrachten wir auf dem Markt, schlenderten Arm in Arm durch die Gassen, kauften frische Zutaten und aßen verboten gute Eiscreme, die Scott mir von den Lippen küsste. Immer wieder fand seine Hand meine, hielt sein Blick meinen fest, und immer wieder war ich unsicher, was ich von alledem halten sollte. Es war das alte Spiel, Kopf gegen Herz. Ich wusste, dass es nicht gut war, dass ich mit dem Feuer spielte, doch mein Gefühl sagte mir nur eins: Es ist richtig, so wie es ist.

War es das? Wer wusste das schon. Aber wenn ich doch glücklich war, sah ich keinen Grund, das zu ändern. Ich war eine Trophäe, ich war eine Ehefrau, aber ich war auch im Stande, meine eigenen Entscheidungen zu treffen. Also ließ ich zu, dass Scott mich in der Öffentlichkeit küsste, dass wir einander vor den Dorfbewohnern ansahen wie zwei frisch Verliebte und dass er keinen Hehl daraus machte, dass uns mehr verband als eine Freundschaft. Es war in Ordnung, glücklich zu sein, das sagte ich mir immer wieder. Ich hatte das Recht dazu.

Der Range Rover stoppte auf dem losen Boden vor dem Haus, und Kies knirschte unter den breiten Reifen des Geländewagens. Es war noch immer frühlingshaft warm und lau, doch es roch nach einem kräftigen Gewitter. Mein Blick glitt einmal mehr über die atemberaubende Aussicht, und ich stellte wenig überrascht fest, dass sich am Horizont tatsächlich bedrohlich dunkle Wolken auftürmten. Scott nahm unsere Papiertüten voller Einkäufe vom Rücksitz und folgte meinem Blick in die Ferne.

„Schwimmt das Haus fort, wenn es hier kräftig regnet?", neckte ich ihn und er zuckte grinsend die Achseln.

„Ich hoffe das Beste!"

Feixend liefen wir in die Küche und machten uns daran, unsere Einkäufe auszuräumen, als Scott mich plötzlich an der Taille packte und zu sich herumwirbelte. Überrascht starrte ich in seine dunklen Augen.

„Ich werde dich retten, wenn das Haus zur Arche Noah wird!"

„Hör auf, Unsinn zu erzählen!" Ich knuffte ihn sanft in den Bauch, und er presste mich mit einem Ruck an die Küchenzeile.

„Gewalttätig sind wir also auch? Ha, wen habe ich mir da nur ins Haus geholt!", rief er und kitzelte mich plötzlich so kräftig, dass ich kreischte und mich wand, doch er hatte mich fest umklammert und kitzelte unnachgiebig über meinen empfindlichen Bauch. Ich schrie und trat, doch Scott lachte nur noch lauter, während mir vor Lachen die Tränen in die Augen stiegen.

„Scott, nicht!", flehte ich keuchend, doch er machte einfach weiter.

„Lass das!", kreischte ich, und er packte mich an der Taille und hob mich auf die Arbeitsplatte. Ich zog die Knie an, um mich zu verteidigen, doch er wich grinsend einen Schritt zurück.

„Also weinen musst du ja nun wirklich nicht!", stichelte er und fuhr sich durch das wirre Haar, um es zumindest etwas zu bändigen, ein Versuch, der auf ganzer Linie misslang. Ich streckte ihm die Zunge raus und wischte mir rasch über die feuchten Wangen. Himmel, wann hatte ich das letzte Mal vor Lachen geweint?

„Das war nicht fair!", quengelte ich in gespieltem Trotz, und er hob hilflos die Hände.

„Aber sehr unterhaltsam!" Er kam wieder zu mir, drückte seine Lippen auf meine und hob eine Hand an mein Gesicht. Ich liebte diese sanften, fast beiläufigen Gesten. Und seine Küsse.

Er löste seine Lippen sanft von meinen und strich mir mit dem Daumen über die Wange. „Nicht so gierig", murmelte er und lächelte dunkel. Die Spannung zwischen uns war greifbar, knisterte und drohte, jeden Moment zu explodieren. Doch Scott entzog sich mir mit seinem einzigartigen Grinsen.

„Sosehr ich dich am liebsten gleich hier vernaschen würde, so viel Hunger habe ich leider auch!"

Ich stöhnte enttäuscht, und Scott gab mir im Vorbeilaufen einen spielerischen Klaps auf den Hintern.

Ich überlegte gerade, wie ich ihn nun meinerseits ärgern könnte, als ich plötzlich den Klingelton meines Handys aus dem Flur hörte. Erschrocken zuckte ich zusammen, denn ich hatte das verdammte Ding den ganzen Tag über nicht einmal in der Hand gehabt. Eilig sprang ich durch den Durchgang in den Flur und wühlte in meiner riesigen Handtasche, bis ich endlich das wild summenden Gerät in den Händen hielt.

„Hallo?"

„Hey, Belle."

„Hallo Evan! Wie schön, von dir zu hören!", rief ich betont fröhlich und beeilte mich, ins Schlafzimmer zu kommen, damit Scott nichts von dem Gespräch mitbekam.

„Warum zum Teufel hast du dich kein einziges Mal gemeldet?"

„Ich ... Ich habe mich einfach so gefreut, meine Familie wiederzusehen, dass ich gar nicht an das Handy gedacht habe. Ich hatte es heute kaum in der Hand!" Nun, zumindest das stimmte. Evan jedoch brummte nur missbilligend. „Evan, ich habe sie ewig nicht mehr gesehen. Bitte sei nicht wütend", sagte ich sanft und spürte, wie mein Bauch sich angesichts der Lügen verkrampfte. Ich hasste diese Situation von ganzem Herzen.

„Ich weiß nicht, was derzeit mit dir los ist, aber es nervt mich!", blaffte er, und ich wich zurück.

„Hör auf damit ...", bat ich leise, doch Evan fuhr mir unwirsch dazwischen: „Am besten lasse ich dich einfach in Ruhe!" Damit legte er auf.

„Fuck!", zischte ich, diesmal lauter, und warf das Handy wütend auf das Himmelbett. Vor der Fensterfront grollte der Donner, und in der Ferne zuckte ein Blitz aus den dunklen Wolken.

Unendlich langsam, wie es schien, kehrte ich in die Küche zurück, doch im Türrahmen hielt ich inne. Scott stand mit dem Rücken zu mir an der Arbeitsplatte, die Hände darauf gestützt, den Kopf gesenkt. Seine Haltung sprach Bände.

„Was tun wir hier, Belle?", fragte er tonlos, und ich spürte den heißen Klumpen in meinem Bauch.

„Es tut mir leid."

„Wieso sagst du ihm nicht die Wahrheit?"

„Ich ... Ich weiß, dass ich ...", ich stockte, denn in Wirklichkeit schien ich nichts zu wissen.

„Dass du eine Entscheidung treffen solltest?"

„Ja. Aber ... Scott, er ist mehr als nur mein Mann. Er hat mir dieses Leben ermöglicht – ohne ihn hätte ich dich niemals kennengelernt."

„Und das rechtfertigt, dass du ihn betrügst?"

Nun wurde ich wütend. „Du weißt, dass ich verheiratet bin! Zum Betrügen braucht es zwei! Du lügst Evan auch an!"

„Aber nicht dich. Ich weiß, was ich für dich empfinde. Was willst du? Hältst du dir lieber alle Optionen offen?"

Eine Träne rollte über meine Wange, das hatte gesessen. „Scott, wir kennen uns kaum, wie könnte ich da alles andere aufgeben?", versuchte ich, mich zu rechtfertigen. „Ich mache Fehler, Scott, aber ich bin doch kein schlechter Mensch!"

„Aber du bist auch kein glücklicher Mensch. Ich spüre es, und es tut mir weh. Du bist mir wichtig, Belle, und ich will, dass du endlich erkennst, dass du glücklich sein kannst! Dass du ein Leben führen könntest, das dich wirklich erfüllt!.‟

Ich konnte ein Schnauben nicht unterdrücken. Sorge? Wer war er, dass er mich so herablassend behandeln konnte? Ich brauchte niemand, der sich um mich kümmerte, ich war mein Leben lang allein zurechtgekommen!

Ich packte meinen Mantel vom Kleiderhaken und zog die Haustür auf. Draußen peitschten heftige Böen über die Ebene, und der erste Regen traf mein Gesicht wie Nadeln. Doch es war mir egal, ich musste raus. Dasselbe Gefühl, das mich in den letzten Tagen in Evans Haus beschlichen hatte, machte sich nun in mir breit. Ich ging zwei Schritte, zögerte ein letztes Mal, dann rannte ich los, hörte das Klatschen meiner nackten Füße auf dem feuchten Gras und den nahenden Donner.

„Belle!“, rief Scott hinter mir gegen den Wind, doch ich lief weiter. Tränen begannen, zusammen mit dem Regen meine Wangen hinunterzulaufen, und ich fühlte nichts als Leere und Schmerz. Ich wollte nicht mehr denken, nur noch laufen, fort von meinem Leid.

Ich erreichte die Biegung des Weges, der von dem Hügel hinabführte und spürte den Schlamm zwischen meinen Zehen, als Scott mich plötzlich am Arm packte, meinen Lauf stoppte und mich beinahe zu Fall brachte. Ich wirbelte herum und zappelte, damit er mich losließ, doch sein Griff war wie aus Stein. Sein Arm schlang sich um meine Taille, zwang meinen Körper innezuhalten, doch ich wandte den Kopf ab, konnte ihm nicht in die Augen sehen. Eine Böe peitschte kalten Regen gegen unsere verschlungenen Körper und ich spürte, wie immer mehr Tränen über meine Wangen rollten, konnte noch immer nicht zu ihm sehen.

„Belle!", rief Scott, doch ich wandte mich noch mehr ab, wollte weglaufen, doch Scott zwang mich mit seiner Hand an meinem Kinn ihn anzusehen.

„Lass mich los!", zischte ich und ignorierte die Trauer in seinem Blick.

„Es tut mir leid, wirklich! Ich wollte dich nicht verletzen!", rief er gegen den Sturm an, und ich schüttelte bitter lachend den Kopf.

„Du warst nur ehrlich."

„Verdammt, Belle ..."

„Was?" Ich musste schreien, weil der Sturm immer mehr zunahm. „Was willst du noch von mir? Du glaubst doch, ich könne keine Entscheidungen treffen, glaubst, ich wäre nicht glücklich! Geh lieber Scott, denn ich werde dir nur wehtun! Das ist es doch, was du wirklich denkst!!"

„Ich kann nicht!" Mit einem Mal war da eine tiefe Traurigkeit in seiner Miene.

„Du machst einfach etwas mit mir, das ich ... das mich um den Verstand bringt."

Verständnislos starrte ich in seine grünen Augen und sah nichts als Aufrichtigkeit. Eine weitere Sturmböe erfasste unsere durchnässten Haare und peitschte sie aus unseren Gesichtern, ein Blitz erleuchtete sekundenlang den bedrohlich aussehenden Himmel, doch wir sahen nur einander.

„Scott, ich kann nicht ..."

„Bitte!" Er presste meinen Körper stürmisch an sich, und ich spürte seine Wärme, seine Verzweiflung. Ich kämpfte dagegen, doch da war Scott, der mich festhielt wie ein Anker in diesem Sturm, und da war sein

Herzschlag, der so vollkommen im Einklang mit meinem war. „Bleib hier Belle, lass uns reden. Lass mich dir erklären, was du mir bedeutest!"

Donner krachte über unseren Köpfen, und ich zuckte zusammen, doch er hielt mich fest, als habe nur er die Kraft mir Schutz zu bieten.

„Na schön."

Ein Blick, seine Wärme, und ich spürte seine Lippen auf meinen, verzweifelt wie ein Ertrinkender küsste er mich, hob mich in seine Arme. Ich versank in dem Kuss, nahm kaum wahr, wie er mich zurück zum Haus trug, die Tür aufstieß und durch den kurzen Flur in das Badezimmer brachte.

„Du musst baden, sonst wirst du krank", flüsterte er an meinen Lippen, und in diesem Moment hätte ich ihm alles geglaubt, hätte alles getan, denn ein Kuss von ihm genügte, um all meine Vernunft über Bord zu werfen.

„Mhm", murmelte ich verträumt und gab mich wohlig seinen Lippen hin, während Scott mich langsam auf die nackten Füße stellte. Der Badezimmerteppich war weich und warm, und eisige Blitze schossen durch meine Füße, als sie sich langsam aufwärmten. Scott hauchte mir einen Kuss auf die Nasenspitze, dann wandte er sich um und drehte den Hahn der Badewanne auf. Dampfendes Wasser floss über das glatte weiße Porzellan und ich lächelte erschöpft, als er mir sanft den Mantel von den Schultern nahm. Ich erlaubte ihm, mich auszuziehen, wobei er sich bemühte, mich nicht zu berühren. Schließlich stand ich nackt vor ihm und er nahm eine Flasche Schaumbad aus dem Spiegelschrank. Er goss etwas davon in das warme Badewasser, und ich nahm sofort den Geruch von Kiefernnadeln und

Zedernholz wahr, sog diesen ursprünglichen, herben Duft ein. Es war, als erfülle Scotts Essenz den Raum.

„Darf ich bitten?", brummte er lächelnd und bot mir keusch eine Hand an, damit ich in die Wanne steigen konnte.

Ich streckte vorsichtig einen Zeh in das schäumende Wasser, die Temperatur war genau richtig. Zitternd ließ ich mich in die wohlige Umarmung der Wanne gleiten und sank bis zu den Ohren hinein, während Scott sich ebenfalls die nasse Kleidung vom Leib schälte. Verstohlen blickte ich zu ihm herüber, weil ich dachte, er wolle mir Gesellschaft leisten, doch stattdessen verließ er das Bad und kam kurze Zeit später in Sweatshirt und Jogginghose wieder herein. Er wirkte nachdenklich, der Anblick von mir in dem Meer aus Schaum und Wasser ließ ihn dennoch lächeln. „Daran könnte ich mich gewöhnen", gab er zu.

Ich zuckte nur kaum merklich die Schultern. Mein Körper mochte sich aufwärmen, innerlich fühlte ich mich immer noch eisig.

„Belle ..." Er setzte sich neben der Wanne auf einen niedrigen Holzschemel und nahm einen weichen Waschlappen von dem Beistelltisch. Einen Moment lang schien er zu zögern, dann tauchte er ihn in das Badewasser um mich herum und nahm meine Hand in seine. Ich erlaubte ihm, meinen Arm mit dem Waschlappen streichelte, als brauche er einen Schutz zwischen uns. „Ich will dir keine Angst machen. Im Gegenteil, ich will dich nur beschützen. Ich weiß nur nicht, wie."

„Ich auch nicht", gab ich zu.

„Hast du Angst vor mir?"

Ich zuckte mit den Schultern. „Nicht vor dir, aber ... vor all dem hier. Vor dem, was es bedeuten könnte." Ich gestikulierte vage zwischen uns herum. „Wie kann das nur funktionieren?"

„Du musst mir vertrauen."

Ich lachte heiser. „Und wie? Mein Leben hängt von Evan ab. Ohne ihn bin ich nichts! Er hat mir alles ermöglicht."

„Wie kannst du glauben, dass du ohne Geld nichts wert bist?"

Nun wurde ich wütend. „Natürlich kannst du es nicht verstehen! Du hast genug Geld, du musst dir keinerlei Sorgen darum machen, wenn etwas geschieht. Du weißt nicht, wie es ist, daran zu verzweifeln, was man am nächsten Tag essen soll, weil das Geld einfach nicht reicht!"

Scott hob abwehrend die Hand. „Du glaubst, ich wüsste nicht, wie es ist, kein Geld zu haben? Wie es ist, ohne jeglichen Luxus zu leben? Wie es ist, wenn einen die Armut machtlos macht?"

Ich nickte unsicher.

„Dann kennst du mich wirklich nicht. Belle, mir hat niemals jemand irgendetwas geschenkt. Das ist auch der Grund, warum ich so verdammt stolz bin!"

Die Worte hingen wir Gewitterwolken zwischen uns. Scott liebkoste nun den anderen Arm mit dem warmen Waschlappen, doch ich konnte ihn nur anstarren, während die Worte aus ihm herausbrachen: „Mein Vater ist an Leukämie gestorben, weil wir in Amerika keine verdammte Krankenversicherung hatten und meine Mutter trotz drei Jobs nicht alle Rechnungen bezahlen konnte. Niemand kann sagen, ob die teuren Therapien ihn gerettet hätten, aber sie hätten sein

Leben verlängert, mir und Claire die Möglichkeit gegeben, mit einem Vater aufzuwachsen. Und meine Mutter? Sie wurde durch die Arbeit zugrunde gerichtet und konnte seinen Tod dennoch nicht verhindern. Wir haben zu dritt in einer winzigen Zwei-Zimmer-Wohnung gelebt, ich und meine Schwester haben uns Jobs gesucht." Er schnaubte, so als treffe ihn der Schmerz dieser Zeit erneut. „Wenn Claire nicht so fleißig gewesen wäre, dann wären ihre Noten wohl genauso schlecht geworden wie meine und sie hätte niemals studieren können. Ich hatte gewissermaßen Glück, dass ich nach dem Tod meines Vaters zu dem kleinen, blassen Jungen mit einem Hang zur Poesie und genug Talent werden konnte, der ein Stipendium für Harvard bekam und irgendwann den Durchbruch schaffte."

Ich starrte zu ihm hinauf. „Großartig. Eine wundervolle Erfolgsgeschichte. Wie im Kino", sagte ich bitter.

Er schüttelte den Kopf. „Der einzige Grund, wieso ich all das geschafft habe, war meine Familie. Claire und meine Mutter hielten zu mir. Ohne ihre Unterstützung hätte ich es niemals geschafft. Das ist es, was ich dir erklären will: Liebe ist keine Schwäche, sie macht uns stärker! Deshalb darf man sie nicht aufgeben." Der Schmerz von vielen Jahren wütete in seinem Blick, verzerrte sein Gesicht und ließ mich unter seinen Panzer sehen, von dem ich nicht einmal gewusst hatte, dass er existierte. Sprachlos fasste ich nach seiner Hand und drückte sie.

„Man kann nichts aufgeben, an das man nie geglaubt hat."

„Aber ... du liebst die Literatur. Wie kannst du *Brontë* und *Hardy* lesen und nicht an die Liebe glauben?"

Ich wollte nicht über dieses Thema sprechen, wollte nicht, dass es kompliziert wurde, doch ich wusste, wie sehr er eine Antwort auf diese Frage brauchte. „Ich habe einfach nie die Chance gehabt wahre Liebe zu erfahren. Liebe funktioniert in Büchern und in Filmen, sie funktioniert, damit Menschen sich vorgaukeln können, für immer zusammen zu sein, doch sie ist nur in unseren Köpfen!"

„Wie kannst du das wissen, wenn du selbst nie geliebt hast?"

„Was ist schon wissen? Wir wissen, dass die Welt nicht in sieben Tagen erschaffen wurde, und dennoch glauben Millionen Menschen daran. Was ich sagen will ... Ich schätze Sicherheit, Gewissheit, und dieses ganze Konstrukt der Liebe widerspricht diesen Dingen."

„Was, wenn du die Liebe nur nie zulassen konntest, weil dein Kopf dein Herz zum Schweigen gebracht hat?"

„Das mag vielleicht so sein, doch ich glaube, dass die Menschen nicht umsonst Triebe haben, die denen der Tiere sehr ähnlich sind. Eigentlich ist es sehr vernünftig, mit einem Mann zusammenzuleben, der einen versorgt, wenn man es aus Sicht der Evolution betrachtet."

Er grinste unerwartet. „Aus Sicht der Evolution ist es aber auch durchaus vernünftig, einen Kontrahenten mit Exkrementen zu bewerfen, um sein Revier zu schützen."

Ich starrte ihn einen Moment lang sprachlos an, dann brach ich in schallendes Gelächter aus. Wie schaffte dieser Mann es, mich selbst in meinem dunkelsten Moment ein solche Leichtigkeit fühlen zu lassen? Scott grinste und hob gespielt hilflos die Hände. „Biologie war eine meiner wenigen Stärken!"

Ich schnaubte und spritzte ihn mit dem Badewasser voll. Scott sprang auf und wich lachend vor meinen Attacken zurück. Ich blickte herausfordernd zu ihm herauf, doch er blieb in sicherer Entfernung.

„Hey, ich gehe auch gerne, aber ich bin dir ja noch eine Sache schuldig!"

Interessiert zog ich die Augenbrauen hoch. „Was denn?" Scott kam langsam näher, wobei er sich das Sweatshirt über den Kopf zog. Während er auch die Sweatpants auszog, unter denen er vollkommen nackt war, schien er förmlich in sich hineinzulächeln. Ein beunruhigendes Gefühl machte sich in mir breit, eine Art Kribbeln, das mich ein wenig an Erregung und Lust erinnerte, aber doch irgendwie anders war. Es war seltsam und fremd, aber nicht unangenehm.

„Mach Platz!", forderte Scott, und ich quietschte erschrocken, als er sich hinter mich drückte und mich zwang, in der Wanne nach vorn zu rutschen. Er glitt in das Badewasser und verdrängte so viel davon, dass es auf den Kachelboden klatschte. Die Badewanne war groß genug für uns beide, und ich genoss es, zwischen seinen ausgestreckten Beinen zu liegen und meinen Kopf an seine glatte Brust zu lehnen.

„Belle", flüsterte er mir ins Ohr, und ein wohliger Schauer jagte über meinen Nacken, als er mit den Händen Unterwasser ging und über meinen nackten Bauch streichelte. Ich schloss die Augen, gab mich ganz diesem seltsamen Gefühl hin und glaubte schon, seine Hände hinabwandern zu fühlen, doch seine weichen

Finger liebkosten meinen Bauch, glitten in dem warmen Wasser hinauf zu meinen Brüsten und strichen ganz sanft darüber, fuhren über die empfindliche Haut, ohne sie zu reizen, bevor er die Hände wieder zu meinem Bauch führte. Seine kräftigen Arme umfingen mich und boten mir Sicherheit. Seine Lippen kitzelten an meinen Ohrmuscheln, bevor er sagte: „Nach dem, was du mir eben gesagt hast, ist das hier Selbstmord." Er lachte rau und die Vibration seines Baritons schien in mir widerzuhallen. Mein Herz schlug wild, und jeder Schlag schien mir etwas mehr den Atem zu rauben. Ich behielt die Augen geschlossen, denn ich traute mich nicht zu sehen, traute mich nicht zu erkennen, dass dies die Wirklichkeit war.

„Belle, das zwischen uns ist mehr als nur Sex, und das weißt du." Fluchtinstinkt. Meine Muskeln spannten sich an wie Drahtseile, doch Scott wich nicht zurück, während die kalte Angst davor, was er sagen würde, durch mich strömte. „Was, wenn wir beweisen würden, dass es Liebe gibt?"

Meine Anspannung wich diesem Kribbeln, das mir nun so vollkommen fehl am Platz erschien, und der Überraschung, dass mir seine Worte keine Angst machten. Ich dachte nicht an Geld, dachte nicht an Trophäen und falsche Ehen. Ich wusste nicht, ob er eine Antwort erwartete, was für eine Reaktion er sich wünschte, also besann ich mich auf die eine Sache, die ich besser konnte als reden.

Langsam drehte ich mich zu ihm herum. Unsere Blicke trafen sich, und ich weigerte mich zu sehen, was er fühlte, ignorierte, wie aufgewühlt er war. All die Gefühle, all der Schmerz, all die Angst legte ich in diesen Kuss. Die Wärme um uns herum war unser Schutz vor allem anderen, und wir küssten uns wie noch nie zuvor. Es war ein geduldiger und doch verzweifelter, ein sanfter und doch so intensiver Kuss, dass meine Gedanken verstummten, mich nicht mehr anbrüllten. Und mit ihnen, mit den Zweifeln, verschwand auch die Angst, und wich einer tiefen Sehnsucht. Ich wollte ihn näher bei mir haben, immer näher, wollte seine Haut auf meiner spüren. Verzweifelt drückte ich mich an Scott, genoss diesen süßen Kuss, die Art, wie unsere Lippen miteinander zu tanzen schienen, während er seine Arme um meinen Körper schlang, mich an sich drückte, als habe ich ihm genau die Antwort gegeben, die er gebraucht hatte.

Und was auch immer dieses Gefühl war – es ließ mich nicht mehr los.

ACHT

London war grau und nass, eine Hommage an all diejenigen, die Großbritanniens Hauptstadt genau deswegen hassten, und der plätschernde Regen vermieste mir die Stimmung. Die letzten Tage in Frankreich waren wundervoll gewesen, eine Oase in meinem chaotischen Leben, und gleichzeitig hatten sie alles nur noch viel schlimmer gemacht. Scott war mir nicht egal, das wusste ich jetzt. Was ich auch wusste: Ich hatte meinen Mann betrogen. Mehrfach. Und ich kannte mich. Niemals würde ich ihm all das verheimlichen können, niemals würde mein Gewissen zulassen, dass ich ihn unter diesen Umständen auch nur küsste. Das wollte ich auch nicht, denn die Zeit mit Scott hatte mir mehr gegeben, als es jeder Luxusurlaub mit Evan je gekonnt hätte. Ich musste eine Entscheidung treffen, soviel stand fest, und zwar unabhängig von Scott oder Evan. Scott hatte etwas in mir bewegt, denn er hatte mich hinterfragt, nicht nur kritisiert, wie es Freunde und Bekannte getan hatten. Er hatte sich mit mir und meinen Entscheidungen beschäftigt. Ich wusste, dass es so nicht weiterging, wusste, dass wir geradewegs in unser Verderben stolpern würden, sollte herauskommen, was wir getan hatten. Evan schuldete mir nichts, weder rechtlich, noch emotional. Ich war diese Ehe in dem Wissen eingegangen, dass mir bei einer Scheidung nichts bleiben würde. Und ich war sie erst vor wenigen Wochen eingegangen. War das vielleicht der Grund? War diese Ehe am Ende doch zu viel gewesen?

Ich starrte aus dem Fenster des Maybachs und schwieg beharrlich, während Harry den Wagen beinahe mühelos durch die Straßen von London manövrierte. Hank saß mit säuerlichem Gesicht neben mir und nahm mein Schweigen hin, obwohl es offensichtlich war, dass ihm etwas nicht behagte.

Die beiden hatten am Ausgang auf mich gewartet, und natürlich war der Ausgang für den Flug aus Düsseldorf ein anderer als der für den Flug aus Marseille. Hank war ehemaliger Soldat, wenn er nicht schlussfolgerte, dass ich meinen Ehemann belogen hatte, dann niemand. Und natürlich würde er es seinem Chef erzählen. Egal, was ich mir bei meinen Shoppingtouren in Hanks Begleitung auch eingeredet hatte, er war nicht mein Freund. Er war ein Angestellter, und das Geld kam von Evan, nicht von mir. Ich würde immer verlieren, und daraus konnte ich ihm nicht einmal einen Vorwurf machen.

Ich fragte ihn nicht, ob er es wusste, denn er hätte es mir nicht gesagt, aber die Art und Weise, wie er beinahe unbemerkt eine kurze SMS tippte, reichte aus, um mir klarzumachen, dass mich in Evans Haus ganz sicher nicht Champagner und Rosen erwarten würden.

Harry lenkte die gepanzerte Limousine in die lange Auffahrt, ohne beim Pförtner zu halten, der das elektrische Tor bereits geöffnet hatte. Als der Wagen seidenweich zum Stehen kam, wartete ich gar nicht erst, bis er ausgestiegen war, um mir die Tür zu öffnen, sondern stieß den massiven Wagenschlag auf und schwang mich nach draußen. Hank folgte mir schweigend und beobachtete seinen Kollegen, der, ebenfalls schweigend, mein Gepäck aus dem Kofferraum wuchtete. Einen Moment lang stand ich vor dem großen Eingangsportal und zögerte. Der graue

Stein des Gebäudes wirkte plötzlich nicht mehr modern und schick, sondern einschüchternd und kalt.

Die Tür wurde geöffnet, und vor mir stand Elsa, die mich müde anlächelte. Ihre Uniform war tadellos wie immer, doch ich sah ihr an, dass etwas geschehen war, dass eben nicht alles in Ordnung war.

„Elsa, was ist denn mit dir los?", fragte ich besorgt.

„Nichts, Mrs. Preston."

„Elsa, du musst doch nicht ..." Ich brach ab.

Elsa hatte mich noch nie so genannt. Ich spürte, wie die Wut in mir aufstieg. Evan.

Ich schob mich an Elsa vorbei ins Haus und warf den Mantel auf einen Beistelltisch, statt ihn ihr zu geben. Ich hatte es immer lächerlich gefunden, jemanden zu haben, der den Mantel aufhängte, wenn man kam, und in diesem Moment war es mir ziemlich egal, ob das Kleidungsstück noch wochenlang auf dem polierten Steinboden herumliegen würde. Ich stapfte durch den Flur entlang in das Klavierzimmer. Evan saß auf der Couch, auf der wir uns an jenem Abend, der mir vorkam, als sei er vor Jahren gewesen, wieder versöhnt hatten. Ich wusste nicht, warum ich überhaupt so wütend war, schließlich war ich diejenige, die einen Fehler begangen hatte, doch die Sache mit Elsa machte mich stinksauer.

„Du bist da", stellte Evan unbeeindruckt fest und sah von einigen Akten auf, die lose in seinem Schoß lagen. Sein grau meliertes Haar war wie immer ordentlich gekämmt, sein Gesicht glatt und entspannt. Er hatte die Beine übereinandergelegt und das passende Jackett zu seinem modernen Nadelstreifenanzug hing über dem Holzstuhl am Kamin. Unwillkürlich glitt mein

Blick zu seiner Hand. Der Ehering steckte noch immer an seinem Ringfinger.

„Was ist mit Elsa los?", platzte es aus mir heraus, und Evan kräuselte leicht die Lippen, als überrasche ihn diese Frage.

„Sie hat dich nicht mit deinem Vornamen anzusprechen, Belle. Sie ist eine Bedienstete und nicht deine Freundin." Sein Tonfall war scharf, aber nicht provokativ. Eher so, als sei das für ihn selbstverständlich.

„Ist es nicht meine Sache, wem ich es erlaube, mich mit meinem Vornamen anzusprechen?" Wütend verschränkte ich die Arme. Evan musterte mich einen Moment lang, dann legte er die Akten auf den Tisch vor dem Designersofa.

„In diesem Falle nicht. Ich bestehe darauf, dass du ein professionelles Verhältnis zu unseren Angestellten hältst. Zu meinen Angestellten."

Ich schluckte. Seine Worte waren wie Gift.

„Im Übrigen arbeitet Scott auch für mich."

Ich blieb vollkommen ruhig, ließ mir keine Regung anmerken, aber innerlich loderte blanke Panik in mir auf. Er wusste es. Er wusste alles.

Evan nahm eine Mappe von dem Stapel Akten und reichte sie mir.

„Das dürfte dich interessieren." Seine Stimme war eiskalt.

Mit zitternden Händen griff ich nach der Aktenmappe aus braunem Papier und nahm sie an mich. Einen Moment lang überlegte ich einfach zu gehen, dann entschied ich mich doch hineinzusehen. Als ich sie aufklappte, rutschen einige der Hochglanzfotos fast heraus, und ich musste sie an meinen Bauch pressen, damit sie nicht zu Boden segelten. Ein Blick genügte, um zu sehen, was darauf abgebildet war.

Scott und ich beim Eis essen. Scott und ich auf dem Markt.

Stumm schaute ich auf und sah direkt in die stahlgrauen Augen meines Mannes. Er ließ sich nichts anmerken, war ganz der kühle Geschäftsmann.

„Du hast mich überwachen lassen?", presste ich so leise, dass ich kaum selbst es hörte, hervor.

Evan lächelte schmallippig und nickte dann. „Ich habe mich um dich gesorgt. Wie ich sehe, war meine Sorge allerdings unbegründet."

„Evan ..."

„Ich will nichts davon hören, Belle. Gar nichts."

Ich verstummte, konnte ihn nur anstarren und nicht glauben, was in diesem Moment geschah.

„Ich hätte niemals geglaubt, dass du so etwas tun würdest, ganz ehrlich nicht. Auch das ist einer der Gründe, warum ich dich überhaupt geheiratet habe." Er blickte gedankenverloren auf den schlichten goldenen Ring an seiner Hand. Fast reflexartig senkte auch ich den Blick. In Frankreich hatte ich den Ring in meiner Tasche gelassen und ihn keine Sekunde vermisst, nun trug ich ihn. In diesem Moment schien der schmale Ring Tonnen zu wiegen.

„Setz dich doch bitte, Belle", bat er plötzlich sanft, und ich wich einen Schritt zurück, weil mich sein Stimmungswandel misstrauisch machte.

„Bitte!"

Nur langsam ging ich zu der breiten Couch und ließ mich auf dem äußersten Ende nieder, weit genug von ihm entfernt, damit sich unsere Beine nicht berührten.

Dennoch legte er mir eine Hand auf den Oberschenkel. „Belle, warum? Warum hast du das getan?"

Ich schlug die Augen nieder, weil Tränen in ihnen brannten wie Feuer, doch Evan sagte nichts weiter, wartete einfach stumm auf meine Antwort.

„Es ist nicht genug, Evan", flüsterte ich, ohne ihn anzusehen. Kaum merklich drückte er mein Bein.

„Nicht genug Geld?" Er verstand nicht.

„Nein! Kein Geld. Es ist einfach ... nicht genug! Diese Beziehung! Oder was auch immer es ist." Ich hob den Kopf, konnte ihn endlich ansehen, und Evan musterte mich mit einem Ausdruck tiefer Traurigkeit, den ich noch nie bei ihm gesehen hatte.

„Ich habe dir nie etwas anderes versprochen."

„Nein, das stimmt! Deshalb liegt es auch nicht an dir. Du warst immer ehrlich zu mir, aber ...“

„Belle, was ist es dann? Ich dachte, wir würden das beide gleich sehen. Ich dachte ...“

Nun unterbrach ich ihn: „Das tun wir. Es geht nicht um Liebe oder Ehe oder ...“ Mir fehlten die Worte.

„Um was dann?" Er rückte näher an mich heran, und ich ließ ihn.

„Ich will nicht das Gefühl haben, eine Trophäe zu sein." Ich lachte auf, weil das so absurd klang, wie ich dort saß und ihm sagte, dass ich nicht das sein wollte, wofür ich mich entschieden hatte.

Doch Evan nickte, als verstünde er. „Weiter", bat er.

„Ich ... Scott hat mir einfach gezeigt, dass ich mehr sein kann. Mehr sein will. Ich erwarte nicht, dass du das verstehst, aber ... ich kann nichts dagegen tun." Ich starrte auf meine verknoteten Hände, während mein

Puls jagte. Eine tiefe Traurigkeit hatte sich über mich gelegt. Evan und ich hatten noch nie ein so offenes, ein so emotionales Gespräch geführt, und ich war überrascht, wie ruhig er blieb. Ich hatte geglaubt, er würde wütend sein oder kalt, doch er hörte mir zu.

Nun schien er mit sich zu ringen, dachte lange nach, bevor er sagte: „Ich brauche Zeit. Bitte lass uns eine Nacht über alles schlafen."

Ich schluckte hart, nickte aber. Unschlüssig drehte ich den Ehering an meinem Finger und zog ihn schließlich ab. Auch den Verlobungsring, den ich bis dahin getragen hatte, nahm ich ab. Als ich Evan die Ringe in die Hand legte, schien er widersprechen zu wollen, doch ich nahm seine Finger und schloss sie zu einer Faust. Dann stand ich auf. Es fühlte sich an, wie ein Abschied, und ich war überrascht, dass es mich traurig machte zu gehen. Ich hatte geglaubt, ich würde froh sein, meinem goldenen Käfig zu entkommen, doch stattdessen fühlte ich nur Leere. Langsam stand ich auf und wandte mich ohne ein weiteres Wort zum Gehen, als Evan plötzlich rief: „Hank und Harry stehen zu deiner Verfügung. Sie fahren dich, wohin du willst!"

Ich musste lächeln, schüttelte aber den Kopf. „Schon in Ordnung", sagte ich noch, dann verschwand ich durch die Tür des Klavierzimmers und ließ Evan allein zurück.

Obwohl ich mich schäbig dabei fühlte, nahm ich den Mercedes, den Evan mir geschenkt hatte, bevor er darauf bestanden hatte, dass ich mich von Harry herumfahren ließ, und fuhr damit zum Cottage bei Dover.

Unwillkürlich sah ich immer wieder in den Rückspiegel, während ich aus London herausfuhr, war mir aber ziemlich bald sicher, dass mir niemand folgte. Dass Evan mich hatte beschatten lassen, wühlte mich noch immer auf.

Der Wind peitschte an diesem Tag heftig über die Ebene, auf der das Cottage von Scott stand, und bog das Küstengras beinahe waagerecht, während eisiger Regen gegen meine Windschutzscheibe klatschte. Ich parkte den Wagen an der Straße, die eher ein Schotterweg war, und rannte zu der schmalen Tür des Hauses, um nicht völlig durchnässt zu werden. Ich betete, dass Scott dort war und aufmachte, dass er nicht wütend war und dass er mich einfach in seine Arme nehmen würde.

Meine Faust schlug krachend gegen die rustikale Haustür aus Holz und zitterte, während ich darauf wartete, dass er endlich aufmachte. Fast eine Minute verging, in der ich bibbernd und fluchend in der Kälte stand, dann hörte ich den Schlüssel im Schloss knarzen, und die Tür ging endlich auf. Ohne lange darüber nachzudenken, drängte ich in das Cottage, doch statt Scott stand dort Claire, seine Schwester.

Ungläubig starrten wir uns an, dann endlich trat sie wortlos einen Schritt zur Seite und ließ mich in den Wohnraum. Die Tür krachte hinter mir zu, als ich mir gerade zitternd den völlig durchnässten Mantel von den Schultern zog.

„Hallo, Annabelle", sagte sie kühl, und ich sah vorsichtig zu ihr hinüber. Wieder einmal war ich fasziniert von ihrer Schönheit und der kühlen Dominanz, die sie ausstrahlte. Obwohl sie bequeme Kleidung trug, ließen sogar das Sweatshirt erahnen, wie perfekt ihre Figur war. Sie war ungeschminkt und hatte ihr Haar zu einem lockeren Pferdeschwanz zusammengefasst, sodass ich mir in meinem Aufzug vollkommen lächerlich vorkam. Ganz bestimmt sah ich aus wie ein begossener Pudel.

„Hallo, Claire", bemühte ich mich um einen gelösten Ton und sah mich unauffällig nach Scott um.

„Er ist nicht hier."

Wohl doch nicht ganz so unauffällig.

„Wo kann ich ihn dann finden?", fragte ich, noch immer um Verbindlichkeit bemüht, doch sie schnaubte nur verächtlich. Diese Frau machte wirklich keinen Hehl daraus, was sie von mir hielt.

„Ich weiß wirklich nicht, was du noch von ihm willst!"

Ich wandte ihr langsam den Blick zu, blieb aber ruhig. Es brachte nichts, mit ihr zu streiten. „Ich wüsste nicht, was dich das angeht", antwortete ich mit eiskaltem Tonfall und hielt ihrem finsteren Blick stand. Sie verschränkte die Arme unter der Brust.

„Lass ihn in Frieden, Annabelle, ich meine es ernst!"

„Willst du mir drohen, Claire? Wirklich? Wie alt sind wir?"

Ich war ehrlich erstaunt, doch Claire fuhr unbeirrt fort: „Du hast nichts mit meinem Bruder zu schaffen!"

„Was ist dein Problem? Na los! Sag es mir, ich vertrage die Wahrheit!"

Sie schmunzelte verächtlich und wandte kopfschüttelnd den Blick von mir ab. Alles an ihr schien zu Eis erstarrt zu sein.

„Ich kann es nun einmal nicht leiden, wenn mein Bruder in die Fänge einer geldgeilen Hure gerät!", blaffte sie, und ich zuckte zusammen. Das saß.

Ich schwieg und ließ die Worte auf mich wirken, dann trat ich einen Schritt zurück, schuf Distanz zwischen mir und dieser Frau, für die ich nach Scotts Erzählungen über seine Kindheit so viel Respekt übriggehabt hatte.

„Was habe ich dir getan?", fragte ich. Obwohl ich es eigentlich wusste, ich wollte es aus ihrem Mund hören. Und Claire enttäuschte mich nicht.

„Du hast einen Mann wegen seines Geldes geheiratet, du hast dich für schöne Autos und Designerhandtaschen prostituiert ..."

„Ich habe Evan nie etwas vorgemacht!", unterbrach ich sie emotionslos und labte mich an ihrer schockierten Miene.

„Glaubst du, ich kenne diese Art von Ehen nicht? Glaubst du ernsthaft, ich wäre vollkommen ahnungslos? Evan ist ein Idiot, wenn es um Frauen geht, aber an dir hat er einen Narren gefressen! Er hätte niemals eines seiner anderen dummen Dinger geheiratet, aber du hast es geschafft!"

Meine Hand wanderte wie in Zeitlupe an meine Kehle, als habe Claire mich soeben gewürgt. Ich wollte atmen, mich beruhigen, doch ich war wie gelähmt. Was wusste Claire schon? Wie konnte sie ein solches Urteil fällen?

„Ich weiß nicht, was du meinst."

„Dann hast du eine verdammt schlechte Menschenkenntnis!", blaffte sie, und einen Moment lang sah es so aus, als wolle sie mich schlagen, doch sie verzog nur angewidert das Gesicht. „Für mich bist du der Bodensatz der Gesellschaft, ganz einfach!"

Einen Moment lang war ich sprachlos, konnte nichts tun, als sie anzustarren und mir klar zu werden, was gerade geschehen war. Dann schluckte ich hart.

„Ich habe dir nie etwas getan, Claire. Und Scott auch nicht", sagte ich ruhig. Claire lachte humorlos auf.

„Weißt du, was du getan hast? Du bist einer der Gründe, warum Frauen wie ich es so schwer in der Welt haben. Wir müssen doppelt, dreifach so hart arbeiten wie die Männer, nur weil Frauen wie du ihnen vorgaukeln, das mit Abstand bessere und stärkere Geschlecht zu sein! Und das kotzt mich an! Ich habe nicht jahrelang studiert, um mich noch immer ansehen lassen zu müssen, wie die beschissene Praktikantin, wenn ich auf einem Kongress spreche!" Sie hatte sich vollkommen in Rage geredet, und ich wusste, dass eine vernünftige Argumentation rein gar nichts bewirken würde.

„Du hast keine Ahnung, wer ich bin, und bildest dir doch ein Urteil! Wie fair ist das?"

„Ich kenne dich gut genug!"

„Oh nein! Du weißt überhaupt nichts von mir! Scott schon, deshalb ist er auch nicht so ein Arschloch wie du!" Nun war ich es, die beinahe schrie, doch Claire zog nur spöttisch die Augenbrauen nach oben.

„So, ja? Und was soll jetzt passieren? Du und Scott seid das neue Traumpaar? Mein Bruder und die Hure?"

„Es ist mir scheißegal, was du davon hältst, Claire, es interessiert mich nicht! Scott und ich haben etwas Besonderes, und das hat dich nichts anzugehen!"

Claire starrte mich an wie eine Schlange die Maus, doch ich hielt ihr stand.

„Und was kommt als nächstes? Glaubst du ernsthaft, mein Bruder würde die Ex seines Freundes als seine Partnerin wollen? Glaubst du, er würde sich für dich gegen Evan stellen? Unsinn!"

„Dieses Gespräch ergibt keinen Sinn, aber ich antworte dir dennoch, Claire, weil ich will, dass du es verstehst! Es ist mir egal, dass wir uns unter diesen Umständen nähergekommen sind, und es ist mir egal, dass du dagegen bist, denn Fakt ist, dass Scott mir etwas bedeutet. Und ich ihm!"

Claire musterte mich schweigend, doch auf ihrem Gesicht breitete sich ein diabolisches Lächeln aus, das mir überhaupt nicht gefiel. Sie rückte ihren Pullover zurecht und blickte effektvoll aus dem Fenster, während sie mich warten ließ. Was war das in ihrem Blick? Es machte mich nervös.

„Wie wichtig glaubst du ihm zu sein?"

Ich zögerte, weil ich nicht verstand, worauf sie hinauswollte, antwortete dann aber: „Das geht dich nichts an." Ich blieb ruhig, geschrien hatten wir genug.

„Was, wenn ich dir sagen würde, dass du ihm überhaupt nicht wichtig bist?"

Ohne, dass ich es wollte, setzte mein Herz einen Schlag aus. Was sollte das?

„Ich gebe nichts auf deine Meinung", gab ich halbherzig zurück, und ihr Lächeln wurde noch breiter. Es gefiel mir nicht, es gefiel mir ganz und gar nicht.

„Es ist keine Meinung. Ich weiß es. Er ist schließlich mein Bruder!" Claire betonte das letzte Wort scharf, und man sah ihr die Genugtuung förmlich an.

„Kannst du dich an den Abend erinnern, an dem du ihn versetzt hast?"

„Woher weißt du davon?", brachte ich hervor und zuckte zusammen, als ich meine krächzende Stimme hörte. Angst lähmte meine Glieder, als sie sagte: „Er war bei mir. Mit einer anderen Frau."

„Du lügst", presste ich mit zitternder Stimme hervor, doch ihr Grinsen wurde nur noch breiter.

„Dazu habe ich keinen Grund." Es war, als strahle sie eine unmenschliche Kälte aus, die aus ihrem Atem direkt in meine Eingeweide kroch. Es war ein Schmerz, wie ich ihn nie zuvor gefühlt hatte. Es waren die Worte, die wieder einmal alles änderten. Bei Evan akzeptierte ich andere Frauen, lebte damit, aber Scott? Nein. Ich konnte nicht.

„Was habe ich dir getan?", flüsterte ich, doch Claire hob nur die Schultern und schenkte mir einen unschuldigen Blick.

„Sei doch froh, dass ich dich davor bewahre, deine lukrative Ehe mit Evan zu beenden!" Ihre Stimme war so falsch, dass ich brechen wollte. Nein, das konnte nicht sein. Ich kam wieder einen Schritt auf sie zu.

„Wo ist er?"

Ich sah die Sorge in ihrem Blick, und das war gut so. „In seinem Appartement in London", antwortete sie endlich, nachdem wir uns sekundenlang schweigend angestarrt hatten.

„Adresse." Es war keine Bitte, es war in Befehl. Ich hielt ihr die offene Hand hin. Claire ließ sich zu einem weiteren sauren Lächeln hinreißen, dann kramte sie in ihren Taschen und förderte schließlich Papier und Kugelschreiber zutage. Unordentlich kritzelte sie Straße und Hausnummer auf das kleine Stück Papier und drückte es mir dann widerwillig in die Hand.

Ohne ein weiteres Wort riss ich die Haustür auf und ließ sie hinter mir so wuchtig ins Schloss fallen, dass ich glaubte, sie würde aus den Angeln brechen. Claire folgte mir nicht, doch ich spürte, wie sie mir durch das Fenster neben der Tür hinterher sah. Ich drehte mich nicht um, denn trotz des Regens und des Sturms war es immerhin möglich, dass sie von dort aus sah, wie sehr mich ihre Worte verletzt hatten.

Ich drückte den Klingelknopf so oft und lange, bis eine genervte Stimme aus dem Lautsprecher dröhnte: „Ja?"

„Scott?"

Kurzes Zögern. „Ja."

„Ich bin es, Annabelle", sagte ich tonlos, und der Summer ertönte augenblicklich.

Die Wut peitschte mich durch die Eingangstür, und ich stürmte in den Aufzug, fuhr hoch bis ins Penthouse und stand direkt vor Scott, als sich die Türen öffneten. Er lächelte, doch als er meine Miene bemerkte, verspannte er sich sichtlich.

„Wen?", zischte ich und blieb in den Aufzugtüren stehen.

Scotts Ausdruck wich Verwirrung, und er zog die Stirn kraus, während er mich behutsam aus der Kabine zog. „Komm erst mal mit rein, Belle. Du bist ja total aufgebracht!"

Wut, Trauer, alles brach über mir ein, und der einzige Schutz war mein altvertrauter Panzer. „Wer, Scott?", wiederholte ich, doch er starrte mich noch immer so verwirrt an, dass ich gleich sah, dass er keine Ahnung hatte, wovon ich überhaupt sprach.

„Welche Frau?" Sein Gesicht sprach Bände. Verwirrung wich Überraschung, Sprachlosigkeit und schließlich Scham. Ich konnte ihn nur anstarren, zitterte vor Anspannung, während wir in dem Flur standen, der zu seinem Appartement führte.

„Mehr will ich nicht wissen, Scott, nur diese eine Frage, dann bist du mich los!" Meine Stimme war hoch und grell, und Scott sah mich gequält an, streckte eine Hand nach mir aus, doch ich wich wütend zurück.

„Wer?", schrie ich und bemerkte zum ersten Mal die warmen Tränen, die über meine Wangen liefen. So viel zu meinem Panzer.

„Belle, bitte! Komm rein und wir reden darüber!", bat er.

„Du glaubst, ich komme jetzt mit dir in die Wohnung? Du glaubst, wir setzen uns hin, reden über alles und dann liegen wir uns in den Armen?", spie ich aus und funkelte ihn mit allem Hass, den ich aufbringen konnte, an. Die Tränen wollten nicht versiegen, doch wenigstens mein Blick musste fest sein.

Scott stöhnte. „Belle, es ist nicht …"

„Es ist nicht so, wie ich denke? Willst du im Ernst das sagen? Von all den Dingen, die du sagen könntest, hältst du das für das Beste?"

„Es ist nichts geschehen", sprach er weiter, doch ich lachte nur, denn ich wusste, dass es Unsinn war. Claire hatte es mir gesagt, und seine Reaktion hatte es nur bestätigt.

„Wie konntest du nur?", presste ich hervor und wandte mich ab. So viel Wut, so viel Schmerz, ich wusste nicht, wohin damit.

„Ich habe … Belle. Ich habe … Ich habe sie geküsst, ja."

Mir blieb beinahe die Luft weg. „Warum?", rief ich und zuckte plötzlich zusammen, weil ich so laut, so hilflos war. Schmerz, so viel Schmerz.

„Du bist nicht gekommen, ich dachte es wäre vorbei! Ich dachte … ich hätte dich verloren."

Die letzten Worte sagte er ganz leise, während er nach meinen Händen griff. Ich wollte mich losreißen, doch er hielt sie eisern fest. Sein Blick griff nach meinem, doch das ließ ich nicht zu. Ich wollte es nie wieder zulassen.

„Ich habe geglaubt, du würdest dich für ihn entscheiden, habe zu viel getrunken …"

„Lügner!", zischte ich und wandte krampfhaft den Blick ab. Die Wärme seiner Hände wollte in mich fließen, wollte den Schmerz vergessen machen, doch das durfte ich nicht zulassen. Nein. Ich riss meine Hände aus seinen und verschränkte sie vor der Brust.

„Es ist die Wahrheit. Es war ein dummer, unbedeutender Kuss mit einer Freundin meiner Schwester!" Verzweiflung schwang in seinen Worten mit, doch ich zwang mich, sie zu ignorieren. Ich versteckte mich hinter meiner Wut.

„Ich kann mir vorstellen, wie es abgelaufen ist."

Scott schüttelte den Kopf, rang die Hände, so als fände er nicht die richtigen Worte. „Ich habe getrunken, habe dich vermisst und geglaubt, du würdest bei Evan bleiben, Belle. Ich verstehe, wieso du wütend bist, aber du hattest mit keinem Wort angedeutet, dass ich dir wichtig sei, dass wir mehr seien als bloß Kollegen. Ich habe mir nichts zuschulden kommen lassen. Das musst du einsehen."

Ich biss mir auf die Lippe. Ich konnte nicht leugnen, dass er recht hatte. Trotzdem tobte der

Schmerz in mir und trieb mich dazu an, ihn ebenfalls zu verletzen, mich selbst vor all dem zu schützen, was er nun in mir auslöste. „Und wenn ich dir glaube? Was macht es für einen Unterschied? Wie kannst du sagen, dass wir etwas Besonderes haben, mir tolle Geschichten über Liebe und Vertrauen erzählen, wenn du dann beim leisesten Zweifel in den Armen einer anderen liegst!?"

Hinter uns ging eine Tür auf, und eine Nachbarin trat aus ihrer Wohnung. Ich wandte mich ihr zu, doch Scott fixierte nur mich. Die ältere Dame musterte uns missbilligend und raffte eilig ihre Sachen zusammen, bevor sie wortlos im Aufzug verschwand.

Scott fuhr sich durch das zerzauste Haar.

„Gut. Aber warum bist du dann hier? Ich dachte, all das würde nichts bedeuten? Ich dachte Liebe wäre ein Mythos?"

„Ich bin hier, weil ich so dumm war zu glauben, dass zwischen uns etwas ist. Aber wie man sieht, war das ein Irrtum." Ich wandte mich ab. Ich konnte diesen Schmerz nicht mehr ertragen. Doch er umfasste wieder meinen Arm, hielt mich zurück.

„Belle, bitte geh nicht.", murmelte Scott und zog mich an sich. Ich wollte es nicht, doch da waren seine Arme, sein Geruch, seine Wärme. Ich hätte mich für ihn entschieden, das wurde mir in diesem Moment vollkommen klar. Ich hätte Evan verlassen und wäre zu ihm gegangen, egal, was es für mich bedeutet hätte. Und vielleicht wäre ich glücklich gewesen. Doch dieser Schmerz war vollkommen neu für mich, und ich wusste schon in diesem Moment, dass ich nie wieder so etwas fühlen wollte.

Unendlich langsam löste ich mich von Scott. Der Zorn war verflogen, und da war nur noch Schmerz, der mich lähmte. „Du hattest Angst, ich würde mich für ihn entscheiden, und verletzt mich deshalb, Scott? In welcher Welt ist das eine gute Wahl?"

Er schloss die Augen. „Ich kann nicht in Worte fassen, wie sehr ich es gerade bereue. Es war ein Fehler, doch er ändert nicht, was zwischen dir und mir war, was zwischen uns ist!"

„Falsch, Scott! Es ändert alles!" Mehr konnte ich nicht sagen. Ich wandte mich ab, ohne ihm ein letztes Mal in die Augen zu sehen, und drückte auf den Rufknopf für den Lift.

„Geh nicht", sagte er hinter mir, doch ich starrte nur auf die geschlossenen Aufzugtüren. Die Tränen brannten wieder in meinen Augen, und Scott sollte mich so einfach nicht sehen.

„Du weißt, dass es nichts mit uns zu tun hat. Und du weißt auch, dass du davonläufst", sagte er leise

„Ich laufe nicht weg, Scott. Du hast mich fortgeschickt."

NEUN

Es vergingen zwei Tage, bevor ich das Hotelzimmer, das ich bezogen hatte, wieder verließ. Obwohl meine Augen rot vom Weinen waren, hatte ich die Kraft wiedergefunden, unter Menschen zu gehen. Die Zeit in dem engen Zimmer mit dem schlichten Bett hatte mir gutgetan, doch sie hatte mir auch gezeigt, wie allein ich eigentlich war. Ohne Evan und ohne Scott, die sich beide nicht gemeldet hatten, war ich einsam, denn ich kannte niemanden in dieser Stadt gut genug, um mit ihm über das zu sprechen, was geschehen war. Ich konnte auch meine Mutter nicht anrufen und niemanden sonst aus Deutschland, denn ich wusste, dass keiner von ihnen je verstanden hätte, was ich fühlte. Für sie war ich das oberflächliche Flittchen, das freiwillig auf sein Glück verzichtet hatte.

Auch deshalb verließ ich mein Zimmer schließlich, denn nach fast achtundvierzig Stunden ohne jeglichen menschlichen Kontakt bekam ich Beklemmungen. Und so genoss ich den ungezwungenen Plausch mit der Rezeptionistin, rückte lächelnd die übergroße Sonnenbrille zurecht, als ich am Portier vorbei die Eingangstür durchquerte und lächelte sogar den hektischen Bankier an, der mich auf dem Weg in seine Mittagspause beinahe über den Haufen rannte. Nach außen war ich der Inbegriff der Ruhe, gab mich freundlich und genoss ein paar Blicke, die mir folgten, während ich in dem eng anliegenden Businesskostüm durch die Straßen schlenderte. Immer wieder dachte ich an das Drehbuch, dass Scott und ich zusammen erarbeitet hatten, dachte daran, wie nah wir an dessen

Vollendung gewesen waren. Mein Name im Abspann eines großen Kinofilms? Das würde eine Utopie bleiben, denn Scott und ich würden nicht mehr an dem Drehbuch arbeiten. Ich wollte ihn nie wieder sehen, obwohl mich alleine der Gedanke daran beinahe umbrachte. Er war mir wichtig, und das änderte auch meine Wut auf ihn nicht.

Mein Spaziergang aus dem Hotel führte mich zu einer kleinen Bäckerei, in der ich schon häufiger etwas gekauft hatte. Ich nahm, ganz unbritisch, zwei Croissants und gab ein großzügiges Trinkgeld, weil mich niemand auf die Sonnenbrille angesprochen hatte, die ich nicht einmal abgezogen hatte, dann verließ ich den Laden und schlenderte mit der herrlich duftenden Papiertüte in den Händen weiter Richtung Piccadilly Circus.

Die Einkaufsstraße war vollkommen überlaufen, pummelige Kinder drängten sich an den Händen von hektisch dreinblickenden Frauen durch die Menge und um mich herum wurde ein buntes Potpourri von Sprachen gesprochen. Unmöglich hätte ich auseinanderhalten können, woher all die Menschen kamen.

Ich biss in mein Croissant und ließ den buttrigen Teig auf meiner Zunge zergehen, während ich diesen säuerlichen Geruch ignorierte, der in ganz London stets in der Luft zu hängen schien. Ich fühlte mich leicht und unbeschwert, obwohl ich wusste, dass es nur vorrübergehend sein würde. Der Schmerz war noch immer da und lauerte unter der Oberfläche wie ein hungriges Tier, das nur auf seine Chance wartete, zum Angriff überzugehen.

Ich war so in Gedanken, dass ich beinahe den dunklen Wagen nicht bemerkt hätte, der plötzlich neben mir hielt, wäre nicht der hintere Wagenschlag aufgerissen worden. Ich wirbelte herum, völlig ahnungslos, warum plötzlich ein Wagen auf der geschäftigen Straße hielt, obwohl sich hinter ihm bereits der Verkehr staute, als plötzlich Evan aus dem Wagen sprang. Mein Mund klappte auf, und beinahe wäre die Papiertüte zu Boden gefallen, als ich sah, wie sein Blick mich fixierte und er den Anzug zurecht zog. Er trug hellgrau, meinen Lieblingsanzug, das wusste er, und in der Hand hielt er den größten Blumenstrauß, den ich je gesehen hatte. Pfingstrosen in allen Rosatönen drängten sich aus dem edlen Papier dicht an dicht und verdeckten Evan beinahe. Ungläubig beobachtete ich, wie er näherkam, die Blumen vor sich wie einen Schutzschild. Ich hatte keine Ahnung gehabt, dass er wusste, was meine Lieblingsblumen waren. Und noch weniger konnte ich glauben, dass er es tatsächlich geschafft hatte, Pfingstrosen im Oktober zu organisieren.

„Was zum …", entfuhr es mir, doch Evan ließ mir gar keine Zeit zu reagieren, kam einfach auf mich zu und zog mich in seine Arme. Ich spürte seine Kraft, fühlte, wie er mich an sich drückte wie einen lange verloren geglaubten Schatz. Plötzlich hatte ich den riesigen Blumenstrauß in der Hand.

Beiläufig nahm ich wahr, wie sich um uns eine Menschentraube bildete, Touristen zogen ihre Handys aus den Taschen und filmten eifrig die spektakuläre Szene. Entfernt hörte ich Autohupen, die den riesigen Maybach verscheuchen wollten, doch Harry, der am Steuer saß, blieb seelenruhig auf seinem Platz.

„Ich habe dich überall gesucht!"

„Ich wollte allein sein."

„Belle, lass uns bitte reden. Wir haben einige Dinge zu klären, glaube ich."

„Ich wüsste nicht, was", erwiderte ich unsicher. Angespanntes Raunen ging durch die Reihen, und immer mehr Menschen schienen uns zu beobachten.

„Ich habe einen Fehler gemacht, wirklich! Und ich würde nicht hier stehen, wenn ich es nicht ernst meinen würde!"

Entzücktes Kreischen von einigen Zuschauerinnen. Ich wandte verlegen den Blick ab.

„Warum ..."

„Belle, bitte. Lass es mich dir erklären! Du bist meine Frau!" Er sagte das ohne Zwang, ohne Druck, und sein Blick ruhte nur auf mir, als gäbe es den Tumult um uns herum gar nicht. Unsicher schaute ich mich um, doch die Fluchtwege waren begrenzt, und ich fühlte mich so unwohl, dass alles in mir danach schrie, endlich die Flucht zu ergreifen.

„Na schön", presste ich hervor und hielt mir eilig die Blumen vor das Gesicht, als begeisterter Jubel in der Menge aufbrandete und Blitzlichter aufflammten. Mit glühenden Wangen schirmte ich mein Gesicht vor den Menschen und ihren Kameras ab und eilte mit Evans Hand an meinem Rücken zum Wagen. Er hielt mir den Wagenschlag auf, und ich ließ mich vorsichtig hineingleiten, um in meinem engen Kostüm nicht zu viel Bein zu zeigen. Die Tür flog zu, und Evan eilte um den Wagen herum auf die andere Seite, wo er sich ebenfalls auf die Sitze fallen ließ.

Die Touristen versuchten neugierig, einen Blick durch die getönten Fenster zu erhaschen, doch dieser

Versuch war zwecklos, denn die Tönung machte es unmöglich, von außen in den Wagen zu sehen. Harry gab Gas, und ich genoss den Anblick der vorbeifliegenden Gesichter, als wir die geifernde Menge hinter uns ließen. Evan neben mir legte vorsichtig seine Hand auf meine; ich entzog sie ihm. Er nickte verständnisvoll. Den riesigen Blumenstrauß legte ich zwischen uns, nutzte ihn als Barriere. Seine Trophäe war ich nicht mehr, diese Frau hatte ich zurückgelassen, als ich seine Villa verlassen hatte.

„Was soll das, Evan?", fragte ich schließlich.

„Ich glaube, ich muss dir etwas beweisen, und das werde ich jetzt tun. Ich habe etwas vorbereitet, Belle." Er glühte förmlich, während er zu mir herübersah und fast beiläufig lächelte. „Ich habe viele Fehler gemacht!", fügte er hinzu.

Ich zog die Stirn in Falten. Was war mit Evan los? So hatte er noch nie mit mir gesprochen. Und was hatte er vorbereitet? „Evan, was soll das? Du stehst da plötzlich mitten in London, und ..."

„Warte ab, Belle, bitte!"

„Wohin fahren wir überhaupt?", fragte ich, doch ich konnte es mir bereits denken. Harry fuhr den Weg, den er auch immer mit mir gefahren war: zu Evans Haus.

Unsicher, was ich sagen oder tun sollte, wartete ich, bis Evan ausgestiegen und um den Wagen herumgekommen war, um mir die Tür aufzuhalten, dann zwang ich mich, aus dem Wagen auszusteigen. Harry blieb sitzen, was ungewöhnlich war, da er es sonst als seine Aufgabe empfand, seinen Fahrgästen den Wagenschlag zu öffnen.

Evan reichte mir seine Hand, doch ich ergriff sie nicht und folgte ihm wortlos die Stufen hinauf und durch die Haustür. Das Haus war still, es schienen keine Bediensteten da zu sein, und hinter uns hörte ich, wie plötzlich der Motor des Maybach aufheulte.

„Wo sind denn alle?", fragte ich unsicher und sah mich um, konnte aber niemanden entdecken, während wir weiter durch den Flur in Richtung des Raumes gingen, in dem Evan meist seine Gäste empfing.

Er lachte kurz. „Hast du etwa Angst, dass ich dich umbringe?"

Ich wurde rot und antwortete nicht, weil mir klar wurde, dass ich mich wirklich ein wenig seltsam aufführte. Ich mochte ihn verlassen haben, aber er war immer noch der Mann, mit dem ich mich einst so gut verstanden hatte. Der Mann, der mir und meiner Familie so viel ermöglicht hatte. Evan führte mich durch den Saal mit der langen Tafel, in dem er oft mit seinen Geschäftspartnern saß, und trat an die lange Fensterfront, die auf den Garten hinausging. Dicke Brokatvorhänge versperrten die Sicht und verdunkelten den Raum zu einer schummrigen Höhle. Evan griff nach dem dicken Stoff und zog die Vorhänge von den Fenstern. Grelle Herbstsonne brach in den Raum, und ich musste die Augen zusammenkneifen, um sie vor dem Licht zu schützen. Evan stand schweigend an dem bodentiefen Fenster und wartete, bis ich mich an die Helligkeit gewöhnt hatte. Ich blinzelte zweimal, dann sah ich, was er vorbereitet hatte. Der gesamte Garten erstrahlte in heller Oktobersonne, und mitten auf dem satten, grünen Rasen stand ein eleganter Pavillon mit geschwungenen Stützen, die mit hellen Seidentüchern umwickelt waren. Ein zarter Baldachin wölbte sich über einem kleinen Quadrat aus Holz, auf dem ein dicker Teppich aus Pfingstrosen wogte. Ein Gang führte von der Terrasse zu dem Pavillon, ein dicker rosa Teppich, der den Rasen teilte und wie mit dem Lineal gelegt auf das Quadrat aus Holzboden zuführte. Unter dem Baldachin, der ebenso gut an einen exotischen Strand gepasst hätte, stand ein älterer Mann in Anzug und Priesterkragen und umklammerte das in Leder eingeschlagene Buch in seinen Armen. Mir blieb der Mund offenstehen, als ich sah, mit wie viel Liebe die Szene hergerichtet war. Und Pfingstrosen, überall Pfingstrosen.

Endlich schaffte ich es, mich widerwillig von der Szene abzuwenden und Evan anzusehen, der in diesem Moment vor mir auf die Knie ging.

Mein Herz setzte einen Schlag aus, zwei, dann kam ich endlich wieder zu Atem. Meine Beine wurden zittrig, als ich sah, wie er in die Hosentasche seiner Stoffhose griff und eine schlichte schwarze Schatulle herausnahm. Vollkommen perplex ließ ich ihn gewähren, starrte nur den schwarzen Diamanten an, der sich in seiner Weißgoldfassung aus der Schachtel erhob. Um den riesigen Stein herum waren über und über kleinere, helle Diamanten eingelassen, die den seltenen Stein in Szene setzten wie Scheinwerfer.

„Belle, ich weiß, dass es ein Fehler war, wie ich mich verhalten habe. Es war nicht richtig dich in eine Rolle zu drängen, in der du dich nicht wohlfühlst." Sein Lächeln wurde breiter, als ich mühsam schluckte. „Als du gegangen bist, war ich zunächst sauer und trotzig, ich habe mich verhalten wie ein Kind. Doch mit jeder Stunde, in der ich nichts von dir hörte, und in der ich über das, was geschehen ist, nachgedacht habe, wurde ich sicherer, dass ich mich wie ein Idiot verhalten habe."

Unwillkürlich glitt ein Lächeln auf meine Lippen. „Das stimmt!", stichelte ich. Evan nickte nur einsichtig.

„Jedenfalls bin ich im Haus herumgelaufen wie ein Tiger im Käfig und habe mir vorgestellt, wie es wäre, ohne dich hier zu leben. Und die Wahrheit ist: Ich will es nicht!" Er verstummte, ließ die Worte auf mich wirken, wie einen starken Kognak. Ich spürte den Drang zu fliehen, um mich seinen Worten nicht stellen zu müssen, empfand unendliche Angst, während er vor mir kniete, als seien wir nicht bereits verheiratet.

„Was soll das, Evan, ich habe doch …"

„Ich weiß, dass du keine Trophäe bist. Ich weiß auch, dass ich dich dazu machen wollte, und das tut mir leid! Sehr sogar. Belle, du bist meine Ehefrau, nicht irgendein Ding, das ich mir in den Schrank stellen will! Doch der gepanzerte Wagen, die Bodyguards, all das war zu deinem Schutz! Ich muss zugeben, dass ich deinen Anstoß brauchte, um zu erkennen, was du mir überhaupt bedeutest." Gewichtige Worte aus dem Mund eines Mannes wie Evan. Ich sah ihm an, wie schwer es ihm fiel. „Ich habe einen Fehler gemacht. Viele Fehler, um genau zu sein. Und du hast auch einen gemacht. Aber Belle, ich bin bereit, das alles hinter uns zu lassen!"

Ich wollte unwillkürlich zurückweichen, doch Evan hielt meine Hand fest umschlossen, sah mich offen an. Ich kam nicht umhin zu bemerken, dass in seinem Gesicht keine Spur Kalkül lag, dass er vollkommen ehrlich mit mir war. Ich war wütend, ich hatte ihn verlassen wollen, aber war es nicht immer genau das gewesen, was ich an ihm geschätzt hatte? War es nicht Evan gewesen, der mich nie im Dunkeln gelassen hatte?

Er fuhr fort: „Ich bin nicht nur bereit, das alles hinter uns zu lassen, ich bin auch bereit, zu ...“ Er stockte, suchte offenbar nach den richtigen Worten. „Du hast gesagt, du brauchst mehr, als das, was wir haben, und ich bin bereit, es dir zu geben. Ich will es versuchen, das meine ich ernst!“ Er drückte meine Hand noch fester, sah von unten zu mir herauf, während ich mit zitternden Beinen vor ihm stand.

„Was erwartest du von mir Evan?“, flüsterte ich.

„Gar nichts! Ich erwarte nichts von dir! Aber all das hier ...“, er machte eine ausholende Geste, die den Garten umfasste, „... soll unser Neuanfang werden. Dieser Ring ist anders als alle anderen. Er ist wie du. Du bist etwas Besonderes Belle, du bist mein schwarzer Diamant, denn du bist einzigartig!“

Eine einzelne Träne rollte über meine Wange. Ich wischte sie eilig fort, denn es war einfach zu viel. Was konnte ich schon sagen?

Evan fuhr fort: „Ich will dich noch einmal heiraten. Ohne Gäste, ohne Festmahl und Geschenke, nur wir beide. Wir fangen jetzt und hier neu an, lassen alles hinter uns!“ Die Worte hingen zwischen uns wie dicker Qualm, und ich brauchte fast eine Minute, um ihm endlich zu antworten.

„Und das willst du wirklich?“

„Ja!“ Ein einzelnes Wort, aber dabei so offen und ehrlich, dass es wehtat.

Mein Blick glitt zu dem Pavillon, dem Priester und den Blumen, streifte den Ring und blieb schließlich an dem Mann hängen, dem ich vor wenigen Wochen ewige Treue geschworen hatte. Dem Mann, den ich mit

Scott betrogen hatte, weil ich mir eingeredet hatte, dass dort etwas war. Evan lächelte, kleine Fältchen umrahmten seine stahlgrauen Augen.

„Ich ... Ich kann nicht einfach weitermachen, Evan, es ist zu viel geschehen."

„Gib uns Zeit, Belle, um mehr bitte ich dich nicht. Ich bin aufrichtig zu dir!"

Ich blinzelte, versuchte irgendwie, meine wild durcheinanderfliegenden Gedanken zu ordnen, irgendeinen zu fassen und festzuhalten, doch in meinem Kopf war nur Chaos.

„Nimm den Ring, aber du musst nichts weiter tun, ich zwinge dich zu nichts. Wir können getrennt leben, aber versprich mir, dich mit mir zu treffen. Lass uns ... auf Dates gehen!" Er lächelte verschmitzt, und irgendwie steckte es mich an. Es fühlte sich verkrampft an, wie meine Mundwinkel sich langsam hoben, aber nicht falsch.

Evan nahm den Ring aus der Schachtel, sah ein letztes Mal zu mir auf, als frage er um Erlaubnis, dann schob er das Schmuckstück an meinen Finger. Der Stein war schwer und schien meine Hand direkt mit sich in die Tiefe reißen zu wollen. Evan erhob sich und strich den Anzug glatt, die Schatulle steckte er in sein Jackett.

Seine Arme umfingen mich, doch alles woran ich denken konnte, war Scott. Scott, der sich gegen mich entschieden hatte. Evan hingegen hatte sich für uns entschieden, und ich wollte ihm eine Chance geben. Kein Sex, keine Versprechungen, nur Dates. Und vielleicht würde irgendwann, nach vielen Wochen oder sogar Monaten, endlich dieses Gefühl der Sehnsucht verschwinden, dieses Gefühl, niemals wieder etwas fühlen zu können, das mit dem vergleichbar war, was ich für Scott empfand.

Tage vergingen, und Evan schickte mir jeden Tag Blumen. Er hatte es mir freigestellt, wo ich wohnen wollte, und ich hatte mich dankend für das Hotel entschieden, in dem ich nach meiner Flucht untergekommen war. Ich wollte nicht weiter von ihm abhängig sein und hatte mit dem wenigen Geld, das ich gespart hatte, etwas Passendes gefunden. Natürlich hätte ich auch in eine seiner Wohnungen in der Stadt ziehen können, doch ich zog es vor, eine Unterkunft zu haben, zu der er keinen Schlüssel besaß. Der einzige Nachteil meiner Selbstständigkeit war, dass die riesigen Blumensträuße so viel Platz in dem kleinen Zimmer einnahmen, dass ich mich kaum drehen und wenden konnte. Ich wollte auch gar nicht wissen, was der Portier von mir wohl denken mochte. Vielleicht hielt er mich für eine Edelprostituierte oder so etwas.

Anfangs hatte ich die Sträuße noch entsorgen wollen, schließlich hatte ich nur zugestimmt, ihn hin und wieder zu treffen, statt ihm gleich wieder um den Hals zu fallen. Doch die Wahrheit war: Ich wusste nicht, was ich wollte.

Scott hatte sich nach unserem Streit nicht einmal gemeldet, geschweige denn Blumen geschickt, Evan schon. Natürlich vermisste ich Scott, doch umso mehr verletzte es mich, dass er das Thema anscheinend für beendet erklärt hatte. Und der Kontakt mit Evan war keine Form von Rache. Ich genoss seine Zuwendungen, dass er anrief und jeden Tag fragte, wann wir uns sehen konnten, dass er sich bemühte. Es hatte sich noch nie ein Mann so um mich bemüht, ohne etwas dafür zu erwarten. Schon gar nicht Evan. Scott wollte mich nicht, das wurde immer deutlicher, und vielleicht war es möglich, dass Evan genau das für mich werden konnte, was ich brauchte.

Seufzend sog ich den Geruch von Rosen und Lilien in meine Nase und strich über die butterzarten Blütenblätter. Die aufgeschlagene *OK!* lag auf einem Beistelltischchen, auf dem ein Strauß aus Nelken, Wachsblumen und Nerinen Platz gefunden hatte. Ein einseitiger Artikel widmete sich dem Aufruhr, als Evan mich auf offener Straße mit dem riesigen Blumenstrauß überrascht hatte. Natürlich gab es dazu ein paar verwackelte Handbilder und einige Videos, die ins Netz gelangt waren.

Unwillkürlich fragte ich mich, ob auch Scott den Artikel gesehen hatte, und was er wohl denken mochte. Ich ertappte mich dabei, dass ich mich insgeheim darüber freute, dass es ihn womöglich frustrierte, so etwas zu sehen. Er hatte mir etwas vorgemacht und dafür eine kleine Strafe verdient. Trotzdem konnte ich aus irgendeinem Grund nicht verhindern, dass meine Gedanken immer wieder zu Scott und dem, was zwischen uns geschehen war, abschweiften.

War all das eine Lüge gewesen? Und wenn es keine gewesen war, warum hatte er dann diese Frau geküsst?

Ich riss mich von dem Artikel los und schlenderte zum Bett. Draußen prasselte der Regen gegen die Fenster und tauchte den nachmittäglichen Himmel in ein deprimierendes Grau. Typisch London, typisch Großbritannien. Ich sah auf meine Schuhe hinab. Business. Das Vorstellungsgespräch bei dem Verlag war gut gelaufen, auch wenn ich mir keine

Illusionen machte. Ich hatte nicht studiert, keine einschlägigen Erfahrungen und als einzige Leistung einige Artikel in Klatschblättern vorzuweisen, in denen es um mich ging. Dass die Sekretärin des Cheflektors jeden einzelnen davon gelesen hatte, war ziemlich offensichtlich gewesen. Und da war das Drehbuch. Ein Drehbuch, zu dem noch kein Film erschienen war und meine Zusammenarbeit mit Scott, von der niemand etwas ahnte. Seufzend blickte ich in den grauen Nachmittag vor meinem Fenster. Zur Not würde ich auch in einem Supermarkt an der Kasse anfangen, ich wollte nur etwas tun.

Als ich gerade nach dem Buch auf meinem Nachttisch greifen wollte, *Sturmhöhe*, das ich mittlerweile zum dritten Mal las, klopfte es an meine Zimmertür. Ohne Eile schob ich mich vom Bett und ging zur Tür. Ein kurzer Blick in den Spiegel, dann öffnete ich sie.

„Mrs. Preston?"

„Ja?" Ich blickte den livrierten Pagen erstaunt an.

„Jemand hat ein Paket für Sie abgegeben und darauf bestanden, dass ich es Ihnen persönlich bringe", sagte er in näselndem Tonfall und streckte mir ein offenbar schweres Päckchen entgegen. Es trug keinen Poststempel.

„Oh, vielen Dank!", sagte ich und nahm es an mich, wobei ich beinahe zusammenbrach, weil es irre schwer war. Der Mann lächelte und deutete eine Verbeugung an, dann machte er auf dem Absatz kehrt und verschwand.

Ich schloss die Zimmertür hinter mir und starrte auf das Päckchen hinab. Ich hatte doch am Morgen bereits Blumen bekommen, hatte Evan etwa vor, mich mit Geschenken zu überhäufen? Immerhin machte es mich neugierig.

Eilig warf ich mich auf das Bett und riss die beiden Paketbänder auf, die den Karton zusammenhielten. Als ich den Deckel aufklappte, sah ich, warum es so schwer gewesen war. Obenauf lag eine Seite weißen Druckerpapiers, darauf eine schlichte Karte aus Pappe. Als ich den Karton ganz auspackte, sah ich, was darin gewesen war. Das Drehbuch. Und unter dem Titel auf dem Deckblatt stand in ordentlicher Handschrift: „Für Belle."

Schlicht, wunderschön. Und ich wusste, von wem es war. Ich nahm die Karte in die Hand, drehte und wendete sie, während mein Blick an dem Stapel Papier festklebte.

Unendlich langsam klappte ich sie auf und sah endlich hinein, sah endlich, welche Nachricht Scott mir geschrieben hatte: „Ich musste es zu Ende bringen, aber es war nicht dasselbe. Lies es und sage mir, was du denkst. Es ist zu vieles ungesagt. Scott."

Keuchend warf ich die Karte von mir und schlug die Hände vors Gesicht. Es war, als habe mich soeben ein Auto gerammt und mir alle Luft aus den Lungen getrieben. Das Drehbuch, Scott, alles, egal wie sehr ich es hatte vergessen wollen, es war da, und es war präsent wie nie.

Es dauerte Minuten, bis ich es endlich schaffte, die Seiten in meine zitternden Hände zu nehmen, dann noch mal eine Ewigkeit, in der ich nur das schlichte Deckblatt anstarrte.

Für Belle.

Ich wollte den Papierstapel in die Luft werfen, weg von mir, wollte die Seiten durch den Raum fliegen sehen wie Schneeflocken und all meine Wut herausschreien, doch ich war wie gelähmt. Es war, als sei in meinen Armen keine Kraft, ich konnte es nur im Schoß halten, vorsichtig die erste Seite umblättern, und schließlich, nachdem ich lange nur auf die Worte gestarrt hatte ohne sie wirklich zu lesen, verstehen, was Scott getan hatte.

Keine zwei Stunden brauchte ich, um das Drehbuch einmal komplett durchzulesen. Als ich die letzte Seite umschlug, fühlte ich nur Leere in mir. Scott hatte alles umgesetzt, vielmehr noch, er hatte wirklich verstanden, was ich gemeint hatte. Und ich war mir sicher: Besser hätte es niemand schreiben können. Noch immer war da dieses Bedürfnis, die Blätter wegzuwerfen, all den Schmerz herauszulassen, den ich gefühlt hatte, während ich sein Werk, unser Werk, gelesen hatte, doch ich stapelte sie stattdessen wieder fein säuberlich. Egal, was er mir angetan hatte, egal, wie sehr es wehtat, das Drehbuch hatte nichts damit zu tun.

Ich nahm die Karte vom Bett und betrachtete seine Worte einen Moment lang, dann nahm ich einen Stift und hielt inne. Am Ende schrieb ich drei Worte: Es ist perfekt.

Dann klappte ich die Karte zu und legte sie zu dem Drehbuch in den Karton, schloss ihn und zog die Paketbänder wieder darum. Als ich die zweite Schleife band, überlegte ich, ob ich ihm das Paket nicht bringen sollte, und hasste mich sogleich dafür.

Also gab ich das Paket in der Post auf, obwohl es bescheuert war. Ich ließ es zu seinem Haus bei Dover schicken, nicht zu dem Appartement, denn das war es, was ich mit Scott verband. Dieses Haus war sein Haus, es war wie er. Und das Drehbuch gehörte dorthin.

Als ich den kleinen Laden verließ, atmete ich durch. Regen prasselte auf mein Gesicht, doch ich spürte keine Kälte und keine Nässe, nur eine unendliche Leere.

Oh, Scott.

Meine Hände krochen in die tiefen Manteltaschen meines Trenchcoats, der überhaupt nicht zu dieser Jahreszeit passen wollte, und ertasteten mein Handy. Als ich es herausnahm, war ich fest entschlossen, Scott anzurufen. Mein Finger schwebte über seinem Namen, dann scrollte ich so hektisch weiter, dass die anderen Passanten mich für vollkommen wahnsinnig halten mussten. Evan. Ich rief Evan an.

Wir verabredeten uns zum Essen.

Er war ein Gentleman. Zuvorkommend, höflich und zurückhaltend, kein bisschen der Evan, der sich in den letzten Wochen wie ein Idiot verhalten hatte, doch ich schaffte es einfach nicht mehr, mich bei ihm so fallen zu lassen wie früher.

Wir saßen in einem schlichten Restaurant, weil ich keine Lust auf ein überfülltes Szenelokal gehabt hatte, und tranken einen normalen Weißwein, keine Flasche für mehrere hundert Pfund. Anders, als ich geglaubt hatte, schien Evan sich dennoch wohlzufühlen und störte sich nicht einmal an den neugierigen Blicken, die uns immer wieder zugeworfen wurden.

„Sie drehen den Film", sagte er unvermittelt, und ich sah von meiner Vorspeise auf. Beinahe wäre mir die

Gabel aus der Hand gefallen, doch ich überspielte meinen Schock mit gespielter Unwissenheit.

„Welchen Film?"

Evan spannte sich sichtlich an, antwortete jedoch.

„*Stumme Wut*", sagte er steif und nahm einen Schluck aus seinem Glas.

Ein gequältes Lächeln stahl sich auf meine Lippen, und ich schob mir rasch ein Stück Brot in den Mund, während Evan an seinen Manschettenknöpfen herumnestelte. Wir hatten bisher nicht über Scott und das, was geschehen war, gesprochen, und ich hatte keine Ahnung, wie er zu ihm stand.

„Wie weit ...", er zögerte, „... hast du daran mitgearbeitet?"

Ich nahm einen Schluck Wein, um mich zu sortieren, dann sagte ich: „Wir waren fast fertig." Mehr würde ich ihm nicht erzählen, nicht jetzt, vielleicht aber auch nie.

Evan nickte nachdenklich, schob aber seine Hand über den Tisch in meine Richtung. Ich lehnte mich zurück und legte meine Hände in den Schoß. Er wirkte traurig darüber, sagte aber nichts. Insgesamt war er sehr zurückhaltend, ein Wesenszug, den ich bei ihm nicht kannte.

Nach einer langen Pause sagte er: „Scott will dich gerne bei den Dreharbeiten dabeihaben. Ich ... Ich hätte abgelehnt, aber ich habe gesagt, dass ich mich ändere, also ..." Er ließ den Satz unvollendet und sah mich unverwandt an. Ich hoffte, dass er nicht sah, wie sehr mich seine Worte aufwühlten, und nickte langsam.

„Danke", murmelte ich und meinte es so. Ich wollte mir nicht einmal ausmalen, was für eine Überwindung ihn das gekostet hatte.

„Wirst du?"

„Was?"

„An den Dreharbeiten teilnehmen"

Jetzt erst verstand ich das volle Ausmaß dieses Angebots.

Rasch kippte ich den Rest Wein herunter, damit die Gedanken verschwanden, doch Evan musterte mich stirnrunzelnd. Er war schließlich nicht dumm.

„Das Drehbuch bedeutet mir etwas, darin steckt meine Arbeit. Aber … Ich weiß nicht."

Er nickte. Er konnte unmöglich zufrieden mit dieser Antwort sein, doch er beließ es dabei. Sein Blick glitt zu meinem Finger. „Du trägst meinen Ring. Aber keinen Ehering", stellte er fest. Ich nickte. „Wieso?"

„Weil er mir gefällt. Und weil ein Neuanfang gut ist, nicht unbedingt nur in Bezug auf uns."

Ein Lächeln stahl sich auf seine Lippen. „Klingt nicht so, als hättest du vor, mich in die Wüste zu schicken!"

„Evan", sagte ich kühl und wich seinem Blick aus. Ich wollte nicht darüber sprechen. Noch nicht.

Er hob abwehrend die Hände. „Zu viel?"

Ich nickte, und er verstand. Der Ober kam und schenkte uns nach, wir stießen schweigend miteinander an. Irgendwie trafen wir diese stille Übereinkunft, bei der wir über nichts als belanglose Dinge sprachen und alles umschifften, was mit uns beiden zu tun hatte. Es war wie ein erstes Date, bei dem man nicht wusste, was man schon preisgeben sollte. Einerseits sehnte ich mich nach Nähe und Berührungen, andererseits fühlte ich mich unglaublich schlecht, wenn ich auch nur daran dachte. Fast so, als würde ich Scott dann betrügen, obwohl er es ja war, der keine Hemmungen gehabt hatte, eine andere zu küssen. Aber wie fair war ich? Scott hatte eine andere Frau geküsst, ja, aber ich war verheiratet gewesen und hatte Evan schließlich ebenso geküsst und sogar mit ihm geschlafen. War das denn etwas Anderes? Und hatte ich das Recht, über ihn zu urteilen? Fragen, die mich schon seit Tagen quälten und mich einfach nicht loslassen wollten. Doch wenn ich an ihn dachte, dann fühlte ich nichts als Schmerz. Und das konnte einfach nicht richtig sein.

Und dennoch: Evan würde an diesem Abend allein nach Hause gehen.

Er brachte mich bis zum Eingangsportal meines Hotels, hielt mir zuvor den Wagenschlag des Maybachs auf und bot mir seinen Arm. Zumindest das nahm ich an. Vor der zweiflügeligen Eingangstür blieben wir stehen. Ich sah das Glühen in seinen Augen, sah, wie sehr er darauf brannte, mit mir zu kommen, doch ich schüttelte lächelnd den Kopf.

„Ich werde keine andere Frau anfassen, bis du dich entscheidest", raunte er und umfasste meine Oberarme mit seinen Händen. Nostalgie flutete mein Bewusstsein. Evan war mein Mann, doch etwas hatte sich verändert. Er lehnte sich vor und ich ließ zu, dass sich seine Lippen auf meine legten. Doch als sie sich trafen, Haut auf Haut, und seine Arme sich um meinen Körper legten, war da nichts. Es erregte mich nicht einmal. Es war einfach, als wäre nichts geschehen.

Wir lösten uns, und mit einem Mal fühlte ich mich dreckig. Es war ein schlimmes, widerliches Gefühl, so als habe ich mich durch mein Handeln beschmutzt, und ich hasste mich dafür, dass ich ihn geküsst hatte. Tränen brannten wie Gift in meinen Augen, doch ich brachte irgendwie ein Lächeln zustande. Ich machte mich los und flüchtete durch die Eingangstüren in die Lobby. Dicke, heiße Tränen bahnten sich ihren Weg aus meinen Augen, über die Wangen und meinen Hals. Ich schluchzte und wollte schreien, alles herauslassen, nur um endlich wieder etwas zu spüren außer Schmerz, Leere oder Wut. Warum nur konnte nicht alles wieder einfach sein, warum nur konnte ich nicht einfach zu Evan zurückkehren und weitermachen wie bisher? Warum fühlte ich mich so?

Ich eilte in Richtung der Aufzüge, hörte entfernt, wie eine besorgte Rezeptionistin mich ansprach, doch meine Sicht war verhangen von einem Schleier aus Tränen. Wie besessen schlug ich auf die Ruftaste, wollte mich gegen den kalten Stahl werfen, nur um etwas Anderes zu spüren als diesen nagenden Schmerz, der mich von innen zerfraß. Die Zahlen auf dem Display krochen dahin, und es schien Stunden, nein Tage, zu dauern. Noch ein Stockwerk. Eine Hand umfasste meinen Arm. Erschrocken wirbelte ich herum, glaubte für einen Moment, Evan wäre mir gefolgt. Es war Scott.

Ich kippte mit dem Rücken gegen die geschlossenen Fahrstuhltüren, schnappte nach Luft. Mein Blick war verschwommen, und ich heulte wie besinnungslos, doch er war es, ohne Zweifel.

„Du gehst zu ihm zurück?", keuchte er. Ich schüttelte den Kopf so heftig, dass meine Haare flogen. Der Schmerz hielt mich in seinen eiskalten Klauen.

„Du hast ihn geküsst", knurrte Scott. Er hatte es gesehen.

„Würde ich so aussehen, wenn es mir gefallen hätte?", krächzte ich und wischte mir unbeholfen über die Wangen.

„Nein. Aber du hast es getan."

„Was hast du noch damit zu schaffen?", blaffte ich und trat in den Aufzug, dessen Türen endlich aufgingen. Scott folgte mir, doch ich wich vor ihm zurück.

„Es macht mich wahnsinnig, ohne dich zu sein, Belle! Es macht mich wahnsinnig, die Bilder von euch in den Klatschblättern zu sehen! Ich drehe durch, das ist es!"

„Warum hast du es dann getan, Scott?"

„Belle, du hast Angst! Ich habe auch Angst! Eine Menge sogar, aber ich will verdammt sein, wenn ich es nicht trotzdem versuche!"

Ich schlug wütend gegen die Aufzugwand. „Ich habe ihn verlassen, Scott! Für dich! Ich bin nach Dover gefahren, um es dir zu sagen, und da war Claire ..." Ich schluchzte und konnte nicht mehr weitersprechen. Scott hielt inne, schien das Gesagte erst verstehen zu müssen.

„Du wolltest ..."

„Ja, verdammt!"

„Belle, das ..."

„Ich dachte, wir hätten dieses Mehr, von dem du immer gesprochen hast, und am Ende hat sich herausgestellt, dass es mehr Lügen, mehr Betrug und mehr Bullshit waren, was ich bekommen habe! Du bist so verdammt arrogant mit deinen Vorträgen über die Liebe, aber selbst gibst du einen Dreck darauf!"

„All das war die Wahrheit!"

„Bullshit!"

Der Lift hielt, die Türen glitten auseinander. Ein letztes Mal funkelte ich ihn an und stürzte aus der Kabine auf den Flur. Scott folgte mir und versuchte, mich am Arm zurückzuhalten.

„Dieser Kuss hatte nichts zu bedeuten, und das weißt du! Das zwischen uns ist anders!"

„Nichts ist zwischen uns, Scott, gar nichts!"

Die Tür zu meinem Zimmer sprang auf, und er wollte mir folgen, doch ich hielt ihn mit einer Hand an seiner Brust auf. Er starrte gequält zu mir herab, die Augen tiefer, dunkler Wald, in dem man sich leicht verlaufen konnte.

„Verschwinde!", keuchte ich, dann warf ich ihm die Tür vor der Nase zu und weinte wie ein Kind.

Als ich mitten in der Nacht aus meinem unruhigen Schlaf hochschreckte, den ich mit dem Rücken an der Tür gefunden hatte, rappelte ich mich hoch und rieb mir über die Wangen. Sie waren trocken und rau von den Tränen, und weinen konnte ich einfach nicht mehr. Ich wollte zum Bett gehen, zögerte dann aber und drückte die Türklinke vorsichtig herunter. Als die Tür sich leise quietschend öffnete, wagte ich einen Blick in den Flur.

Neben der Tür hockte Scott mit dem Rücken an der Wand. Er hatte das Gesicht in den Armen vergraben, und sein unzähmbares Haar stand ihm wirr vom Kopf ab. Er schien zu schlafen, doch als ich ihn ansah, hob er langsam den Kopf und sah zu mir. Ein Stich fuhr in mein Herz. Ich wollte ihn an mich ziehen, sein verschlafenes Gesicht küssen und ihm sagen, dass alles gut werden könnte.

Stattdessen schloss ich die Tür wieder, hörte das Schloss einrasten und tappte zum Bett. Am Morgen würde er weg sein, da war ich mir sicher. Und ich auch.

Als sich die schwere Hoteltür mit einem leisen Klicken öffnete, und ich scheu den Kopf herausstreckte, um nach Scott zu sehen, schlug mein Herz mir bis zum Hals. Er saß nicht mehr auf dem Boden neben der Tür, und ich spürte ein seltsames Gefühl aus Erleichterung und Enttäuschung. Ohne Eile nahm ich meine Reisetasche und öffnete die Tür ganz, nur um beinahe Scott in die Arme zu laufen. Ich schrak zurück, ging jedoch nicht zurück ins Zimmer, als ich sah, wie schrecklich er aussah.

Scott hatte tiefe, dunkle Ringe unter den Augen, und sein Dreitagebart konnte kaum die zerknitterte Haut in seinem Gesicht verdecken. Ich wollte ihn fragen, was zum Teufel das sollte und ob er nun völlig durchgedreht war, doch ich starrte ihn nur lange an und wandte mich schließlich wortlos ab. Ich warf die Zimmertür ins Schloss und schulterte die Reisetasche, dann ging ich, ohne ihn eines Blickes zu würdigen.

„Du checkst aus?", ertönte ein Krächzen hinter mir. Ich presste die Lippen aufeinander und ging einfach weiter. Ich wollte nicht mit ihm reden. „Belle, das ist doch Unsinn! Sprich mit mir!"

Scott tauchte neben mir auf, doch mein Blick war starr geradeaus gerichtet, als ich vor dem Aufzug stehen blieb und den Knopf für die Lobby drückte.

„Du willst also nicht mit mir reden, ja?"

Langsam wandte ich den Kopf und sah ihn mit hochgezogenen Augenbrauen an. Diesen Hinweis musste er verstehen.

„Wohin willst du jetzt, Belle? Sag's mir!"

„Es geht dich nichts an, Scott", sagte ich tonlos und wippte auf den Fußspitzen hin und her, während ich ungeduldig auf den Aufzug wartete. Hatte der am Vortag auch schon so lange gebraucht?

„Glaubst du, ich wäre wirklich ein Idiot? Glaubst du ein Idiot würde sich die ganze Nacht vor deine Tür setzen?" Er umfasste meinen Arm und zwang mich ihn anzusehen. „Belle, du bedeutest mir etwas! Und ich sehe dir an, dass diese ganze Sache nicht spurlos an dir vorbeigeht! Ich habe mich entschuldigt, und ja verdammt, ich bereue es zutiefst, aber ich kann es nicht ungeschehen machen."

Ich riss mich verärgert los. Vor ihm wollte ich nie wieder schwach werden.

„Scott, es ist vorbei, sieh das ein!"

„Belle, ich stehe vor dir und bitte dich, mir zu vergeben, bitte dich Mut zu haben! Das Drehbuch ... Hast du es gelesen?"

„Ich habe es dir mit der Post geschickt", murmelte ich und starrte hilflos zu der digitalen Anzeige des Fahrstuhls hinauf. Die Zahlen krochen wie Schnecken in die Höhe.

„Sag es mir, was denkst du?"

„Es ist gut", sagte ich lapidar und wandte mich demonstrativ ab. Ich wollte mich nicht wieder in seinen grünen Augen verlieren. Der Schmerz umhüllte mich noch immer wie eine in Säure getränkte Decke, fraß mich auf und zeigte mir, dass ich vorher keine Ahnung gehabt hatte, was Schmerz wirklich bedeutete.

„Tu nicht so, als würde dich das alles nicht interessieren!" Scott wurde lauter, wollte mich zwingen, ihm zuzuhören, doch in diesem Moment glitten endlich die Aufzugtüren auseinander. Ein älteres Paar stand in der Kabine und blickte ungeduldig zu uns herüber, während ich ihn ein letztes Mal anfunkelte und dann endlich in den Aufzug stolperte. Scott wollte mir folgen, aber ich hob eine Hand und sagte ruhig: „Lass mich in Ruhe, Scott! Ich meine es ernst!"

Er stoppte vor den Türen. Sein Gesicht war wie versteinert, und er blieb, wo er war. Die Türen schlossen sich, und die Kabine setzte sich in Bewegung. Alle Luft wich plötzlich aus meinen Lungen. Ich fiel beinahe in mich zusammen und hielt mich nur dadurch aufrecht, dass ich mich an der Wand abstützte. Ich spürte, dass die beiden mich und meine Designerkleidung musterten.

Als sich eine kleine, warme Hand an meinen Arm legte, hob ich müde den Kopf. Es war die ältere Dame, die zu ihrem klassischen Kostüm einen schlichten Seidenschal trug und die silbergrauen Haare aufwendig hochgesteckt hatte.

„Ist alles in Ordnung bei Ihnen?", fragte sie besorgt und drückte leicht meinen Arm, was mich widerstrebend lächeln ließ.

„Alles okay", krächzte ich.

„Wenn er Ihnen etwas tut, Sie schlägt ..."

„Oh nein! Um Himmels willen! Er hat nur ... Er hat mich sehr enttäuscht, und ich kann ihm nicht verzeihen. Das ist alles."

Die Dame nickte und sah kurz zu ihrem Mann herüber. „Es ... Es geht mich nichts an, aber der junge Mann sah furchtbar aus", sagte sie vorsichtig, und ich lächelte, obwohl mir so gar nicht danach war.

„Er hat auf dem Boden vor meinem Hotelzimmer übernachtet."

Eine schmale Augenbraue wanderte überrascht in die Höhe, wieder ein Blick zu ihrem Mann. „Das muss Liebe sein", seufzte sie, und ich nickte nur, ohne sie auf ihren Fehler hinzuweisen. Ich wollte nicht ihre Illusion zerstören.

Der Lift hielt in der Lobby, und wir stiegen aus. Mit einem Nicken verabschiedete ich mich von den beiden und begab mich zur Rezeption, um auszuchecken.

Kaum fünf Minuten später stand ich am Bordstein und sah Harry zu, wie er aus dem Wagen stieg und zu mir kam, um mir mit dem Gepäck zu helfen.

„Mrs. Preston." Er tippte altmodisch an seinen nicht vorhandenen Hut, und ich reichte ihm lächelnd die Tasche, bevor ich die hintere Tür öffnete.

Evan saß im Fond und sah von seiner Zeitung auf, als ich mich hineinschälte. „Hallo Belle, ich hoffe du hast gut geschlafen?" Er lächelte zufrieden, und wollte mich offenbar zur Begrüßung küssen, doch ich wandte den Kopf zu einem Wangenkuss ab. Er nahm es wortlos hin und streckte mir den obligatorischen Blumenstrauß entgegen.

„Danke Evan! Aber ... Ich kann den nicht mitnehmen, damit komme ich doch nicht durch den Sicherheitsbereich."

„Ich verwahre ihn bis zu deiner Rückkehr im Haus. Und ich hoffe, du weißt, dass mein Angebot mit dem Privatjet noch gilt."

Ich verzichtete darauf, ihm zu widersprechen und nickte stattdessen. Für einen Tag hatte ich bereits genug Drama hinter mir.

„Wie lange wirst du weg sein?", fragte Evan, und ich zuckte die Schultern.

„Lass mich erst einmal bei meinen Eltern ankommen, dann schaue ich weiter. Ich brauche einfach Abstand."

Evan musterte mich prüfend, doch das konnte ich ihm nicht verübeln, schließlich war ich beim letzten Mal, als ich gesagt hatte ich wolle zu meinen Eltern, zu Scott gefahren.

„Ich will nicht, dass mich jemand verfolgt und ich will keine Bodyguards an meiner Seite!", sagte ich, und Evan nickte widerwillig.

„Es ist deine Entscheidung, aber du weißt, wie viele Menschen wissen, dass ich viel Geld habe. Und wir stehen im Fokus der Öffentlichkeit, also sind wir immer einer gewissen Gefahr ausgesetzt."

„Ich kann mich schon wehren!", gab ich scharf zurück.

„Ich meine es ernst, Belle. Ich komme aus einer reichen Familie, glaubst du, uns wurde nie mit schlimmen Sachen gedroht?"

Ich sah ihn überrascht an, doch seine Miene war vollkommen ernst.

„Keine Bodyguards", wiederholte ich dennoch, und Evan schwieg zu dem Thema. Ich musterte ihn. „Wo ist überhaupt dein Anzug?" „Ich habe heute ein paar Dinge zu erledigen, bei denen mich ein Anzug nur stören würde." Er strich seinen schlichten Pullover glatt. Evan in Jeans zu sehen, war überaus selten, er hasste es nach eigener Aussage, auszusehen wie seine Angestellten. Noch so eine Sache, die ihm sein Vater mitgegeben hatte, vermutete ich.

Wir fuhren einen kleinen Umweg zum Flughafen und ließen uns von Harry am Abflugterminal absetzen. Ich sah Evan an, als er ausstieg, weil ich nicht wollte, dass er mich hineinbegleitete, doch der ignorierte meinen ablehnenden Blick und schob mich samt Reisetasche durch die automatischen Türen. Die Abflughalle war hektisch und völlig überfüllt. Menschen eilten gestresst von einem Schalter zum anderen, starrten auf Bildschirme und Tafeln oder suchten hilflos nach Bodenpersonal, das ihnen helfen konnte. Evan hingegen, seines Zeichens Vielflieger, schob sich gezielt durch die nervösen Touristen und steuerte gleich auf den Sicherheitsbereich zu, da ich bereits online eingecheckt hatte. Wir hatten die Ankunftshalle beinahe durchquert, als Evan plötzlich wie angewurzelt stehen blieb und sich versteifte. Ich stolperte beinahe in ihn hinein. Verwirrt folgte ich seinem Blick – und wurde plötzlich fast ebenso starr. Scott stand vor einem Informationsschalter und hatte sich zu uns umgedreht. Er trug noch immer das schlichte weiße T-Shirt unter der schwarzen Lederjacke, doch nun sah er wach aus, wach und bereit.

„Was tut er hier?", zischte Evan beinahe, ohne die Lippen zu bewegen, und ich zuckte heftig zusammen, weil ich mich so in den Anblick von Scott vertieft hatte.

„Es ... Es muss ein Zufall sein!", stammelte ich, dabei wusste ich ganz genau, dass es keiner war.

Der offensichtliche Schmerz in Scotts Gesicht versetzte mir einen Stich. Ich beobachtete, wie er auf uns zukam, und wusste, dass es nicht gut ausgehen würde. Evan neben mir ballte die Hände zu Fäusten, doch ich wagte es nicht, ihn anzufassen und zurückzuhalten.

„Was tust du hier?", blaffte er und ging einen Schritt auf Scott zu, der zwei Meter vor uns stehen blieb.

„Ich bin nicht deinetwegen hier", sagte dieser ruhig und sah zu mir herüber. So viele unausgesprochene Worte, so viele Fragen lagen in seinem Blick, dass ich einfach nicht wegsehen konnte. Wir starrten einander an, mitten im Chaos der Flughafenhalle, unbemerkt von allen – nur von einem nicht.

„Was zur Hölle geht hier vor? Scott, was denkst du, wer du bist?", zischte Evan.

Scott hob abwehrend die Hände. „Ich bin nicht hier, um mit dir zu streiten! Ich möchte nur mit Belle reden!"

Evan drehte sich zu mir um, und ich musste schlucken, weil sein Blick so dunkel vor Zorn war.

„Es ist alles in Ordnung, ich bin ein freier Mensch Evan!", sagte ich sanft, doch Evan interessierte sich gar nicht für das, was ich sagte.

„Zieh ab, sonst vergesse ich mich!", zischte er und ging einen weiteren Schritt auf Scott zu, der ruhig stehen blieb.

„Was hast du vor? Sie einzusperren, wie vorher auch?", provozierte er, und Evan spannte sich noch mehr an.

„Du hast doch keine Ahnung, was zwischen uns ist!"

„Du bist ein verdammter Egomane, und das wirst du auch immer bleiben!" Auch Scott wurde nun deutlich lauter, doch Evan gab sich unbeeindruckt.

„Was denkst du wird jetzt passieren, Scott?“ Evan grinste finster, was mich zusammenzucken ließ. Der Ausdruck auf seinem Gesicht machte mir Angst.

„Ich will nur mit ihr reden, Evan. Und sie ist ein freier Mensch!“, sagte Scott und blickte wieder zu mir herüber.

„Versuch es!“, sagte Evan tonlos und lächelte noch breiter.

Ich wich unwillkürlich zurück. „Lasst das sein, bitte! Ich ... Ich gehe einfach zum Gate, dann ...“

In diesem Moment warfen sich Evan und Scott aufeinander. Ich schrie und wollte Evan noch am Pullover packen, um ihn zurückzuhalten, doch der ließ seine Faust schon gnadenlos in das Gesicht von Scott krachen. Statt sich zu verteidigen, setzte der direkt nach und vergrub einen rechten Haken in Evans Bauch, der keuchend aufstöhnte.

„Lasst das!“, brüllte ich und riss an Evan, doch der schien mich gar nicht wahrzunehmen und schlug nur weiter zu, während Scott wie ein Boxer seine Deckung hochriss.

Menschen blieben erschrocken stehen, zückten Handys und staunten, statt mir dabei zu helfen, die beiden zu trennen.

„Hilfe!“, schrie ich in die größer werdende Menge, doch es folgte nur ein schockiertes „Oh!“, während alle weiter filmten und fotografierten. Ich hörte ein Knacken, als Scotts Faust Evan die Nase brach, dann ein Stöhnen, als Evan beinahe Scotts Schlüsselbein zertrümmerte, und schlug plötzlich blind zu. Meine flache Hand traf Evan im Gesicht, und er schreckte zusammen, als habe ihn ein Schuss getroffen. Die Menge sog scharf die Luft ein.

„Genug!", schrie ich. „Seid ihr vollkommen irre?"

Beide fuhren herum, doch Evan ging wieder auf Scott los, der erschrocken zurückwich, als erneute Faustschläge auf ihn einprasselten.

„Evan!"

Hinter mir sprinteten zwei Sicherheitsbeamte herbei, teilten die Menge, und ich sah Blitzlichter, als die breitschultrigen Männer Scott und Evan auseinanderrissen.

„Halt dich aus unserem Leben raus!", brüllte Evan und stieß einen Finger in Scotts Richtung, der ebenfalls wutschnaubend weggezerrt wurde. Evan wand sich, doch der Mann packte ihn im Polizeigriff und versuchte ihn zu fixieren. Hinter mir hörte ich eine Frau aufgeregt sagen: „Das ist doch dieser reiche Typ! Preston! Evan Preston!" Ich wollte am liebsten im Erdboden versinken.

Blut klatschte aus Evans Nase auf den Steinboden, und sein verzerrtes Gesicht entstellte ihn zusammen mit der gebrochenen Nase zu einer einzigen Fratze der Wut. Scott hingegen keuchte zwar und hatte ein dickes Veilchen unter dem Auge, schien ansonsten aber relativ unverletzt. Immer mehr Sicherheitsbeamte kamen herbeigerannt. Kabelbinder wurden um Evans und Scotts Handgelenke gezogen,

„Belle, bitte!", hörte ich Scott sagen, als hinter mir die Kabelbinder ratschten und Evan rief ebenfalls etwas in meine Richtung, doch ich ging, mit meiner Tasche über der Schulter, einfach fort. Ich ließ die beiden hinter mir, den Tumult, die Probleme. Ich musste alleine sein.

Ohne noch einmal zurückzusehen, ging ich zum Sicherheitsbereich. Entfernt hörte ich noch immer aufgeregte Stimmen und Rufe, doch meine Gedanken übertönten alles. Ich wollte sie beide nicht sehen, wollte mir nicht anhören, was sie zu sagen hatten, denn mein Kopf war ein einziger Sturm. Ich wusste nur eins: Ich musste fort. Meine Kräfte waren am Ende.

Ich verbrachte drei Tage damit, meiner aufgebrachten Familie aus dem Weg zu gehen, möglichst wenig zu sprechen und erschöpft im Bett zu liegen. Neben mir, am Kopfende meines Bettes auf dem kleinen Nachttisch, summte in regelmäßigen Abständen mein Handy, weil Evan mir Nachrichten schrieb oder anrief. Er gab nicht auf, obwohl ich auf nichts davon reagierte und immer nur abwartete, bis er wieder auflegte, oder eine weitere Nachricht auf meiner Mailbox hinterließ. Seit meiner Ankunft in Deutschland hatte ich ihm genau eine Nachricht geschrieben:

Bleib in London. Ich will dich hier nicht sehen.

Offenbar hatte er diesen Teil verstanden, denn bislang war er nicht, wie ich anfangs befürchtet hatte, vor dem Haus meiner Eltern aufgetaucht. Stattdessen bombardierte er mich mit Anrufen und Nachrichten, versuchte ständig, mich zu erreichen und hortete wahrscheinlich einen Haufen Blumen in seinem Haus.

Scott hingegen hatte sich nicht ein einziges Mal gemeldet. Keine Textnachricht, kein Anruf, kein einziges Lebenszeichen. Und sosehr mich die Bemühungen von Evan auch nervten, versetzte es mir einen Stich, dass Scott sich nicht meldete. Kein Wort von ihm zu hören, nicht zu wissen, ob er überhaupt okay war, das machte mich wahnsinnig. Immer wieder ertappte ich mich außerdem dabei, wie ich alle Schuld an der Schlägerei Evan zuschob, weil er aggressiv und angriffslustig gewesen war. In meinen Gedanken erschien Scott plötzlich immer wie das Opfer in dieser gesamten Situation – Aber war er das nicht auch? Hatte er nicht alles für mich gegeben, obwohl auch ich so schlecht zu ihm gewesen war? Und ich hatte wegen eines betrunkenen Kusses alles weggeschmissen. Nur weil ich solche Angst hatte, verletzt zu werden. Ich schämte mich dafür, wie sehr ich mich in diese Sache hineingesteigert hatte. Dafür, wie gerne ich sie als Entschuldigung dafür genommen hatte, mich vor dem zu verschließen, was ich für Scott empfand. Jetzt jedoch wusste ich, dass ich es mir damit zu einfach gemacht hatte. Und, dass ich ihm eine Entschuldigung schuldig war. Ich hatte Abstand gewollt und Einsamkeit bekommen.

An meinem vierten Tag in Deutschland, als meine Mutter langsam begann, sich Sorgen zu machen, weil ich mein kleines Kinderzimmer nicht verlassen wollte, kam der Brief. Dickes, seidenweiches Papier in einem wattierten Umschlag. Es war eine einzelne Seite, doch als ich den geöffneten Umschlag kippte, glitt ein Stift heraus. Der glänzende schwarze Lack schimmerte im hereinfallenden Licht und ließ den Füller wie einen kostbaren Schatz wirken. Ich runzelte die Stirn, weil ich dachte, es sei ein Geschenk von Evan, aber das war nicht sein Stil. Evan würde mir niemals einen Füller schenken, das passte nicht.

Rasch faltete ich das Blatt auseinander und ließ den Blick atemlos über die Zeilen fliegen:

Liebste Belle,

ich bin Autor, aber kein Mann der großen Worte. Doch ich glaube an große Gesten, die nichts mit Geld zu tun haben. Was in London geschehen ist, war furchtbar, und ich verstehe, wenn du mich nie wiedersehen willst. Was ich getan habe, hat dich verletzt, und das tut mir unendlich leid. Und selbst, wenn du diesen Brief nun zusammenknüllst und in den Müll wirfst, so kann ich nicht anders, als dir zu schreiben. Ich möchte, dass du weißt, dass ich um dich kämpfen werde, dass ich dir zeigen will, wie schön es sein kann, denn da ist etwas zwischen uns, das wir beide spüren. Ich mache dir dieses Versprechen, doch ich habe dir diesen Brief auch aus einem anderen Grund geschrieben. Dieser Füller, den du nun in der Hand hältst, ist eines von vielen Symbolen dafür, was du mir bedeutest. Seit wir mit der Arbeit an dem Drehbuch angefangen haben, habe ich so viel geschrieben, wie lange nicht mehr, denn ich habe endlich verstanden, was mir gefehlt hat: Du.
Deine Intelligenz. Dein Scharfsinn. Deine Unnachgiebigkeit. Deine Wärme. Und

noch so viel mehr. Ich war ein Narr, all
das aufs Spiel zu setzen.
Ich habe keine Angst – und du?

Ich las den Brief wieder und wieder, versuchte zu erfassen, was seine Worte bedeuteten, sog jedes einzelne in mich auf. Ich dachte, ich würde traurig sein, doch ich spürte dieses warme Gefühl, das sich von meinem Innersten ausbreitete, sich in meine Gliedmaßen ausstreckte, um mich zum ersten Mal wieder Wärme spüren zu lassen. Zitternd fuhren meine Finger über seine Worte, fühlten die Vertiefungen in dem Papier, wo er sich mir offenbart hatte und ich schloss für einen Moment die Augen. Dieses Gefühl in mir war so ergreifend, so allumfassend, dass ich keine anderen Empfindungen zulassen konnte. Ich drückte das Papier an die Brust wie einen Schatz, roch an dem Brief, so als könne ich Scott so nahe sein.

Es klopfte, und ich fuhr zusammen. Meine Mutter streckte den Kopf durch die Tür.

„Also, Annabelle, da draußen steht ein Mann. Und er fragt nach dir", sagte sie unsicher und deutete mit dem Kinn zum Fenster. Ungelenk schob ich mich vom Bett und sah hinaus. Unten, auf der Straße vor dem Haus meiner Eltern, stand Scott. Ich wirbelte zu meiner Mutter herum.

„Er …"

Sie konnte sich ein Lächeln nicht verkneifen.

Ich zögerte nur eine Sekunde lang, dann sprang ich auf und lief an meiner Mutter vorbei die Treppe herab. Mein Vater lag auf der Couch, neben ihm stand der kleine Servierwagen, den meine Mutter benutzte, um ihn zu versorgen. Als er mich die Treppe herunterstürzen sah, wandte selbst er den Kopf vom Fernseher ab.

Ich riss die Haustür auf und sah ihn – endlich.

Scott stand mitten auf der Straße. Er trug ein Flanellhemd, Jeans und Turnschuhe, ein Look, der ihm ziemlich gut stand. Ich hielt inne, starrte in sein Gesicht, in dem ein riesiges blau-violettes Veilchen prangte. Er lächelte, als er mich sah, seine Augen strahlten förmlich unter dem dichten, braunen Haar, das ich so mochte. Ich spürte, dass mein Panzer sich schließen wollte, doch ich stieß alles Negative von mir. Scott kam auf mich zu, nicht zu schnell, obwohl ich sah, dass er am liebsten gerannt wäre. Einen Meter vor mir blieb er stehen, sein Blick wanderte zu meiner Hand, in der ich den Füller hielt. Mir war gar nicht bewusst gewesen, dass ich ihn mitgenommen hatte.

„Ich ... Ich wusste nicht, ob du ihn schon bekommen hast, aber ... ich konnte nicht mehr warten!", sagte er und ich spürte, wie Wärme mich flutete. Der Brief. Scott.

„Er war ... wunderschön. Ehrlich!"

„Ich wollte nicht anrufen, das finde ich platt", sagte er, und sein Blick fand meinen. Ein vertrautes Gefühl der Nähe strömte durch mich.

„Können wir irgendwo reden?", fragte er und sah hoffnungsvoll zu mir hinab. Ich nickte, ohne zu zögern.

„Hast du einen Wagen?"

Er zog einen Funkschlüssel aus der Tasche seiner Jeans. Hinter ihm flammten die Scheinwerfer eines Range Rover auf. Unwillkürlich musste ich grinsen, als ich an unsere Zeit in Frankreich dachte. Auch Scott grinste, denn offenbar hatte er genau diese

Reaktion erwartet. Ich zog die Haustür hinter mir zu und wusste genau, dass meine Mutter am Fenster stand und die Szene verfolgte – sie liebte Dramen.

Scott hielt mir die Beifahrertür auf – Diesmal war der Wagen tatsächlich ein Linkslenker.

Während wir fuhren, erklärte ich ihm, wo er abbiegen musste, ansonsten sprachen wir kein Wort. Die Spannung zwischen uns war fast greifbar, während wir die Vorstadt, in der meine Eltern lebten, hinter uns ließen und über die Felder in Richtung Waldgebiet fuhren. Scott wirkte ruhig, doch an seinen gebräunten Armen traten die Sehnen hervor, als koste es ihn eine übermenschliche Anstrengung, beide Hände am Lenkrad zu halten. Nervös sah ich aus dem Fenster, während ich meine Hände im Schoß knetete, um mich abzulenken.

„In einem Kilometer links", bemerkte ich pflichtschuldig wie ein Navigationsgerät, und Scott nickte angespannt. Ich musste aus diesem Wagen raus, es war nicht auszuhalten.

Der Range Rover rumpelte über den Feldweg und bog dann in den Waldweg ein, den ich gemeint hatte. Der Wagen hatte keinerlei Probleme mit dem unebenen Boden und schaukelte bequem über Erdlöcher und Wurzeln. Nach etwa einem weiteren Kilometer sagte ich Scott, er solle anhalten. Wir hatten den Parkplatz oberhalb der riesigen Talsperre erreicht, die sich in den Wald schmiegte und blickten durch die Windschutzscheibe auf das glitzernde Wasser. An diesem Ort waren wir ungestört. Die Touristen würden erst am Wochenende wieder herkommen.

Scott stellte den Motor ab und folgte meinem Blick einen Moment lang, dann wandte er sich mir zu, während er seinen Gurt löste.

„Ich glaube hier ist ein guter Ort zum Reden", sagte ich unsicher, weil die Stille mich nervös machte.

„Hoffentlich werden wir nicht von Wölfen angegriffen", scherzte er, und ich lachte angespannt. Der riesige SUV kam mir plötzlich klein und beengt vor, und sogar der Füller in meinen Händen fühlte sich tonnenschwer an.

„Wirst du mich nicht ansehen?", fragte Scott, und das raue Kratzen in seiner Stimme jagte mir einen Schauer über den Rücken. Ich zuckte die Schultern und kam mir kindisch dabei vor. „Also gut. Belle, was in Heathrow geschehen ist, tut mir leid. Und dass die Presse ununterbrochen darüber berichtet erst recht!"

„Ich habe keine Zeitung angerührt", erwiderte ich tonlos und verzog den Mund. Er nickte.

„Das habe ich schon vermutet. Evan ist außer sich."

„Ist mir egal."

Sein Blick glitt zu meiner Hand, in der ich noch immer den Füller hielt. „Du trägst keinen Ehering?" Er klang beinahe überrascht.

„Wieso auch?"

„Ich dachte, du wärst dir unsicher, bräuchtest Zeit."

„Nach dieser Szene war mir ziemlich schnell klar, dass es keine Zukunft hat. Glaube ich." Die letzten beiden Worte kamen wie ein Flüstern aus meinem Mund, doch Scott konnte sein Lächeln kaum verbergen.

„Belle, alles was zwischen uns geschehen ist, war echt." Er nahm meine Hand und bettete sie warm in seinen. Unsicher wandte ich ihm den Blick zu.

„Ich könnte dir sagen, wie wunderschön und aufregend du bist, ich könnte dir sagen, dass ich dich am liebsten Tag und Nacht in meinem Bett hätte, weil der Sex der Wahnsinn ist, doch das sind nicht die Gründe, aus denen ich mich in dich verliebt habe."

Ich zuckte zusammen und starrte ihn mit offenem Mund an. Mein Herz machte einen Satz und schlug plötzlich so schnell, dass es mir die Kehle zuschnürte, doch da war auch diese Wärme, diese unsägliche Wärme, die wie warmer Honig in mich hineinströmte.

„Ich wollte zuerst nicht zulassen, dass ich sehe, wer du wirklich bist, habe mich dagegen gewehrt, doch an unseren Tagen im Cottage habe ich gesehen, was für ein wundervoller Mensch du bist, denn du hast es mich sehen lassen. Du bist stärker, als ich es jemals sein werde, denn du gehst deinen Weg, ohne dich nach anderen umzusehen, du hast deinen eigenen Willen, ohne andere jemals klein zu machen. Du bist sanft und liebevoll, du bist intelligent und noch so viel mehr. Du bist eine Inspiration."

Er drückte meine Hand in seiner, und ich spürte diese eine, einzelne Träne, die über meine Wange rollte. Doch es war keine Angst, kein Schmerz, weshalb ich weinte – es war Glück.

„So etwas Wundervolles hat noch nie jemand zu mir gesagt", krächzte ich, und er nickte lächelnd. Aber Scott war noch nicht fertig. Er griff in die Tasche hinter seinem Sitz und zog einen Bogen Papier heraus. Einen

Moment lang dachte ich es sei das Drehbuch, doch als ich den Titel las, wurde mir flau im Magen.

„Unbeugsam", flüsterte ich fasziniert und las die Widmung darunter: „Für die Frau, die ihren Mut entdeckte."

Ich wusste, was gemeint war. Ungläubig sah ich zu Scott auf.

„Es ist noch nicht fertig, ich habe noch viel Arbeit vor mir. Ich habe nicht vor, unsere Geschichte niederzuschreiben, aber all die Facetten, die wir erlebt haben, haben in mir viele Ideen reifen lassen. Immer, wenn wir zusammen waren, hätte ich danach stundenlang schreiben können, egal ob wir Sex hatten oder bloß gesprochen haben. Du kitzelst das Beste aus mir heraus." Er legte den Stoß Papier vorsichtig auf die Rückbank hinter uns, dann sah er mir fest in die Augen.

Schweigen legte sich über uns, während in mir ein Sturm tobte. Ich sah ihn an, forschte in seinem Gesicht nach der Lüge, suchte in seinen Augen nach Zweifeln, doch da war nur Scott.

Scott, der mich nicht belogen hatte, Scott, den ich am Anfang so gehasst hatte.

Scott, der sich in mich verliebt hatte.

Der erste Mensch, dem ich vollends vertrauen wollte.

„Ich habe Angst", krächzte ich und sah auf unsere verschlungenen Hände. Eine Pause entstand, in der wir nichts sagten.

„Ich möchte etwas ausprobieren", flüsterte er.

Ich nickte ernst und sah ihn forschend an. Ein zartes Lächeln umspielte seine Lippen, als er langsam meinen Gurt öffnete und sich zu mir beugte.

„Nicht bewegen", flüsterte er in mein Ohr. Sein Gesicht war nun ganz nah und als seine Lippen meine sanft streiften, schloss ich unwillkürlich die Augen. Seine Lippen berührten meine wieder, diesmal küsste er mich richtig, und da war diese Wärme, überall Wärme. Ich spürte seine Hand an meiner Wange, die mich sanft zu sich zog, spürte seine Lippen, die süße Erinnerungen mit sich brachten, und war nur noch im Hier und Jetzt.

Alles zog mich zu Scott. Ich wollte ihn an mir spüren, fühlte, wie sehr ich seine Nähe vermisst hatte, während er die Arme um mich schlang, mich küsste, als wäre es unser erster, verzweifelter Kuss in dem U-Bahn-Schacht, doch da war kein kalter Beton, nur dieses Gefühl im Bauch, das so wunderbar, so heilsam war, dass Glück keine ausreichende Beschreibung gewesen wäre. Unsere Zungen verschmolzen zu einem Tanz, drängten, liebkosten. Nur eine Berührung, und Scott hatte mich alles vergessen lassen.

Er zog sich widerwillig von meinen Lippen zurück, und ich seufzte enttäuscht, wollte ihn verzweifelt an mich ziehen, doch er lächelte und flüsterte an meinen Lippen: „Wo ist deine Angst nun?"

Ich schlang die Arme um ihn, spürte seine Kraft an mir, als er mich erneut innig küsste, mich so festhielt, dass es beinahe wehtat. Nichts zählte, wenn er mich nur küsste.

Seine Hand streifte meinen Hals und ich schmiegte mich wohlig an ihn. Irgendwo in meinen Kopf wollte meine innere Stimme, dass ich mich losriss und ihn nie wiedersah. Mein Kopf verlor, vielleicht zum ersten Mal, gegen mein Herz. Und plötzlich, als ich mir das eingestand, löste ich mich von Scott und blickte ihm verwundert in die waldgrünen Augen, sein Blick war glasig, doch ich sah vollkommen klar.

„Ich muss mich bei dir entschuldigen. Ich wusste einfach nicht, wie ich mit all diesen Gefühlen umgehen sollte, mit dem Schmerz, den deine Worte in mir ausgelöst haben. Scott, ich ... Ich glaube, ich habe mich auch in dich verliebt. Irgendwie", stellte ich fest und wartete verwundert, dass sich dieses Gefühl einstellte, dass ich Unsinn erzählte, dass mein Körper mir einen Streich spielte, doch als ich sein Gesicht sah, wie er strahlte und mit dem Daumen über meine Wange strich, fühlte es sich an, als falle eine zentnerschwere Last von mir ab. Scott nickte ernsthaft, obwohl er aussah, als würde er platzen vor Glück.

„Das trifft sich gut", sagte er grinsend, und ich musste lachen, weil er so albern war. Spielerisch boxte ich ihn gegen die Brust. Er verzog tatsächlich schmerzverzerrt das Gesicht.

„Schlüsselbein!", presste er hervor, und ich lachte noch lauter, weil er mit dem Veilchen im Gesicht so herrlich böse aussah.

„Wie kannst du es wagen zu lachen, Weib?", zischte er und schlang die Arme um mich. Ich spürte seinen Atem an meinem Ohrläppchen, als er sagte: „Ich würde dich jetzt gerne auf der Motorhaube vögeln."

Ich stöhnte. Es war nicht nur Erregung, es fühlte sich viel besser an.

„Es sind null Grad draußen", wandte ich bedauernd ein, und er nickte nachdenklich.

„Ich wohne in einem Hotel", knurrte er und ließ den Wagen an. Der Motor heulte auf, und Kies spritzte gegen den schwarzen Lack. Ich hatte Mühe, mich anzuschnallen, bevor er in halsbrecherischem Tempo auf den Feldweg schoss. Der Geländewagen lief auf dem unebenen Untergrund zu Höchstform auf und schoss dunkel röhrend über die größten Unebenheiten, ohne instabil zu werden.

Ich blickte lachend zu Scott herüber, auf dessen Lippen sich ein laszives Lächeln ausgebreitet hatte.

„Du bist vielleicht ein Poet, aber auch ein verdammter Nymphomane!"

Es war ein Rausch, es war animalisch und atemlos. Er warf mich mit solcher Wucht gegen die Wand seines Hotelzimmers, dass mir kurz die Luft wegblieb, doch Scott verschloss meinen Mund mit seinem, küsste mich wie von Sinnen, während er mich mühelos hochhob.

„Du gehörst nur mir!", flüsterte er zwischen atemlosen Küssen, und ich wollte weinen vor Glück. Ich schlang die Arme um ihn und küsste ihn, gab ihm alles von mir. Ich konnte ihn nicht genug küssen, bekam nicht genug von seinen Lippen, und alles in mir war Wärme und Glück. Mein Herz wollte zerfließen, wollte in ihn hineinfließen, damit wir untrennbar vereint sein würden. Scott seufzte wohlig, liebkoste mich mit seiner Hand und packte mich mit der anderen, damit ich seiner süßen Folter nicht entfliehen konnte. Er lächelte, reizte mich mit unnachgiebigen, gleichmäßigen Bewegungen. Ich griff nach dem Bund seiner Hose, doch er stieß mich zurück auf das Bett und zog sie selbst herunter. Keuchend sah ich zum ihm auf, sog seinen Anblick in der hereinfallenden Mittagssonne in mich auf. Meine Augen glitten schamlos an seinem Körper hinab, folgten den Linien der angespannten Muskeln unter der glatten Haut. An der Hüfte liefen seine Muskeln zu einem provokanten V zusammen, dass mich schon beim Anblick um den Verstand brachte.

Scott grinste obszön und schob seinen nackten Körper auf meinen, umfing mich mit seinem Duft und seiner Kraft. Ich spürte ihn an meinem empfindlichen Punkt, wollte mich an ihn drängen, und er stöhnte rau. Meine Hand fuhr an sein Glied, fühlte, wie hart er war, und Scott schloss flatternd die Augen, als ich daran entlangfuhr, die seidige Haut an meiner Handfläche fühlte, und ihm atemlos in die Augen sah. Er knurrte dunkel und warf uns herum, sodass ich plötzlich über ihm war, doch er behielt die Kontrolle, packte mich hart an den Oberarmen und hob mich auf sich. Ein lautloser Schrei entfuhr mir, als ich ihn vollkommen in mir spürte. Entfernt hörte ich, wie er scharf die Luft einsog, doch ich brauchte ihn, brauchte ihn so sehr. Ich begann, mich quälend langsam zu bewegen, jeden Zentimeter von ihm zu spüren und schloss die Augen, um mich meiner Lust hinzugeben.

Scott strich über meinen Bauch, umfasste meine Brüste und drückte sie sanft, liebkoste die Brustwarzen mit seinen Daumen, während er meine Bewegungen genoss. Seine Hände glitten zu meinem Hintern und umfassten ihn so fest, dass ich mich vollkommen an ihn presste und stöhnte. Gefühle schwappten über mich, spülten auch die letzten Gedanken fort, die in mir waren, und da waren nur noch er und ich, unsere Körper im perfekten Einklang. Scott zog mich eng an sich und stemmte sich hoch, sodass er saß und mich in seinem Schoß hielt. Ich warf den Kopf zurück und krallte mich in seinen Rücken, wir bewegten uns rastlos, gedankenlos. Er warf uns herum, war plötzlich wieder über mir und schlang meine Beine um sich. Er packte meinen Hintern und hob ihn hoch, dann stieß er so kraftvoll in mich, dass ich heiser aufschrie, seine Oberarme packte und mich daran festhielt, während er mich gnadenlos weiter nahm, mich auf die harte Matratze nagelte. Seine Hände griffen fest zu, und süßer Schmerz durchströmte mich. Mein Körper übernahm, was mein Kopf nicht mehr schaffte. Meine Nägel schlugen tiefe Furchen in seine Haut, doch er hielt keine Sekunde inne. Ich kam so heftig, dass ich in eines der Kissen biss, um meinen Schrei zu dämpfen. Alles in mir zitterte und vibrierte, und Scott stöhnte zufrieden. Seine Muskeln spannten sich unter meinem Griff an, als er sich hinabbeugte und auf mich legte, die Arme um mich schloss und eng an mir war. Auch er kurz stand vor dem Ende. Ich drückte ihn an mich, weil ich alles spüren wollte, und Scott ließ los, kam mit einem dunklen Stöhnen in mir und presste meinen brennenden Körper an sich.

Er zitterte kaum merklich, als er sich auf mir entspannte, und mir einen sanften Kuss auf die Lippen drückte. Süßlicher Schweiß vermischte sich auf unseren Lippen zu dem besten Geschmack der Welt. Wir blickten uns in die Augen, während unser Atem sich in langen Zügen beruhigte. Zum ersten Mal sah ich ihn nicht nur an, nein, ich schien in ihn hineinzusehen. Wir hatten einander alles offenbart, waren das Risiko eingegangen, verletzt zu werden und all den Schmerz erneut zu erleben, doch in diesem Moment war ich mir sicher, dass das, was ich dafür bekommen würde, mir weit mehr geben würde als meine eingebildete Sicherheit. Ich bekam Scott, alles von ihm. Ich bekam ihn mit all seinen Fehlern, seiner ungestümen Impulsivität, aber ich bekam auch all seine Gefühle,

seine Wertschätzung, seine Kreativität und Stärke –
mehr, als ich mir zu wünschen gewagt hatte. In diesem
Moment zählte für mich nichts als er und ich, wir beide.
Zum vielleicht ersten Mal in meinem Leben war ich
bedingungslos glücklich, und der Grund dafür waren
Scott und die Liebe, an die ich nie geglaubt hatte.

Denn am Ende, und das weiß ich jetzt, gewinnt
immer das Herz.